Mia Jakobsson

Das Glück kommt mit der Weihnachtspost

Mia Jakobsson

Das Glück kommt mit der Weihnachtspost

Roman

Lübbe

Dieser Titel ist auch als E-Book erschienen

MIX
Papier aus verantwortungsvollen Quellen
FSC® C014496
www.fsc.org

Originalausgabe

Lektorat: Lena Schäfer
Umschlaggestaltung: Tanja Østlyngen
Einband-/Umschlagmotiv: © Marish/shutterstock
Satz: Urban SatzKonzept, Düsseldorf
Gesetzt aus der Goudy
Druck und Einband: GGP Media GmbH, Pößneck

Printed in Germany
ISBN 978-3-431-03994-8

5 4 3 2 1

Sie finden uns im Internet unter: www.luebbe.de
Bitte beachten Sie auch: www.lesejury.de

Prolog

Letzte Nacht hatte es wieder geschneit. Bei jedem Schritt sank Anders bis zu den Knöcheln ein. Die Hände tief in den Taschen seines Mantels vergraben, spazierte er in der einsetzenden Dunkelheit durch das winterliche Dorf.

Kerstin hatte diesen Anblick geliebt. Die schneebedeckten Häuser mit den qualmenden Kaminen. Die weihnachtlich geschmückten Fenster, hinter denen Licht brannte. Damals waren sie eine der glücklichen Familien gewesen, die sich voller Vorfreude auf das Weihnachtsfest vorbereiteten.

Jetzt war er nur noch ein distanzierter Beobachter, der sich an Abenden wie heute in vergangene Zeiten zurückträumte. Er wandte den Blick von den erleuchteten Fenstern ab und entdeckte Greta. Wieso war sie um diese Zeit noch draußen?

Seine Tochter stapfte durch den Schnee, sichtlich erfüllt von einer wichtigen Mission, und war so in Gedanken versunken, dass sie ihn nicht bemerkte.

»Greta!«

Sie blieb stehen, und ihr Kopf flog zu ihm herum. Ihr rundes Gesicht unter der bunten Lappenmütze wirkte verfroren. Auch sie hatte ihre Hände tief in den Taschen vergraben.

Anders ging zu ihr. »Wo willst du um diese Zeit noch hin?«

»Es ist doch noch ganz früh«, erwiderte Greta ausweichend. Obwohl sie erst zehn Jahre alt war, verstand sie sich meisterhaft darauf, Antworten zu geben, die sich nicht wirklich auf die gestellte Frage bezogen.

»Ich habe dich nicht nach der Zeit gefragt«, erwiderte er streng.

Greta schob trotzig die Unterlippe vor. »Ich muss was erledigen.«

»Und was?«

»Es ist dir doch sonst auch egal, was wir machen.« Sie schaute ihn finster an.

Anders fühlte sich hilflos, und gleichzeitig hatte er heftige Gewissensbisse. Er starrte seine Tochter an, sie starrte zurück, und dann drehte sie sich einfach um und ging weiter.

Anders wusste immer noch nicht, was er tun sollte. Kurz bevor Greta aus seinem Blickfeld verschwand, gab er sich einen Ruck und folgte ihr bis zur Post. Er sah gerade noch, dass sie einen Umschlag in den Briefkasten warf.

Mit wenigen Schritten war er wieder bei ihr.

»Wem hast du geschrieben?«

Greta baute sich vor ihm auf und stemmte die behandschuhten Hände in die Taille. »Papa«, sagte sie streng. »Das soll eine Überraschung sein.«

»Für mich?« Anders tippte sich mit dem Zeigefinger auf die Brust.

Greta nickte eifrig. »Ich hab dem Weihnachtsmann geschrieben und mir etwas für dich gewünscht.« Sie lachte verschmitzt. »Ich sag dir aber nicht, was es ist.«

»Da bin ich ja mal gespannt!«

Gerührt streckte Anders seine Hand nach der Hand seiner Tochter aus. Gemeinsam gingen sie durch das winterliche Dorf zurück nach Hause.

Lieber Weihnachtsmann,

bald ist wieder Weihnachten, und ich habe dieses Jahr nur einen Wunsch.

Ich würde dich ja viel lieber anrufen oder dir eine E-Mail schicken, aber meine Freundin Lotta sagt, du hättest kein Handy und keinen Computer, weil der Empfang bei dir so schlecht ist. Deshalb muss ich dir eben einen Brief schreiben.

Ich hätte überhaupt nicht gewusst, wie ich dich erreichen soll, aber Lotta hat in einer Zeitung deine Adresse gefunden. Sie hat mir das Dagbladet geschickt, damit ich dir schreiben kann. Ich hoffe, ich mache nicht zu viele Fehler, ich bin ja erst zehn Jahre alt.

Lotta ist meine beste Freundin, früher haben wir uns jeden Tag gesehen. Seit meine Mama tot ist und wir bei meinem Opa wohnen, geht das aber nicht mehr.

Lieber Weihnachtsmann, ich hab ganz doll geweint, als meine Mama gestorben ist. Und als ich mit Lotta telefoniert habe, schon wieder. Und sie hat auch geweint, weil sie mich vermisst und jetzt keine beste Freundin mehr hat.

Wie gesagt, ich habe dieses Jahr nur einen ganz großen Wunsch. Kein Spielzeug, auch keine Süßigkeiten, sondern eine Frau für meinen Papa. Sie muss nicht schön sein. Oder vielleicht ein bisschen, damit Papa sich in sie verliebt. Aber sie muss ganz, ganz lieb sein, und sie soll nicht nur den Papa mögen, sondern auch Emilia und mich. Vielleicht auch den Lasse. Ich glaube nämlich, den muss man ein bisschen lieb haben, um ihn auszuhalten.

Der Lasse braucht aber keine Geschenke, der hat sowieso keine verdient. Heute war er wieder richtig eklig und hat der Emilia Angst gemacht, als er sagte, er hätte letzte Nacht das Seeungeheuer vor ihrem Fenster gesehen.

Vor dem Seeungeheuer musst du übrigens keine Angst haben, wenn du die neue Frau für Papa bringst. Papa sagt nämlich, dass es das Ungeheuer nicht gibt. Ich weiß nicht, ob das stimmt, weil Lasse sagt, er würde sich fragen, warum die Regierung von Jämtlands län ein Seeungeheuer unter Artenschutz stellen lässt, das es nicht wirklich gibt. Ich finde, da hat er recht, auch wenn ich ihm das nie sagen würde. Außerdem hat das Ungeheuer sogar ein eigenes Denkmal.

Aber du musst trotzdem keine Angst haben! Wir alle haben das Seeungeheuer noch nie gesehen. Bis auf Lasse, aber der lügt ganz bestimmt.

Bitte, bitte, lieber Weihnachtsmann, ich möchte so gerne, dass mein Papa endlich wieder lacht, damit wir alle wieder fröhlich sein können. Meine Mama hätte das ganz bestimmt auch gewollt, und auch wenn Papa eine neue Frau bekommt, werden wir Mama nie vergessen und sie lieb haben bis in alle Ewigkeit. Versprochen!

Lieber Weihnachtsmann, du bist der Einzige, der mir diesen Wunsch erfüllen kann. Bitte hilf uns allen!

Deine Greta

Malin ließ den Brief sinken und schluckte schwer. »Ich hätte mir keine Arbeit mit nach Hause nehmen sollen«, sagte sie zu sich selbst.

»Hast du was gesagt?«, rief Erik aus der Küche.

»Nein!« Sie las den Brief noch einmal, voller Mitleid mit dem kleinen Mädchen, dessen Trauer sie an das erinnerte, was sie selbst im gleichen Alter erlebt hatte.

Greta hatte ein Foto von sich beigefügt. Das Gesicht eines fröhlichen Mädchens strahlte Malin an. Pausbacken, blonde Locken und eine freche Zahnlücke. Sie empfand sofort Zuneigung zu diesem kleinen Mädchen, das sie gar nicht kannte.

»Kommst du jetzt?« Erik erschien in der Tür. »Ich will Mama nicht warten lassen.«

Malin sah unwillig auf. »Können wir nicht wenigstens dieses Wochenende zu Hause bleiben?«

Er wirkte fassungslos. »Aber wir fahren jedes Wochenende zu meiner Mutter.«

»Eben!«, erwiderte sie knapp.

»Ich dachte, du fährst gerne nach Ystad.«

Da irrst du dich gewaltig. Ich hasse es!

Malin sprach diesen Gedanken nicht laut aus. Sie liebte Erik, und der wiederum liebte seine Mutter. Nur deshalb hatte sie es bisher hingenommen, dass sie jedes Wochenende bei Pernilla verbrachten. Dabei war sie überzeugt, dass Pernilla Andersson sie lediglich als notwendiges Übel betrachtete, das sie in Kauf nehmen musste, um ihren Sohn regelmäßig zu sehen. Pernilla machte kein Hehl daraus, dass sie sich eine ganz andere Frau als Schwiegertochter wünschte.

»Ystad ist ganz nett«, murmelte Malin. Sie mochte die Stadt wirklich, aber nicht so sehr, dass sie jede Woche dorthin wollte. Sie und Erik wohnten in Trelleborg, rund fünfzig Kilometer von Pernilla entfernt.

»Wir müssen doch nicht das ganze Wochenende dort verbringen. Lass uns heute gemeinsam was unternehmen, und morgen besuchen wir deine Mutter«, schlug Malin vor.

»Das kann ich ihr doch nicht so kurzfristig mitteilen. Sie freut sich doch so auf uns.«

»Auf dich vielleicht!« Für Malin war die Vorstellung, wieder das ganze Wochenende in Ystad zu verbringen, unerträglich.

Auch Erik wirkte unzufrieden. Offenbar verstand er überhaupt nicht, dass Malin keine Lust mehr hatte, jedes Wochenende nach Ystad zu fahren. »Warum machst du plötzlich so ein Theater?«

So plötzlich kam ihre Weigerung gar nicht. Sie führten diese Diskussion nicht zum ersten Mal. Malin war versucht, ihm vorzuschlagen, einfach allein nach Ystad zu fahren.

»Lass uns bitte jetzt fahren«, sagte Erik in diesem Moment. Das war keine Bitte, sondern eher ein Befehl. »Ich möchte nicht, dass meine Mutter mit dem Essen auf uns warten muss.«

Nur widerwillig gab Malin nach. Sie schob die Briefe, die sie am vergangenen Tag aus der Redaktion mit nach Hause genommen hatte, in ihre Tasche. Ganz obenauf legte sie den Brief der kleinen Greta. Den wollte sie zuerst beantworten.

Malin arbeitete als Reporterin beim *Trelleborger Dagbladet*. Die Aufgaben, die sie erhielt, hätte aber ebenso gut eine Praktikantin erledigen können. Die Krönung war ihr alljährlicher Einsatz als Zeitungsweihnachtsmann. Sie las die Wünsche an den Weihnachtsmann, beantwortete sie mit Standardformulierungen und wählte besonders gelungene Kinderbriefe zur Veröffentlichung aus. Allerdings nahm sie sich bereits jetzt vor, dass Gretas Brief nicht veröffentlicht werden sollte. Er war viel zu persönlich.

Während der Fahrt schwiegen Erik und sie sich an. Auch das empfand Malin als belastend. Diese zunehmende Sprachlosigkeit zwischen ihr und Erik brachte sie immer öfter zum Grübeln.

Draußen heulte der Novemberwind, trieb Laub und Regenmassen vor sich her und rüttelte am Wagen.

In Ystad regnete es nicht mehr, was Erik zu der Aussage veranlasste: »Gut, dass wir hierhergefahren sind.«

Malin sagte nichts dazu.

Pernilla musste den Wagen bereits gehört haben. Sie riss die Haustür auf, noch bevor sie ausgestiegen waren.

Malin bemühte sich um ein Lächeln. »Hej!«

Pernilla bedachte sie mit einem kühlen Blick und einem knappen »Hej«. Dann lief sie an Malin vorbei zu Erik und schloss ihn fest in die Arme. »Endlich bist du da!«

Malin lag ein bissiger Kommentar auf der Zunge. Pernilla begrüßte ihren Sohn jedes Wochenende so, als hätte sie ihn seit Ewigkeiten nicht gesehen.

Erik schien eine besondere Antenne für Malins unausgesprochene Kritik an seiner Mutter zu haben. Über Pernillas Kopf hinweg sah er sie warnend an.

Malin drehte sich um, nahm ihre Reisetasche aus dem Auto und ging ins Haus, direkt hinauf in Eriks Jugendzimmer, in dem sie seit zwei Jahren jedes Wochenende verbrachte. Dieser Raum war ihr inzwischen vertraut und verhasst zugleich.

Pernilla wohnte in einem der alten Fachwerkhäuser mit roten Holzbalken, die sich auf der schmalen Straße mit dem Kopfsteinpflaster eng aneinanderschmiegten. Die Decken waren so niedrig, dass Malin sie mit ausgestreckten Armen berühren konnte, und die Holzdielen auf dem Fußboden knarrten bei jedem Schritt.

Malin war zum ersten Mal an Weihnachten vor zwei Jahren hier gewesen, fest entschlossen, alles urig und gemütlich zu finden. Erik hatte ihr sein Elternhaus schon ausführlich beschrieben, und seine Augen hatten dabei geleuchtet. Es war ein krasser Gegensatz zu ihrer modernen Wohnung in Trelleborg, aber weihnachtlich geschmückt wirkte es tatsächlich sehr heimelig.

Malins Begeisterung verflog jedoch schnell, weil sie spürte, dass Pernilla sie trotz aller Freundlichkeit nicht wirklich willkommen hieß. Den Grund dafür lernte sie am ersten Feiertag kennen: Wivecka Gustafsson, die Tochter von Pernillas besten Freunden und ihre Wunschschwiegertochter.

Ebenso schlimm war die Erkenntnis, dass Wivecka sich selbst Hoffnungen auf Erik machte. Es schien sie kein bisschen abzuschrecken, dass er seine Freundin mitgebracht hatte und sie beide eine glückliche Beziehung führten.

Inwieweit Erik all die Spannungen um sich herum wahrgenommen hatte, wusste Malin nicht. Er hatte sich nichts anmerken lassen, und deshalb hatte auch sie nichts gesagt. Sie lächelte zu allem, zeigte sich geduldig und freundlich, und wenn sie das Gefühl hatte, gleich explodieren zu müssen, verließ sie das Zimmer und kam erst zurück, wenn sie sich innerlich beruhigt hatte.

So hatte Malin in den letzten beiden Jahren Weihnachten verbracht.

Dieses Jahr nicht!

Der Gedanke war so plötzlich da, dass er sie selbst im ersten Moment erschreckte. Doch je länger sie darüber nachdachte, umso mehr Gefallen fand sie an der Idee. Sie und Erik irgendwo ganz alleine. Sie hätten endlich wieder Zeit und Gelegenheit, einander nahezukommen.

»Warum lächelst du? Freust du dich nun doch, dass wir nach Ystad gefahren sind?« Erik war mit seiner Reisetasche ins Zimmer gekommen und stellte sie aufs Bett.

Malin flog auf ihn zu und schlang ihre Arme um seinen Hals. »Ich möchte etwas ganz Tolles mit dir unternehmen«, flüsterte sie einer plötzlichen Eingebung folgend.

»Ich möchte auch etwas ganz Tolles mit dir erleben.« Er lachte und blickte verheißungsvoll auf das schmale Bett. »Aber Mama könnte jeden Moment reinkommen.«

»Das meine ich nicht.« Malin schüttelte den Kopf. »Lass uns etwas Tolles für den Weihnachtsurlaub planen. Was hältst du von einer Reise in die Karibik?«

Erik ließ sie los und trat einen Schritt zurück. »Spinnst du?«, fragte er sichtlich entgeistert. »Ich gebe doch nicht einen Haufen Geld aus, um mir über Weihnachten einen Sonnenbrand zu holen.«

Hatte sie wirklich erwartet, dass er zustimmte? Oder sogar Begeisterung zeigte?

Eigentlich nicht, trotzdem schlug die Enttäuschung mit voller Wucht zu, gefolgt von einer riesigen Portion Wut. Wieso musste sie sich immer nach seinen Wünschen richten, obwohl sie im Haus seiner Mutter nur geduldet war?

»Ich schenke dir zu Weihnachten eine riesige Flasche Sonnenschutz«, sagte sie sarkastisch.

»Ich lasse meine Mutter an Weihnachten jedenfalls nicht alleine.« Erik machte eine kurze Pause, bevor er ihr den nächsten verbalen Schlag versetzte. »Im Gegensatz zu dir ist mir meine Familie wichtig!«

Sie sah ihm an, dass er seine Worte schon im nächsten Moment bedauerte. Er presste kurz die Lippen aufeinander.

»Es tut mir leid«, entschuldigte er sich. »Ich hab das nicht so gemeint.«

»Du hast es genau so gemeint«, erwiderte sie tonlos. Als er einen Schritt auf sie zukam, schüttelte sie den Kopf und hob abwehrend die Hände. Sie wollte jetzt nicht von ihm berührt werden. »Lässt du mich bitte ein paar Minuten allein?«, bat sie mit erstickter Stimme.

»Jetzt stell dich doch nicht so an!«

Malin schaute ihn nur schweigend an, bis er sich umdrehte und das Zimmer verließ.

Malin trat ans Fenster, doch sie sah nicht viel mehr als das gegenüberliegende Haus und die schmale Straße. Gerade jetzt hätte sie gerne den Blick schweifen lassen, ebenso wie ihre Gedanken.

Malin hatte ihren Vater seit vielen Jahren nicht mehr gesehen. Damals konnte sie ihm nicht verzeihen, dass er so kurz nach dem Tod ihrer Mutter wieder geheiratet hatte und dann mit seiner neuen Frau auch noch nach Spanien gezogen war.

Helen besaß ein Haus auf Mallorca. Beide hatten sich damals bemüht, Malin zu überreden, mit ihnen zu kommen. Ihr Vater hatte ihr erklärt, dass er Schweden vor allem deshalb verlassen wolle, weil ihn hier alles an ihre

Mutter erinnere. Malin hatte ihm kein Wort geglaubt und ihm vorgeworfen, dass er sich niemals in eine andere Frau verliebt hätte, wenn er wirklich um ihre Mutter trauern würde. Sie war in Schweden geblieben, in einem Internat in Gränna, und weigerte sich auch in den Ferien, nach Mallorca zu fliegen.

Damals hatte die Wut auf ihren Vater ihr Handeln bestimmt, inzwischen empfand sie ihm gegenüber nur noch Gleichgültigkeit. Ihr Kontakt beschränkte sich auf Grußkarten zu Weihnachten und zu den Geburtstagen.

Und das reicht auch vollkommen. Ich vermisse ihn nicht!

Ganz tief in ihrem Innern wusste Malin, dass das nicht stimmte, aber sie war eine Meisterin darin, ihre Gefühle zu verdrängen. Meistens jedenfalls.

Malin wollte ihre Gedanken nicht mit Erinnerungen vergiften. Die Gegenwart war gerade anstrengend genug. Um sich abzulenken, begann sie mit ihrem Brief an Greta. Das kleine Mädchen hatte es verdient, so schnell wie möglich eine Antwort zu bekommen.

Liebe Greta!

Was du mir geschrieben hast, stimmt mich sehr traurig. Es tut mir leid, dass du deine Mutter so früh verloren hast. Aber du bist zum Glück nicht allein, denn du hast noch deinen Vater und deine Geschwister, die den Schmerz mit dir teilen.

Natürlich wäre es sehr schön, wenn dein Vater bald wieder glücklich wird, aber du weißt bestimmt, dass ich nur für die Kinder und nicht für die Erwachsenen zuständig bin.

Trotzdem glaube ich ganz fest, dass sich dein Wunsch irgendwann erfüllt. Wenn auch nicht zu Weihnachten, sondern erst dann, wenn dein Vater bereit für eine neue Liebe ist.

Malin hielt kurz inne und schaute mit gerunzelter Stirn auf die letzten Zeilen. »Bei manchen Vätern geht das ganz schnell«, murmelte sie. »Andere brauchen eben ihre Zeit.«

Aber das war kaum die passende Antwort für ein kleines, trauriges Mädchen. Allerdings hatte sie auch keine Ahnung, was die richtigen Worte waren, und so griff sie am Ende des Briefes auf eine Standardformulierung zurück:

Wie du weißt, strengen wir uns hier alle sehr an, um alle kleinen und großen Wünsche zu erfüllen. Ich und vor allem die Wichtel, die für das Verteilen der Geschenke zuständig sind. Es gelingt uns nicht immer, aber wir geben unser Bestes.

Ich wünsche dir und deiner Familie eine wundervolle Weihnachtszeit!

Ganz herzliche Grüße
Dein Weihnachtsmann

Malin las den Brief noch einmal. *Na toll*, dachte sie unzufrieden. *Da hat ein kleines Mädchen einen großen Wunsch an den Weihnachtsmann, und der schiebt die Verantwortung an die Wichtel ab, weil er genau weiß, dass er das Kind nicht glücklich machen kann.*

»Kommst du essen?« Erik trat hinter sie. »Mama hat extra für dich Hammel in Dillsoße gekocht.«

Malin hasste Hammelfleisch. Erik wusste das, und Pernilla wusste es erst recht.

So ist das leider, kleine Greta, dachte sie, als sie den Brief in einen Umschlag steckte. *Wir bekommen alle nicht das, was wir uns wünschen. Es tut mir leid, dass du diese Erfahrung schon so früh machen musst!*

Lieber Weihnachtsmann!

Du schreibst so, wie die Erwachsenen reden. Dabei habe ich immer geglaubt, dass du uns Kinder verstehst.

Ich will keine Geschenke, für mich musst du dich nicht anstrengen, und die Wichtel auch nicht. Ich will nur eine Frau für meinen Papa! Und das ist ja auch ein Geschenk für meine Geschwister und mich, weil wir dann alle wieder glücklich sind.

Du kannst das bestimmt, auch wenn du jetzt was anderes schreibst, denn du bist der Weihnachtsmann!

Deine Greta

Neun Monate später

1

»Sehen wir uns nächstes Wochenende?«

Jeden Sonntagabend vor ihrer Abreise stellte Pernilla die gleiche Frage, die eigentlich nicht nach einer Antwort verlangte. Weil alles andere als Zustimmung völlig ausgeschlossen war.

Diesmal jedoch stimmte Erik nicht sofort zu. Unsicher schaute er Malin an.

Immerhin erinnerte er sich an sein Versprechen. Ein ganzes elendes Wochenende lang hatte sie darauf gewartet, dass er seiner Mutter endlich sagte, dass sie nächstes Wochenende in Trelleborg bleiben würden.

Malin wartete gespannt auf seine Antwort.

Plötzlich nickte er brav wie ein Schuljunge und machte damit all ihre Hoffnungen zunichte. Dann drehte er sich zu Malin um und schaute sie warnend an. Sei bloß still, sagte sein Blick.

Malin, die den Mund bereits geöffnet hatte, schloss ihn wieder. Sie presste die Lippen aufeinander und unterdrückte den Impuls, Erik anzuschreien. Oder besser noch Pernilla, die ihren Sohn einfach nicht loslassen konnte.

Erik riss die Beifahrertür auf. »Steig ein!«, forderte er sie auf. Wahrscheinlich hatte er Angst, dass sie doch noch etwas sagen könnte, was seiner Mutter nicht gefiel.

»Du hast es versprochen«, zischte sie so leise, dass Pernilla es nicht hören konnte.

»Steig ein!«, wiederholte er mit zusammengezogenen Augenbrauen.

Sie presste die Lippen aufeinander und gehorchte wortlos. Als Erik auf der anderen Seite einstieg, blickte sie starr geradeaus. Er startete den Motor, gab Gas und winkte seiner Mutter zu.

»Wink doch!«, sagte er sauer zu Malin und brachte dabei das Kunststück fertig, seiner Mutter gleichzeitig zuzulächeln.

Malin verschränkte die Arme und starrte weiterhin geradeaus. Aus den Augenwinkeln nahm sie wahr, dass Erik immer wieder zu ihr hinüberschaute. Streit lag in der Luft, und er schien darauf zu warten, dass sie begann.

Da kannst du lange warten!

Kaum hatte sie diese Worte in Gedanken formuliert, platzte es auch schon aus ihr heraus: »Du hast es mir versprochen!«

»Ich weiß.«

Seine zerknirschte Miene besänftigte sie kein bisschen und noch weniger dieser Hundeblick, den er ihr zuwarf, bevor er sich wieder auf die Straße konzentrierte. Wenn er glaubte, dass er damit durchkam, hatte er sich geirrt.

»Es ist mir egal, was du machst, ich bleibe nächstes Wochenende zu Hause!«

Eine Weile war es still, dann sagte Erik nur ein Wort: »Okay.«

Malin drehte sich zu ihm um, soweit es der Sicherheitsgurt zuließ, und starrte ihn mit zusammengezogenen Brauen an. »Okay? Ist das alles, was du dazu zu sagen hast?«

»Was passt dir denn jetzt schon wieder nicht?«, schimpfte er. Er ließ kurz das Lenkrad los und hob beide Hände. »Ich sagte doch, dass es okay ist, wenn du zu Hause bleibst.«

»Wir – wollten – zusammen – zu – Hause – bleiben!« Malin betonte jedes einzelne Wort und ärgerte sich darüber, dass sie diesen Satz überhaupt aussprechen musste. Sie hatten eine klare Vereinbarung, und trotzdem zwang er ihr jetzt wieder diese Diskussion auf.

Warum lasse ich mich überhaupt darauf ein? Es wird sich niemals ändern!

»Idiot!«, brüllte Erik im nächsten Moment, weil vor ihnen jemand aus einer Parklücke ausscherte. Hart trat er auf die Bremse.

Malin wurde noch vorn geschleudert und hart vom Sicherheitsgurt abgefangen.

Erik drückte wütend auf die Hupe. »Hast du das gesehen?«

Nicht nur gesehen, sondern vor allem gespürt, dachte Malin, sagte aber kein Wort mehr, bis er fragte: »Bist du sauer?«

»Dämliche Frage«, erwiderte sie knapp. Dabei war sie nicht nur sauer, sondern vor allem enttäuscht. Dieses ganze verkorkste Wochenende lang hatte sie sich damit getröstet, dass nächste Woche alles anders sein würde.

Wie lange hatte sie auf Erik eingeredet, damit er endlich einmal auf ihre Wünsche einging? Jetzt wurde sie das Gefühl nicht los, dass er keine Sekunde lang die Absicht gehabt hatte, am nächsten Wochenende in Trelleborg zu bleiben. Er hatte sich mit seiner Zusage lediglich ein paar Tage Ruhe verschafft.

Die restliche Fahrt über schwiegen sie sich an. Auch zu

Hause sprachen sie nicht miteinander, und Malin ging früh ins Bett. Es war schrecklich, aber sie konnte den Anblick des Mannes, den sie im nächsten Sommer heiraten wollte, nicht mehr ertragen.

Die neue Woche begann so unerfreulich, wie die letzte geendet hatte. Ausgerechnet Ella Lindh lief Malin am Montagmorgen in der Redaktion als Erste über den Weg. Strahlend schön, in Designerklamotten, mit perfektem Make-up und natürlich einem exzellenten Haarschnitt. Ella gab immer wieder damit an, dass sie mit einem Starfrisör auf Du und Du war, der für Normalsterbliche unerreichbar war. Selbst bei seinem Personal, das in luxuriösen Salons die Schönen und Reichen im ganzen Land frisierte, waren die Termine lange Zeit im Voraus ausgebucht.

Ella musterte Malin geringschätzig von Kopf bis Fuß. »Ich hoffe, dein Wochenende war besser, als du aussiehst.«

Malin atmete tief durch. Sie und Ella mochten einander nicht, das hatten sie schon in ihrer ersten gemeinsamen Woche festgestellt. Ella sah fantastisch aus, bekam all die Reportagen, die auch Malin gerne übernommen hätte, und stammte aus einem wohlhabenden Elternhaus.

Es gab nur einen Punkt, in dem sich Malin ihr überlegen fühlte, und so trat sie ganz dicht an Ella heran. »Ich bin einfach nur müde. Ich hatte das ganze Wochenende fantastischen Sex. Und zwischendurch haben mein Freund und ich unsere Hochzeit geplant.«

Ella lief rot an. Sie murmelte etwas, das Malin nicht verstand, und eilte davon.

Grinsend schaute Malin ihr nach. Ella war Single, und von einer Kollegin, die das wiederum von einer anderen

Kollegin erfahren hatte, wusste sie, dass Ella mit ihrem Beziehungsstatus ganz und gar nicht glücklich war.

Malin hörte auf zu grinsen, als Ella im Redaktionsbüro verschwand. Zum Glück wusste ihre liebe Kollegin nicht, dass sie Malin um ihre Beziehung nun wirklich nicht beneiden musste. Ganz im Gegenteil war es heute Malin, die Ella neben allem anderen auch noch um ihr Singledasein beneidete.

Malin folgte Ella ins Redaktionsbüro. Montagmorgens versammelten sich hier alle Kollegen, um den Ablauf der Woche zu besprechen.

»Die Kronprinzessin gibt sich am Wochenende die Ehre.« Der Fotograf Nils Ljungström nahm neben ihr am großen Konferenztisch Platz. »Zeit für einen kleinen Einblick in ihr Familienleben.«

Malin schnappte nach Luft. Sie liebte Kronprinzessin Viktoria, so wie die meisten Schweden. »Vielleicht schickt Staffan uns nach Stockholm«, sagte sie hoffnungsvoll.

Nils schüttelte den Kopf. »Ella ist schon fest eingeplant.«

»Sie schreibt doch schon den Backstage-Bericht über Mando Diao!«

Es tat immer noch weh, dass sie diese Reportage nicht bekommen hatte. Neben Kronprinzessin Viktoria verehrte sie auch die Rockband, und Ella hatte ihr in den letzten Tagen mehrfach unter die Nase gerieben, wie toll das Interview werden würde.

Malin wusste, dass Nils Ella auch nicht mochte, weil sie ihn mehrfach aus interessanten Reportagen herausgekickt und darauf bestanden hatte, stattdessen einen freien Fotografen mitzunehmen. Malin wunderte sich immer wieder darüber, wie Ella es schaffte, ihre Forderungen durchzusetzen.

»Sie kann sich einfach besser durchsetzen als du«, hatte Nils gesagt, als sie das Thema ihm gegenüber einmal angesprochen hatte.

Malin hatte da einen ganz anderen Verdacht, aber sie hütete sich, ihn laut auszusprechen.

Nach und nach trudelten die Kollegen ein. Zum Schluss kam Staffan Sällquist, der Chefredakteur, und nahm am Kopfende des Tisches Platz. Genau in diesem Moment beschloss Malin, sich diesmal nicht die begehrte Reportage wegnehmen zu lassen. Sie richtete sich kerzengerade auf, weil sie mal irgendwo gelesen hatte, dass sich damit das eigene Selbstbewusstsein aufrichten ließ und eine solche Haltung auch nach außen hin Eindruck machte.

»Staffan, ich ...«

Ella fiel ihr ins Wort, aber das bekam niemand mit, weil ihr sowieso keiner zuhörte. »Kann ich Marten für die Palastreportage buchen?«

Malin schnappte hörbar nach Luft, schloss den Mund und ließ die Schultern hängen.

Es war Nils, der sich empört zu Wort meldete. »Ich weiß nicht, wieso wir einen Freiberufler engagieren müssen, wenn es in dieser Redaktion einen festangestellten Fotografen gibt.« Bei den letzten Worten zeigte er mit den Daumen auf sich selbst.

Ella verzog den Mund zu einem abfälligen Lächeln. »Weil ich den Anspruch habe, dass die Fotos zur Qualität meiner Reportagen passen, lieber Nils!«

Diese Aussage war so unverschämt, dass sekundenlang absolutes Schweigen im Redaktionsbüro herrschte.

Malin wartete darauf, dass Staffan Ella zur Ordnung rief.

»Nils ist ein hervorragender Fotograf«, war alles, was er in Ellas Richtung sagte, bevor er sich Nils zuwandte. »Aber ich habe dich bereits für eine andere Reportage eingeplant.« Staffan lächelte. »Zusammen mit Malin. Ihr beide seid ja ein ziemlich gutes Team.«

Es klang, als würde er ihnen beiden damit eine Auszeichnung verleihen, aber das Gegenteil war der Fall. In Wahrheit stellte Staffan Nils ruhig, und Malin gleich mit. So wie Erik sie ruhigstellte, indem er ihr ein Versprechen gab, das er nie einhalten wollte.

Staffan war noch nicht fertig. »Ich habe einem unserer Anzeigenkunden versprochen, dass ich meine besten Leute zu seinem geplanten Event schicke.«

Leises Lachen war zu hören. Offenbar wussten einige der Kollegen bereits, worum es ging.

»Fisch Åkerström veranstaltet ein Gewinnspiel unter dem Motto: *Wie schwer ist der Fisch?*« Staffan strahlte Malin und Nils abwechselnd an, als wäre es eine ganz besondere Ehre, dass sie diesen Auftrag bekamen.

Die Kollegen lachten. Wahrscheinlich waren alle froh, diese Reportage nicht übernehmen zu müssen.

»Åkerström eröffnet eine neue Filiale, und als besondere Attraktion bietet er den Kunden an, das Gewicht von Fischen zu schätzen«, ergänzte Staffan ungerührt. »Er ist einer unserer wichtigsten Anzeigenkunden.«

Malin hörte Nils neben sich leise aufstöhnen. »Tut mir leid«, flüsterte sie. »Ich hätte dir den Job in Stockholm gegönnt.«

Nils brachte ein verunglücktes Lächeln zustande. »Ich dir auch«, gab er ebenso leise zurück. »Ich tröste mich damit, dass ich sowieso lieber mit dir arbeite als mit Ella.«

Malin lächelte ihn dankbar an. Als sie den Kopf wandte, schaute sie geradewegs in Ellas schadenfrohes Grinsen. Sie war davon überzeugt, dass sie spätestens jetzt den Tiefpunkt der Woche erreicht hatte, aber Staffan setzte noch einen drauf.

»Außerdem übernimmst du bitte die Reportage über die Harzer Roller, Malin«, sagte er.

»Erst Fisch, dann Käse?« Malin schüttelte sich und ignorierte das Lachen der Kollegen.

Staffan hob die Hand, damit wieder Ruhe einkehrte. Er schaute Malin ernst an. »Harzer Roller sind Kanarienvögel«, stellte er richtig.

»Mama will wissen, was sie am Wochenende kochen soll.« Erik schaute sie fragend an. Ganz so, als hätte es die Auseinandersetzung am Sonntag nie gegeben.

Malin verspürte das dringende Bedürfnis, ihn anzuschreien, und zwar so laut, dass Pernilla jedes Wort verstand. Doch sie schwieg, weil sie und Erik gerade erst wieder halbwegs normal miteinander umgingen. Sie riss sich zusammen, obwohl sie sich maßlos darüber ärgerte, dass Erik es offensichtlich als selbstverständlich voraussetzte, dass sie auch das nächste Wochenende gemeinsam bei seiner Mutter verbringen würden.

Erst als er das Gespräch beendet hatte, brach sie ihr Schweigen: »Ich bleibe am Wochenende in Trelleborg.«

»Aber ...«

»Nichts aber!«, brüllte sie ihn an. Sie atmete tief durch und bemühte sich, ganz ruhig zu sein. »Ich fahre am

Wochenende nicht zu deiner Mutter. Das haben wir doch schon geklärt.«

Erik versuchte es noch einmal. »Wieso stellst du dich auf einmal so an?«

»Ich will nicht mehr darüber diskutieren. Und vor allem will ich nicht mehr mit dir streiten.« Malin zwang sich zu einem Lächeln. »Akzeptiere bitte einfach meine Entscheidung.«

Erik drehte sich um und verließ beleidigt den Raum.

Früher wäre sie ihm nachgelaufen, um sich mit ihm zu versöhnen – und letztendlich genau das zu machen, was er wollte.

Doch heute folgte Malin ihm nicht, und ihr wurde klar, dass sie es nie wieder tun würde.

2

»Papa, ich brauche eine Briefmarke.«

Anders Frykberg hob den Blick von der Kaffeetasse und sah seine Tochter müde an. »Warum?«, wollte er wissen.

»Ich muss unbedingt dem Weihnachtsmann schreiben.«

Ein Brief an den Weihnachtsmann?

Sein Blick flog zum Kalender. Heute war der erste September. Sollte er seiner Tochter sagen, dass es für Briefe an den Weihnachtsmann noch viel zu früh war?

Aber Greta hatte ihren eigenen Kopf, und Diskussionen mit ihr konnten sehr mühsam sein. Nachdem Anders die ganze Nacht über einem Skript gesessen hatte, fühlte er sich dazu gerade nicht in der Verfassung.

»Gib mir doch einfach deinen Wunschzettel«, schlug er vor. »Ich leite ihn an den Weihnachtsmann weiter.«

»Nein!« Greta schüttelte entschieden den Kopf. »Du vergisst das ja doch wieder.« Finster starrte sie ihn an.

Zu Anders' Kopfschmerzen kamen nun auch noch Gewissensbisse hinzu. Er wusste, dass er sich eigentlich mehr um die Kinder kümmern müsste, aber er schaffte es einfach nicht. Nur wenn er sich in seine Arbeit vertiefte, konnte er den Schmerz vergessen und die Sehnsucht in seinem Herzen wenigstens zeitweise zum Verstummen bringen.

Klein und stämmig stand Greta vor ihm. Sie trug ihren Lieblingsschlafanzug mit den aufgedruckten Teddybären, hatte die Arme vor der Brust verschränkt und die Lippen vorgeschoben. Mit dieser Haltung demonstrierte sie ihren unbeugsamen Willen. Greta gab nie auf, wenn sie sich etwas in den Kopf gesetzt hatte.

»Gib ihr doch einfach die Briefmarke«, brummte Tilda. Sie stand hinter Anders und hantierte an der Spüle. Früh am Morgen war sie immer besonders schlecht gelaunt.

Anders nahm ihre mürrische Art klaglos hin. Er war froh, dass er mit seinen Kindern hier leben konnte. Es hatte nur eine Lösung auf Zeit sein sollen, aber inzwischen zweifelte er daran, dass er sich jemals wieder ein eigenes Leben aufbauen konnte.

Wenn es nur um ihn selbst gegangen wäre, dann hätte er sich irgendwo ein Zimmer genommen und abwechselnd gearbeitet und geschlafen. Aber die Kinder waren nun einmal da. Und sie waren das Einzige, was ihm von Kerstin geblieben war. Manchmal beschlich ihn das dumpfe Gefühl, dass die Liebe zu seinen Kindern auch das Einzige war, was ihn an diesem Leben festhalten ließ.

»Papa!«, drängelte Greta.

»Gibst du ihr die Briefmarke, oder soll ich das machen?«, knurrte Tilda.

»Halt dich einfach raus!«, erwiderte Anders gereizt.

Tilda drehte sich um und bedachte ihn mit einem Blick, der selbst Greta beeindruckte.

»O-o, Papa, jetzt haut sie dich!«

Anders hielt dem Blick der Haushälterin finster stand. »Das wird sie nicht wagen«, knurrte er.

Tilda schlug sich mit dem Geschirrtuch, das sie in der

Rechten hielt, in die linke Handfläche. »Willst du es darauf ankommen lassen?«

Nein, das wollte Anders nicht. Obwohl er überzeugt war, dass selbst Tilda so weit nicht gehen würde. Sie war grob und vorlaut, aber nicht gewalttätig.

Tilda hatte von Anfang an ziemlich deutlich durchblicken lassen, dass ihr die Mehrarbeit durch vier weitere Personen im Haushalt überhaupt nicht passte. Anders war davon überzeugt, dass sein Schwiegervater sie entsprechend entschädigte. Als er Stig aber einmal angeboten hatte, die Mehrkosten zu übernehmen, hatte sein Schwiegervater das bestritten.

Wir müssen hier endlich ausziehen, dachte Anders, wie schon so oft. Die Frage war nur, wohin.

Nach Stockholm zurückzukehren war unmöglich. Zu viele Erinnerungen, zu viel Schmerz!

Kerstin war hier in Orrviken aufgewachsen, auch hier waren die Erinnerungen an sie gegenwärtig. Aber es waren keine Erinnerungen an ihre gemeinsame Zeit, und genau die konnte Anders nicht aushalten.

»Papa! Die Briefmarke!« Gretas Stimme klang ungeduldig. Mit ausgestreckter Hand stand sie vor ihm.

»Ja!« Anders stand auf und ging ins angrenzende Wohnzimmer hinüber. Stigs Schreibtisch stand direkt vor dem großen Panoramafenster, das einen beeindruckenden Blick bis hinunter zum Storsjön bot.

Noch tummelten sich Segler und Ausflugsdampfer auf dem See, aber bereits in ein paar Monaten würde er zufrieren, und die grüne Landschaft würde sich in ein Schneeparadies verwandeln.

Und dann kommt Weihnachten!

Anders seufzte tief. Weihnachten war besonders

schwer. Nicht nur für ihn, sondern auch für die Kinder. Auch nach drei Jahren noch.

»Papa!« Greta war ihm gefolgt, in ihrer Stimme lag die ganze Ungeduld eines elfjährigen Mädchens.

Anders öffnete eine der Schreibtischschubladen, nahm eine Briefmarke heraus und legte sie in Gretas ausgestreckte Hand. Auch wenn es Stigs Schreibtisch war, war es doch meistens Anders, der hier saß. Ein weiterer Schreibtisch befand sich in seinem Schlafzimmer. Dort arbeitete er, wenn er völlig ungestört sein wollte.

»Weißt du überhaupt, wohin du den Brief schicken musst?«, wollte er wissen. »Hast du die Adresse vom Weihnachtsmann?«

»Klar! Letztes Jahr habe ich dem doch auch schon geschrieben.«

»Wirklich? Das hab ich wohl vergessen.«

»Ach, Papa!« Greta umschlang seine Taille mit beiden Armen. »Du vergisst viel. Ist aber nicht so schlimm, du bist ja nur ein Erwachsener.« Sie ließ ihn los und rannte in den Flur.

Anders schaute ihr betroffen nach. Dann seufzte er erneut, setzte sich hinter den Schreibtisch und schaltete sein Notebook ein. Er wollte noch einmal durchlesen, was er in der vergangenen Nacht geschrieben hatte, aber es fiel ihm schwer, sich auf das Drehbuch zu konzentrieren. Stattdessen hob er den Kopf und starrte aus dem Fenster.

Stigs Haus lag auf einer Anhöhe, der Blick über die unberührte Natur bis zum See hinunter war unverbaut. Oft waren Elche zu sehen, im Winter verirrte sich auch schon mal ein Wolf hierher.

Früher hätte Anders es nicht für möglich gehalten, dass er jemals auf dem Land leben könnte. Er war in der Großstadt aufgewachsen und hatte sich nie ein anderes Leben vorstellen können. Er wusste, dass Kerstin nur für ihn das alles hier aufgegeben hatte, um in Stockholm sein Leben mit ihm zu teilen. Und er hatte ihr nie dafür danken können.

Die Sehnsucht nach ihr überfiel ihn mit solcher Macht, dass er es kaum noch aushielt. Er stöhnte leise auf, beugte sich vor und bedeckte sein Gesicht mit beiden Händen.

»Weinst du, Papa?«

Anders hob den Kopf und drehte sich um. Emilia stand hinter ihm. Klein und zart, eine Miniaturausgabe ihrer Mutter. Mit der rechten Hand hielt sie ihren Stoffhasen umklammert.

Anders lächelte. »Ich bin nur müde«, sagte er. Als sie auf seinen Schoß kletterte, zog er sie ganz fest an sich. »Hast du gut geschlafen, mein Schatz?«

Emilia nickte. »Heute Nacht war kein Seeungeheuer vor meinem Fenster.«

»Emilia, es gibt keine Seeungeheuer. Wie oft soll ich dir das denn noch sagen?«

»Aber Lasse hat gesagt, es gibt das Seeungeheuer. Es hat sogar ein Denkmal, und das würden die nicht aufstellen, wenn es gar kein Ungeheuer gäbe. Frida sagt das auch.«

Anders überhörte den letzten Satz und versuchte seine Tochter zu überzeugen: »Wir waren doch im Sommer in diesem Märchenpark. Da waren Märchenskulpturen aufgestellt, weißt du noch? Also auch so etwas wie Denkmäler. Und dass es die Figuren aus den Märchen nicht wirklich gibt, das weißt du doch.«

Emilia zog die Stirn kraus, als sie angestrengt nachdachte, dann schüttelte sie den Kopf. »Ich glaube, die gibt es doch.« Sie wisperte, als würde sie ihm ein Geheimnis anvertrauen. »Den bösen Wolf habe ich schon mal gesehen, als draußen ganz viel Schnee lag. Das war bestimmt der, der das Rotkäppchen und die sieben Geißlein gefressen hat.«

Anders unterdrückte ein Lächeln und erklärte ruhig: »Es gibt kein Rotkäppchen und auch keine sieben Geißlein.«

»Jetzt nicht mehr«, bestätigte Emilia. »Weil der Wolf sie gefresst hat.«

Anders nahm sich fest vor, seinen Sohn heute eindringlich zu ermahnen. Lasse musste endlich aufhören, Emilia mit seinen Geschichten Angst einzujagen. Die Gelegenheit dazu bekam er schneller als gedacht.

Er schrieb gerade eine Mail an die Werbeagentur, mit der er zusammenarbeitete, als das Telefon klingelte. Tilda meldete sich und kam kurz darauf mit dem Hörer zu ihm.

»Für dich!«

Anders starrte auf den Hörer, dann in Tildas Gesicht. »Die Presse?«

»Natürlich nicht! Dass du mir so was überhaupt zutraust.«

Anders lächelte entschuldigend. Ständig quälte ihn die Sorge, dass jemand herausfand, wo er sich aufhielt. Nach Kerstins Tod hatte sich die Presse auf ihn gestürzt. Der berühmte Regisseur, dessen Frau bei einem Unfall ums Leben gekommen war – das versprach eine gute Story.

Es war grauenvoll gewesen. Er hatte gewusst, dass Pietät oder Tabus keine Rolle spielten, wenn die Medien eine quotenstarke Story witterten. Lange genug hatte er in der Öffentlichkeit gestanden. Doch seit er in Orrviken war, hatte nicht nur Stig, sondern auch Tilda ihn vor der Medienwelt abgeschirmt.

»Tut mir leid«, entschuldigte er sich. »Wer ist dran?«

»Lasses Schuldirektor«, erwiderte Tilda.

Lennart Lagnelöv war nicht nur der Direktor von Lasses Schule, sondern auch ein enger Freund von Stig.

»Was ist passiert?«, fragte Anders beunruhigt in den Hörer.

»Keine Angst, deinem Sohn geht es gut. Ich möchte dich trotzdem bitten, ihn abzuholen.«

»Ich bin in zehn Minuten da.« Anders warf den Hörer auf den Schreibtisch und sprang auf.

»Es ist nichts passiert«, beteuerte Lennart eine Viertelstunde später.

»Nichts passiert?« Ann-Sofie Villegards Stimme überschlug sich vor Empörung. »Das waren Bestien! Solche Bestien!« Sie breitete die Arme aus und zeigte eine Spannbreite von mindestens einem Meter.

Sie war Lasses Klassenlehrerin, und obwohl Anders nicht zum ersten Mal in die Schule zitiert wurde, hatte er sie noch nie so aufgeregt gesehen wie heute.

Anders wusste immer noch nicht, was Lasse angestellt hatte. Er sah seinen Sohn an, aber Lasse vermied jeden Blickkontakt. Ebenso wie sein Freund Bosse saß er mit gesenktem Kopf vor dem Schreibtisch des Direktors.

Als er wieder zu Lennart schaute, bemerkte Anders, dass sich der Direktor auf die Unterlippe biss und seinem

Blick ebenfalls auswich. Seine Mundwinkel zuckten verdächtig.

»Ich muss dir was zeigen.« Lennart griff nach Anders' Arm und zog ihn in einen Nebenraum.

Er wies auf ein altes Aquarium, in dem sich kein Wasser und keine Fische befanden, sondern vier Ratten. Sie schienen völlig furchtlos zu sein, wuselten herum, setzten sich auf die Hinterbeine und beobachteten die beiden Männer aus dunklen Knopfaugen. Auf dem dunklen Fell ihres Rückens befand sich eine weiße Markierung. Erst als Anders näher trat, erkannte er, dass die Ratten nummeriert waren. Eins, zwei, drei und fünf.

»Nummer vier fehlt«, stellte er fest.

»Genau!« Lennart nickte, lachte kurz auf, verstummte aber ganz schnell wieder und warf hastig einen Blick auf die Tür zu seinem Büro. »Lasse und Bosse haben die Ratten im Klassenzimmer freigelassen. Du kannst dir vorstellen, was danach los war.«

Anders schüttelte den Kopf. »Eigentlich will ich mir das gar nicht vorstellen«, sagte er dumpf.

Lennart lachte erneut kurz auf. »Die Kinder sind erstaunlich ruhig geblieben. Wahrscheinlich waren alle eingeweiht. Und die Tiere scheinen zahm zu sein.« Er steckte eine Hand ins Aquarium. Die Ratten schnupperten neugierig daran und ließen sich sogar von ihm streicheln.

»Ich hoffe, ich finde Ratte Nummer vier vor dem Hausmeister«, sagte Lennart.

»Wie nett von dir, dass du dir Sorgen um die Ratte machst«, erwiderte Anders ironisch.

»Auch um die beiden Jungen.« Lennart flüsterte jetzt. »Ich fürchte, vor allem Lasse kommt diesmal um eine ernste Bestrafung nicht herum. Und leider muss ich sagen, dass er keinen guten Einfluss auf Bosse ausübt.« Er lachte unterdrückt auf. »Genau so ein Gespräch hat es übrigens vor Jahrzehnten in meinem heutigen Büro schon einmal gegeben. Damals war ich es, der angeblich auf Stig keinen guten Einfluss ausübte.«

»Soll ich mich darüber freuen, dass mein Sohn solche Erinnerungen bei dir weckt?«

»Du sollst mir helfen, Ann-Sofie zu besänftigen. Und vielleicht kannst du danach mit mir die fehlende Ratte suchen.«

Die beiden Männer gingen zurück ins Büro, wo die Jungen immer noch mit gesenkten Köpfen saßen.

Ann-Sofie Villegard legte sofort wieder los: »Bevor das letzte Biest nicht gefangen wurde, betrete ich die Klasse nicht mehr! Selbst wenn der Unterricht wochenlang ausfällt!«

Anders sah in diesem Moment, dass sein Sohn und Bosse einen schnellen Blick tauschten. Lasses Mundwinkel zuckten kaum merklich.

»Lasse!«

Als Anders seinen Sohn streng ansprach, flog dessen Kopf nach oben.

»Warum habt ihr die Ratten nummeriert?«

Die Frage schien Lasse zu überraschen. Er zuckte hilflos mit den Schultern und schaute unsicher zu seinem Freund.

Auch Bosse hatte den Kopf gehoben, wusste aber offensichtlich ebenfalls nicht, was er sagen sollte.

Anders gab selbst die Antwort auf seine Frage: »Es gibt keine vierte Ratte. Die beiden haben die Tiere nummeriert, die Vier aber ausgelassen, damit ihr vergeblich nach der verlorenen Ratte sucht.«

Die beiden Jungen schauten sich wieder an, und Anders erkannte, dass er richtig geraten hatte. Wollten die Jungen ihrer Lehrerin nur einen Schrecken einjagen, oder hatten sie sich von ihrem Streich sogar einen schulfreien Tag erhofft, weil im Klassenzimmer eine nicht vorhandene Ratte gesucht wurde?

»Das ist genial«, hörte er Lennart murmeln.

Als Anders verständnislos den Kopf schüttelte, grinste Lennart über das ganze Gesicht.

»Solche Streiche sind mir zu meiner Schulzeit nicht eingefallen.« Der Tonfall des Direktors verriet, wie sehr er das bedauerte.

Anders sagte kein Wort, als sie die Schule verließen. Er wollte seinen Sohn nicht durch sein Schweigen bestrafen, aber er wusste gerade einfach nicht, wie er reagieren sollte.

Lasse trottete hinter ihm her.

»Kannst du ein bisschen schneller gehen!«, fuhr Anders ihn an. »Ich habe deinetwegen schon genug Zeit verloren.«

Der Junge warf ihm einen verletzten Blick zu, sagte aber kein Wort.

»Dir ist hoffentlich klar, dass dein Verhalten Konsequenzen nach sich ziehen wird.«

Diesmal zuckte Lasse nur mit den Schultern. Anders hatte das Gefühl, dass keines seiner Worte seinen Sohn erreichte. Inzwischen hatten sie den Wagen erreicht. Anders setzte sich hinter das Lenkrad, und Lasse nahm auf dem Rücksitz Platz.

Womöglich lag es an seinem Gespräch mit Greta heute

Morgen, dass Anders jetzt ausgerechnet Weihnachten einfiel. Dabei hatte er vorhin selbst festgestellt, dass es noch viel zu früh war, sich darüber Gedanken zu machen. Die Worte sprudelten einfach aus ihm heraus.

»Wenn ich noch einmal wegen einem deiner Streiche zur Schule gerufen werde, bekommst du nichts zu Weihnachten!«

»Das ist mir egal, Weihnachten ist sowieso doof, seit Mama nicht mehr da ist.« Unvermittelt brach Lasse in Tränen aus.

»Oh, Mann«, seufzte Anders. »Was mache ich nur mit dir?«

Sein Ärger war verflogen. Er verspürte nur noch Mitleid und den Wunsch, seinen Sohn zu trösten. Er stieg aus, setzte sich zu Lasse auf die Rückbank und nahm ihn in den Arm, bis er aufhörte zu weinen.

Liebevoll strich er ihm übers Haar. »Alles wird gut«, sagte er leise.

Lasse nickte, schien seinen Worten aber keinen Glauben zu schenken.

Wie soll er auch?, dachte Anders verzweifelt. *Ich glaube ja selbst nicht daran.*

Hallo Weihnachtsmann!

Eigentlich wollte ich dir nicht mehr schreiben, ich bin nämlich echt voll sauer auf dich.

Aber dann habe ich nachgedacht, und mir ist eingefallen, dass du im letzten Jahr vielleicht versucht hast, mir meinen Wunsch zu erfüllen. Vielleicht hast du mich einfach nur nicht gefunden.

Dass wir nicht mehr in Stockholm wohnen, habe ich dir ja schon geschrieben. Aber ich habe nicht dazugeschrieben, wo du mich jetzt findest: in der Nähe von Orrviken am Storsjön. Das ist der See, in dem das Ungeheuer lebt. Du musst die Frau für Papa also hierherliefern (oder von den Wichteln liefern lassen).

Lieber Weihnachtsmann, das ist deine letzte Chance! Wenn du mir meinen Wunsch auch dieses Jahr nicht erfüllst, werde ich nie wieder Weihnachten feiern.

Nie, nie, nie wieder!

Deine Greta

3

Die Redaktionssitzung hatte bereits begonnen. Mit einer Entschuldigung huschte Malin auf den freien Platz neben Nils.

»Schön, dass du es noch einrichten konntest«, sagte Staffan mit freundlichem Spott.

»Tut mir leid!«, entschuldigte Malin sich ein zweites Mal und hob hilflos die Hände. »Ich habe die Bahn verpasst, und danach …«

Staffan winkte ab und machte ihr damit klar, dass ihn solche Probleme nicht interessierten. »Du kommst genau richtig.« Er hielt ein beschriebenes Blatt Papier in die Höhe. »Ich habe den Kollegen gerade einen Beschwerdebrief vorgelesen, der dich betrifft.«

Es war verrückt, dass sie sich sofort schuldig fühlte, obwohl sie sich eigentlich keiner Schuld bewusst war. Sie war schon so lange unzufrieden, beruflich und privat, dass sie fieberhaft überlegte, ob sie aus diesem Frust heraus etwas Falsches gesagt oder geschrieben hatte.

»Es betrifft nicht dich persönlich«, bequemte Staffan sich endlich zu erklären. »Sondern eher den Redaktionsweihnachtsmann.«

Malin atmete tief durch. Sie hoffte inständig, dass ihr dieser Job in diesem Jahr erspart blieb.

»Die kleine Greta beschwert sich darüber, dass du ihren Wunsch nicht erfüllt hast.«

Staffan las laut vor, was Greta dem Weihnachtsmann geschrieben hatte. Offenbar hatte er sich die Briefe aus dem Vorjahr aus dem Archiv besorgt. Dann schaute er Malin mit gespielter Strenge an, während die Kollegen ringsum lachten.

»Die Kleine wünscht sich eine Frau für ihren Vater. Wieso sind diese Briefe nicht veröffentlicht worden?«

»Es war mir zu persönlich«, erwiderte Malin wahrheitsgemäß. »Ich finde, die Trauer der Familie hat in der Weihnachtsmannrubrik nichts verloren.«

»Da hat sie recht«, sagte ihr Kollege Pentti, und auch Nils nickte zustimmend.

Staffan schüttelte den Kopf. »Ich bin da anderer Meinung. Genau solche Geschichten lieben die Leser.«

»Das ist mir egal!«, beharrte Malin. »Dieses kleine Mädchen hat einen Traum, und ich wollte nicht, dass die Briefe zur Belustigung der Leser veröffentlicht werden. Es wäre übrigens nett, wenn du dieses Jahr jemand anderen zum Weihnachtsmann bestimmst, Staffan. Ich habe das jetzt lange genug gemacht.«

»Wieso? Das ist doch genau die richtige Aufgabe für dich.« Ellas Lächeln täuschte nicht darüber hinweg, dass ihre Worte alles andere als freundlich gemeint waren.

Malin zeigte ebenfalls ein Lächeln und sagte mit übertriebener Freundlichkeit in Staffans Richtung: »Ich finde, Ella sollte den Job bekommen. Ich bin überzeugt, dass sie das hervorragend macht.«

»Sehr nett von dir!« Ella wehrte mit beiden Händen ab, wobei sie es tatsächlich schaffte, noch gehässiger zu grinsen. »Ich fürchte, für diesen Job bin ich überqualifiziert.«

Ich etwa nicht?

Malin wagte es nicht, diese Frage zu stellen. Ella war imstande, sie vor dem ganzen Team bloßzustellen, und zwar so, dass die anderen darüber lachten und nicht begriffen, wie verletzend sie im Grunde war.

Staffan ignorierte das Geplänkel. Sein Blick war auf den Brief gerichtet. »Wir werden diese Briefe am Wochenende veröffentlichen und daraus eine ganz besondere Geschichte machen.«

Malin war fassungslos. Erst recht, als Staffan die Briefe an Ella weitergab.

»Du kümmerst dich darum!«

4

Anders blieb wie angewurzelt in der Tür zu seinem Zimmer stehen. Tilda lag mit ausgebreiteten Armen und Beinen quer auf seinem Bett und schlief mit offenem Mund. Bei jedem Atemzug war ein lautes Schnarchen zu hören.

Als Anders näher trat, bemerkte er einen intensiven Geruch. Offenbar hatte Tilda sich wieder an Stigs teurem Brandy bedient, und zwar so reichlich, dass sie mitten am Tag schlief.

»Tilda!«

Sie rührte sich nicht und schnarchte weiter.

»Tilda!«, brüllte Anders.

Das Schnarchen verstummte, der Mund schloss sich. Sie zog die Nase kraus, doch sonst bewegte sie sich nicht und hielt die Augen weiter geschlossen. Trotzdem hatte Anders das Gefühl, dass sie wach war.

»Du liegst auf meinem Bett!«

»Das weiß ich«, brummte sie. »Ich habe mich ja selbst hingelegt.«

»Warum?«

Jetzt öffnete sie die Augen. Sie richtete sich schwerfällig auf, stützte sich auf einen Ellenbogen und schaute ihn an, als hätte er ihr die dämlichste aller Fragen gestellt.

»Weil ich müde war.«

Anders setzte zu einer heftigen Erwiderung an, schloss den Mund jedoch wieder, ohne ein Wort zu sagen. Er drehte sich auf dem Absatz um und machte sich auf die Suche nach Stig.

In der Küche fand er stattdessen seinen Sohn, der am Tisch saß und etwas in ein Heft schrieb.

Anders runzelte die Stirn. »Wieso bist du nicht in der Schule?«

Lasse sah kaum auf. »Ich hab doch gestern schon gesagt, dass ich heute die ersten beiden Stunden frei habe.«

Anders konnte sich nicht daran erinnern, und einmal mehr wurde ihm bewusst, dass er sich zu tief in seine Arbeit vergrub und die Kinder darüber vernachlässigte.

»Das hab ich ganz vergessen«, behauptete er. »Soll ich dich zur Schule bringen?«

Jetzt sah Lasse auf. »Damit die anderen mich für ein Baby halten? Ich kann allein zur Schule gehen.«

»Ja, klar.«

Anders fühlte sich hilflos. So ging es ihm oft im Umgang mit seinen Kindern. Vor allem bei den beiden Großen hatte er das Gefühl, keinen richtigen Zugang zu ihnen zu finden. Kerstin hatte sich immer um alles gekümmert. Sie war ihre wichtigste Bezugsperson gewesen.

Heute wandten sich die Kinder mit all ihren kleinen und großen Problemen an Stig. Anders fiel wieder ein, dass er eigentlich auf der Suche nach seinem Schwiegervater war.

»Weißt du, wo Opa ist?«

»Nebenan«, erwiderte Lasse und vertiefte sich wieder in das Heft, das vor ihm auf dem Tisch lag.

Anders überlegte, ob es noch etwas gab, was er zu seinem Sohn sagen könnte. Irgendetwas Nettes oder Aufmunterndes. Doch Lasse sah nicht mehr auf, und weil Anders seinen Sohn nicht stören wollte, indem er ihn erneut ansprach, ging er schweigend hinaus.

Die Tür zum Nachbarhaus stand offen. Obwohl er bereits seit fast drei Jahren bei seinem Schwiegervater lebte, betrat Anders das Haus zum ersten Mal seit Kerstins Tod. Früher hatten sie alle Weihnachtsferien hier verbracht, manchmal auch den Sommer.

Sein Herz klopfte heftig, und er wartete auf den Schmerz. Doch stattdessen spürte er nur eine ferne Sehnsucht. Vielleicht lag es daran, dass er vor allem die Weihnachtstage mit diesem Haus verband. Draußen Schnee und Kälte, drinnen Kaminfeuer, der geschmückte Weihnachtsbaum, der Geruch nach Harz, der sich mit dem Duft frisch gebackener Plätzchen vermischte.

»Du? Hier?« Stig kam aus der Küche und schaute ihn verwundert an.

Als Anders nach Kerstins Tod hierhergekommen war, um sich komplett aus der Öffentlichkeit zurückzuziehen, hatten sie überlegt, ob er nicht mit den Kindern ins Ferienhaus ziehen sollte. Stig war dabei gewesen, als er das Haus damals betreten wollte. Das erste Mal ohne Kerstin …

Er war in der Haustür stehen geblieben und nicht in der Lage gewesen, die Schwelle zu überqueren.

Mit zusammengezogenen Augenbrauen schaute Anders seinen Schwiegervater an. »Deine Haushälterin bringt mich zur Verzweiflung!«

»Es geht also mal wieder um Tilda.« Stig zuckte mit den Schultern. »Warum versuchst du nicht einfach, mit ihr klarzukommen?«

»Ich?« Anders legte seine ganze Empörung in dieses eine Wort, wobei er mit dem Finger auf sich selbst wies. »Diese Frau lag schlafend in meinem Bett.«

Er wusste nicht, worüber er sich im Moment mehr ärgern sollte: über Tilda oder über seinen Schwiegervater.

»Dann hatte sie wahrscheinlich wieder eine harte Nacht«, meinte Stig.

»Das ist alles, was du dazu zu sagen hast? Willst du ihr das wirklich durchgehen lassen?«

Stig lächelte. Das Thema war für ihn offenbar erledigt. »Ist sonst noch was? Ich muss nach Orrviken und ein paar Sachen für das Haus besorgen. Ich hoffe, dass wir es zur Wintersaison vermieten können.«

Im Frühjahr war ein älteres Ehepaar in dem Ferienhaus gewesen, in den Sommerferien eine Familie. Seither stand es leer.

»Kann ich noch einen Augenblick bleiben?«, bat Anders.

Nachdem er das Haus die ganzen Jahre nicht betreten hatte, wollte er jetzt nicht so schnell wieder hinausgehen. Eine ganz besondere Stimmung hatte ihn erfasst. Eine Magie, die er nicht greifen konnte.

»Du kannst so lange bleiben, wie du willst.« Stigs Lächeln verriet, dass er verstand, was mit Anders los war. »Schließ einfach ab, wenn du gehst. Und leg den Schlüssel zurück in die Schublade.«

Anders nickte und wartete, bis sein Schwiegervater gegangen war. Danach wanderte er durch das ganze Haus, hielt in jedem Raum inne. Zum Schluss kehrte er ins Wohnzimmer zurück. Er setzte sich in den großen Ohrensessel und schloss die Augen.

Wenn er ganz flach atmete, konnte er Kerstins Stimme

hören. Ihre leichten Schritte, die durchs Haus eilten. Ihr Lachen, wie ein verwehender Hauch …

Anders bemerkte kaum die Tränen, die sich aus seinen Augen lösten.

5

»Und nun zu diesem wundervollen Exemplar!«

Börje Åkerström, der Inhaber von *Fisch Åkerström*, benötigte beide Hände, um den hässlichsten Fisch hochzuheben, den Malin jemals gesehen hatte. Sein Körper war so platt, dass die Augen oben auf dem Kopf saßen. Tote Augen über einem weit aufgerissenen Maul mit langen, spitzen Zähnen.

Malin dachte an Midsommar. Da hatten Erik und sie ein wundervoll langes Wochenende auf einer Schäreninsel verbracht. Das war ausnahmsweise mal möglich gewesen, weil seine Mutter eine Einladung erhalten hatte, die sie nicht ausschlagen konnte.

An diesem Wochenende war Malin zum ersten Mal seit langer Zeit wieder glücklich gewesen. Sie hatte vorher schon ein paar Mal mit dem Gedanken gespielt, sich von Erik zu trennen, aber an diesen wundervollen Tagen waren sie sich so nahe gewesen wie ganz am Anfang ihrer Beziehung. Sie hatte das Gefühl gehabt, dass Erik ganz ähnlich empfand, und insgeheim gehofft, dieses Wochenende könnte so etwas wie ein Neuanfang sein. Eine Hoffnung, die sich nicht erfüllt hatte.

Noch vor drei Monaten war sie zusammen mit Erik in der Ostsee geschwommen. Ein Schauer lief ihr über den

Rücken, als sie den Fisch betrachtete und sich vorstellte, dass so ein Vieh möglicherweise unter ihr durchgeschwommen war.

»Mein Gott, was ist das?«, fragte Nils leise und zückte die Kamera, um ein Foto von dem Ungetüm zu schießen.

»Der Seeteufel hat wunderbares Fleisch, das bei der Zubereitung fest und weiß bleibt«, erklärte Börje Åkerström.

»Wenn er den Leuten Appetit auf diesen Fisch machen will, sollte er ihn nicht in diesem Zustand präsentieren«, sagte Nils wieder so leise, dass nur Malin ihn hören konnte.

Malin war ganz seiner Meinung, aber offenbar war das Interesse an dem Seeteufel recht groß. Die Leute überboten sich gegenseitig mit ihren Schätzungen, und schließlich gewann eine ältere Dame, die den Fisch auf dreißig Kilo schätzte. Stolz ließ sie sich mit ihrem Gewinn von Nils fotografieren, wobei sie ihre ganze Kraft aufbieten musste, um den Fisch nicht fallen zu lassen.

»Was passiert jetzt mit dem Fisch?«, wollte Malin wissen.

Als die Dame ihr ganz begeistert ein Rezept verriet, machte sie sich Notizen dazu. Wenn sie schon zu solchen Events geschickt wurde, konnte sie wenigstens versuchen, hinterher eine interessante Geschichte für die Leser des *Dagbladet* daraus zu machen. Ihr schwebte da schon etwas vor.

Ein bisschen Wissenswertes über den Fisch und dazu das Rezept der älteren Dame, alles unter dem Motto: *Das Äußere spielt keine Rolle, auf die inneren Werte kommt es an!*

Für Malin war es deprimierend, dass letztendlich nur vier Zeilen von ihrem Artikel übrig blieben:

Wie schwer ist der Fisch? Bei Fisch Åkerström *konnten Kunden das Gewicht von Fischen schätzen. Glückliche Gewinnerin eines 30 Kilo schweren Seeteufels war Karin Eknäs, die das Tier zu einem köstlichen Gericht für ihre Familie verarbeiten will.*

Die Kürzung war erforderlich, weil Ella mehr Platz für ihre Reportage aus dem Königshaus benötigte, und das ärgerte Malin besonders. Immer wieder Ella! Die Kollegin bekam die besten Reportagen, und sie, Malin, musste dafür auch noch ihre eigenen Berichte kürzen.

Entsprechend lustlos traf sie sich mit Nils zur Ausstellung der Harzer Roller, die ihre Laune kein bisschen verbesserte. Ganz im Gegenteil, Malin fand es schrecklich. Diese kleinen, wunderschönen Vögel sangen sich die Seele aus dem Leib, um ihre Artgenossen anzulocken, konnten aber niemals zueinanderfinden, weil sie in ihren kleinen Käfigen eingesperrt waren.

Der deprimierende Eindruck der Ausstellung wirkte noch in ihr nach, als sie in die Redaktion zurückkehrte und dort auf eine völlig aufgedrehte Ella traf.

»Das Konzert mit Mando Diao war traumhaft«, schwärmte die Kollegin. »Danach backstage das Interview, und dann haben die Jungs mich auch noch zu einer Party mitgenommen. Was für eine Nacht, ich habe kaum geschlafen.«

Und das war ihr nicht mal anzusehen! Ella sah wie immer fantastisch aus.

»Neid ist die sechste der sieben Todsünden«, flüsterte Nils ihr zu. Er grinste sie an, wusste offensichtlich genau, was gerade in ihr vorging.

»Ist mir egal.« Malin sah ihren Lieblingskollegen mit zusammengezogenen Augenbrauen an. »Ich will auch einmal eine richtig tolle Reportage und ...«

»Malin, gut, dass ich dich sehe«, sagte Staffan, der in diesem Augenblick aus der Teeküche kam. »Du bist dieses Jahr wieder unser Weihnachtsmann.«

»Nein!« Malin schüttelte entschieden den Kopf. »Ich habe doch schon gesagt, dass ich das nicht mehr möchte.«

Staffan zog eine Augenbraue hoch, aber Malin ließ sich nicht beirren.

»Ganz ehrlich, Staffan, dieser Seeteufel und die Harzer Roller haben mir gereicht. Ich habe einfach keine Lust mehr, Kinderbriefe zu beantworten.«

»Und ich dachte, das wäre deine wahre Berufung«, sagte Ella frech.

»Halt du dich da raus!«, fuhr Malin sie wütend an.

»Ich finde, Ella hat recht«, fiel Staffan ihr in den Rücken. »Du hast eine wunderbare Art, auf die Kinderbriefe einzugehen, und das kommt auch bei unseren Lesern gut an.«

Malin wusste, dass das ein Kompliment sein sollte. Für Ellas offensichtliche Schadenfreude schien Staffan blind zu sein.

»Wir haben sehr viele Reaktionen auf die Briefe der kleinen Greta bekommen.« Staffan schmunzelte.

Malin hatte nicht einmal gewusst, dass die Briefe inzwischen abgedruckt worden waren. *Vielleicht sollte ich öfter die Zeitung lesen, für die ich schreibe*, dachte sie selbstironisch.

»Hast du nicht gesagt, dass die Briefe erst am Wochenende erscheinen?«

»Ich musste umdisponieren. Und die Veröffentlichung war ein ziemlicher Erfolg«, sagte Staffan stolz. »Mehrere Frauen haben geschrieben, dass sie den Vater der kleinen Greta gerne kennenlernen wollen.«

»Warum suchst du nicht nach einer neuen Mutter für das Kind, Malin? Das wäre doch mal eine richtige Herausforderung für dich«, schlug Ella vor.

»Eine tolle Idee!« Staffan drehte sich zu Ella um und strahlte sie an. »Das wäre etwas für die Weihnachtszeit.«

Malin fand die Idee bescheuert. Sie schüttelte entschieden den Kopf. »Du willst diesen trauernden Witwer nicht wirklich mit fremden Frauen verkuppeln?«

Staffan schaute nachdenklich drein, dann nickte er. »Doch, genau das will ich«, stellte er klar. »Eine Romanze im Schnee zur Weihnachtszeit, arrangiert durch das *Dagbladet*. Unsere Auflage würde durch die Decke schießen.«

Malin war der Ansicht, dass die Auflagenhöhe nicht alles rechtfertigte, aber damit durfte sie ihrem Chefredakteur nicht kommen. Und so fiel ihr nur noch ein Gegenargument ein: »Und was machst du, wenn der trauernde Witwer da nicht mitspielt? Wie sieht das überhaupt rechtlich aus?«

Staffan zeigte sich unbeeindruckt. »Lasst euch was einfallen. Ich will Vorschläge hören!«

»Hast du schon Ideen?« Nils grinste sie an, als sie mittags in dem kleinen Café nahe der Redaktion saßen.

Malin schüttelte den Kopf. »Ich habe auch nicht die Absicht, mir darüber Gedanken zu machen. Eine absolut dämliche Idee! Staffan findet die doch nur gut, weil sie von Ella kommt.«

»Was willst du damit sagen?«, fragte Nils interessiert. »Glaubst du, die beiden haben was miteinander?«

»Nein«, erwiderte Malin gedehnt, obwohl sie sich da nicht so sicher war. Es musste doch einen Grund geben, weshalb Ella die besten Reportagen bekam, die den meisten Platz in der Zeitung beanspruchten, und dass Staffan selbst ihre dämlichsten Ideen für gut befand. So wie die Suche nach einer neuen Mutter für Greta.

Doch Malin wollte keine Gerüchte in die Welt setzen – und war gleichzeitig neugierig, ob diese bereits kursierten. »Wieso? Hast du gehört, dass zwischen den beiden etwas läuft?«

»Ich kann es mir nicht vorstellen«, erwiderte Nils. »Staffan ist verheiratet.«

Malin lachte spöttisch auf. »Als ob das je einen Mann gestört hätte.«

Nils wirkte verletzt. »Mich schon. Ich würde nie eine Frau betrügen.«

»Ich hätte das nicht so verallgemeinern sollen«, entschuldigte sich Malin sofort. »Tut mir leid, ich habe einfach nur schlechte Laune.«

»Wegen Staffans Vorschlag? Oder weil die Idee von Ella kam?«

»Ein bisschen von allem.«

Malin verschwieg, dass sie nicht nur ihre berufliche, sondern auch ihre private Situation als belastend empfand. Nils war ihr Lieblingskollege, aber so vertraut, dass sie ihm von ihren Problemen mit Erik erzählt hätte, waren sie nicht miteinander.

»Das Wochenende liegt vor uns. Du solltest also mal wieder lächeln«, sagte Nils.

Malin erfüllte ihm diesen Wunsch, obwohl sie seine

Freude nicht teilte. Ihre Alternativen für das Wochenende waren nicht sehr reizvoll. Sie konnte mit zu Eriks Mutter fahren oder sich für ein einsames Wochenende in Trelleborg entscheiden. Seit Madeleine geheiratet hatte und nach Stockholm gezogen war, fehlte ihr in Trelleborg die beste Freundin für Unternehmungen.

»Was machst du am Wochenende?«, fragte sie Nils, einfach nur, um etwas zu sagen und um sich von ihren eigenen trostlosen Aussichten abzulenken.

»Am Samstag gebe ich einen Schwimmkurs, und am Sonntag begleite ich meinen kleinen Bruder zu einem Fußballspiel.«

Malin sah ihn neugierig an. »Hast du eigentlich eine Freundin?«

»Nein.« Nils lächelte wehmütig. »Clara und ich haben uns vor einem Jahr getrennt.«

»Das tut mir leid«, murmelte Malin.

»Muss es nicht!« Nils schüttelte den Kopf. »Wir haben lange gebraucht, uns einzugestehen, dass wir nichts mehr gemeinsam haben. Inzwischen habe ich erkannt, dass es besser ist, alleine zufrieden zu sein als zu zweit unglücklich.«

Malin dachte über seine Worte nach. »Aber lohnt es sich nicht, um die Liebe zu kämpfen?«

»Ganz sicher, wenn es wirklich noch um Liebe geht und nicht nur um die Angst vor dem Alleinsein.«

Ist das bei mir so?, fragte sich Malin. *Habe ich Angst vor dem Alleinsein? Und was ist mit meinen Gefühlen für Erik? Liebe ich ihn überhaupt noch?*

Schweigend hing sie ihren Gedanken nach. Erst als Nils sie ansprach, wurde ihr bewusst, dass er sie die ganze Zeit beobachtet hatte.

»Denk nicht so viel nach, folge einfach deinem Gefühl.«

»Das versuche ich ja«, erwiderte Malin kläglich. »Aber ich weiß nicht, was ich fühle.«

»Es ist ein bisschen viel im Moment, nicht wahr? Der Job nervt dich, der Ärger mit Ella, dazu deine zukünftige Schwiegermutter ...«

»Woher weißt du von Pernilla?«

»Ich bekomme oft genug mit, wenn du mit Erik telefonierst.« Nils nickte ihr zu. »Und ich verstehe dich vollkommen. Ich hätte auch keine Lust, jedes Wochenende bei meiner Schwiegermutter zu verbringen.«

»Vielleicht könnte ich es besser ertragen, wenn Eriks Mutter mit mir einverstanden wäre. Aber Pernilla hasst mich.«

»Oje, das ist natürlich besonders übel. Wenn ich mich jedes Wochenende mit jemandem rumschlagen müsste, der unfreundlich zu mir ist ...«

»Viel schlimmer!«, unterbrach Malin ihn kopfschüttelnd. »Sie ist auf eine geradezu ekelhafte Art freundlich.«

Nils riss erstaunt die Augen auf, dann lachte er laut. »Ja, da hast du recht. Freundliche Schwiegermütter sind das Letzte.«

»Du verstehst mich nicht.« Malin versuchte, ihm zu erklären, was sie meinte. »Pernilla ist nicht wirklich freundlich, sondern gehässig freundlich. Weißt du, so eine von der Sorte, die dir mit einem Lächeln die größten Unverschämtheiten an den Kopf wirft. Und zwar so, dass alle Leute glauben, sie wäre nett zu mir. Eine ältere Ausgabe von Ella!« Dieser Vergleich musste ihm einleuchten.

»Aber Pernilla ist nicht nett. Und wenn ich versuche, Erik das zu erklären, versteht er mich einfach nicht.«

»Vielleicht will er es nicht verstehen, weil sie seine Mutter ist«, sagte Nils sanft.

Malin schwieg nachdenklich.

»Versuch mal, dir vorzustellen, wie es umgekehrt wäre. Wenn Erik schlecht über deine Mutter reden würde«, riet Nils.

»Das kann ich nicht«, sagte Malin. »Meine Mutter ist schon lange tot.«

»Oh, das wusste ich nicht.« Nils war sichtlich betroffen. Er sah sie eine ganze Weile schweigend an. »Mir wird gerade klar, dass wir überhaupt nur sehr wenig voneinander wissen.«

»Und das willst du jetzt ändern?« Malin lächelte.

Nils zuckte mit den Schultern. »Keine Ahnung. Willst du?«

»Ich weiß nicht«, gab Malin ehrlich zu. »Ich finde dich sehr nett und arbeite am liebsten mit dir zusammen. Aber es stimmt, ich weiß auch nicht viel über dich. Wie du lebst, was du in deiner Freizeit machst, ob du verliebt bist ...«

Sie brach ab, als sie die Röte in seinem Gesicht bemerkte und er hastig den Blick abwandte.

»Du bist verliebt!«, jauchzte sie begeistert. »Wer ist die Glückliche? Kenne ich sie? Eine Kollegin?«

Nils sah sie wieder an, lachte jetzt unbefangen. »Typisch Frau! Sobald es um die Liebe geht, richtet ihr eure Romantikantennen auf Empfang. Du kannst sie wieder einfahren, sie ist nicht an mir interessiert.«

Malin versuchte zum ersten Mal, ihn nicht nur als Kollegen zu sehen, sondern ganz einfach als Mann. Er sah nett aus, wobei ihr bewusst war, dass *nett* nicht unbedingt ein

Kompliment war, sondern eher nach einem Langweiler klang. Sein blondes Haar war modern geschnitten, seine blauen Augen strahlten, und er hatte ein freundliches Lächeln. Er war groß, ziemlich schlank und wirkte ein bisschen wie ein schlaksiger Junge.

»Kannst du bitte aufhören, mich so anzustarren?«, sagte Nils plötzlich.

»Sorry!« Malin grinste. »Nach mehr als zwei Jahren Zusammenarbeit fand ich es an der Zeit, dich mal genau anzusehen.«

Er lehnte sich zurück. »Und?«

»Ganz nett«, sprach Malin das aus, was sie eben gedacht hatte.

»Das habe ich befürchtet.« Nils seufzte tief. »Ich habe also keine Chance bei dir.«

Ihr stockte der Atem. War sie die Frau, die ...

Sie bemerkte das amüsierte Zucken seiner Mundwinkel und lachte erleichtert auf. Sie versetzte ihm einen leichten Stoß und spielte das Spielchen mit.

»Warum versuchst du es nicht einfach?«

Sein Grinsen wurde breiter. »Okay! Hast du am Wochenende etwas vor?«

»Zur Wahl stehen Schwiegermutter oder Einsamkeit.«

»Wie verlockend!«, konterte er trocken. »Ich biete dir eine dritte Alternative: Komm doch am Sonntag mit zum Fußballspiel.«

Malin zog eine Grimasse. »Ich interessiere mich nicht für Fußball.«

»Ich auch nicht«, sagte Nils zu ihrer Überraschung. »Das Spiel ist nur Nebensache. Die Jungs haben ihren Spaß während des Spiels und wir Erwachsenen danach. Diesen Sonntag treffen wir uns zum Krebsessen.«

Malin zögerte.

»Komm doch mit!«, wiederholte er. »Es ist alles ganz zwanglos, und wir haben immer sehr viel Spaß.«

»Also gut, dann haben wir eine Verabredung!« Malin lächelte und war gerührt, als sie sah, wie sehr Nils sich darüber freute. »Ich bin aber wirklich nicht die Frau, in die du dich verliebt hast?«, vergewisserte sie sich noch einmal. Sie wollte keine falschen Hoffnungen wecken.

Treuherzig schaute er sie an und legte eine Hand auf seine Brust. »Ich schwöre«, erklärte er feierlich. »Ich bin nicht in dich verliebt. Aber was nicht ist, kann ja noch werden …«

Er lachte über ihre konsternierte Miene und griff nach ihrer Hand. Ganz fest drückte er sie. »Ich mag dich, und ich glaube, dass wir gute Freunde werden können. Mehr nicht!«

Malin lachte befreit. »Dann komm ich gerne mit. Und jetzt habe ich einen Grund, mich aufs Wochenende zu freuen.«

6

Erik war eingeschnappt, als er hörte, dass Malin sich mit einem Kollegen verabredet hatte. Er versuchte noch einmal, sie zu überreden, das Wochenende mit ihm bei seiner Mutter in Ystad zu verbringen.

»Mama hat die Gustafssons eingeladen. Das wird bestimmt nett.«

Unwillkürlich musste Malin lächeln, als sie daran dachte, dass sie selbst das Wort *nett* mit Langeweile in Verbindung gebracht hatte. Und das traf genau auf die Gustafssons zu. Sie waren nett, aber extrem langweilig. Kein Wunder, dass Erik den sehnlichsten Wunsch seiner Mutter nicht erfüllt und sich gegen Wivecka Gustafsson entschieden hatte.

»Wivecka kommt auch«, sagte Erik, als hätte er ihre Gedanken erraten. Lauernd betrachtete er sie.

Er wollte sie eifersüchtig machen!

Malin hätte beinahe laut aufgelacht, doch dann wurde ihr klar, dass er mit dieser Strategie bis vor Kurzem Erfolg gehabt hatte. Jetzt machte es ihr nichts mehr aus, dass er den Abend mit Wivecka verbrachte, und diese Erkenntnis erschreckte sie.

Wir haben uns zu oft gestritten, versuchte sie sich selbst einzureden. *Alles wird gut, wenn wir wieder aufeinander zugehen und Kompromisse schließen. Wir müssen nur dringend mal miteinander reden.*

Doch anstatt diesen Gedanken laut auszusprechen, erwiderte Malin schnippisch: »Dann wünsche ich dir fröhliche Langeweile mit den Gustafssons und ganz besonders mit Wivecka.«

Wortlos drehte Erik sich um und verließ das Zimmer. Sekunden später hörte sie die Wohnungstür ins Schloss fallen.

Malin ballte die Hände zu Fäusten. Sie ärgerte sich über sich selbst. Warum hatte sie zum Abschied nichts Versöhnliches gesagt? Dann wäre es ihnen beiden leichter gefallen, nach dem Wochenende aufeinander zuzugehen.

Der Samstag war trostlos, und Malin wusste nichts mit sich anzufangen. Jetzt hätte sie eines der Bücher beginnen können, die sich auf ihrem Nachttisch stapelten. Oder sie könnte die Abstellkammer aufräumen. Oder …

Das Telefon riss sie aus ihren Gedanken. Auf dem Display sah sie Nils' Nummer. Bei dem Glück, das sie im Moment hatte, sagte er wahrscheinlich für morgen ab, und ihr stand ein weiterer Tag wie heute bevor.

Malin hätte es nie zugegeben, aber da wäre ihr tatsächlich sogar ein Wochenende mit Pernilla lieber gewesen. Gepflegter Ärger war allemal besser als Langeweile.

»Hast du Lust, heute Abend mit mir ins Kino zu gehen?« Sie hörte Nils am anderen Ende lachen. »Kein Date, kein Liebesfilm, sondern knallharte Science-Fiction.«

»Nichts ist romantischer als blutrünstige Aliens«, ging Malin auf seinen Ton ein. Sie vereinbarte einen Treffpunkt mit Nils, und ihre schlechte Laune war plötzlich wie weggeblasen.

Es wurde ein wunderschöner Abend. Nach dem Film tranken sie noch etwas in einem Club, und Malin erfuhr dabei mehr über Nils als in den letzten beiden Jahren ihrer Zusammenarbeit. Als sie ihn darauf ansprach, gestand er ihr, dass er wirklich unglücklich verliebt sei.

»Das tut mir leid«, sagte sie mitfühlend und legte eine Hand auf seinen Arm.

In seinem Lächeln lag Wehmut. »Schon okay«, behauptete er. »Diese Frau und ich, wir passen einfach nicht zusammen. Selbst dann nicht, wenn sie mich überhaupt zur Kenntnis nehmen würde.«

Malin wusste nicht, was sie dazu sagen sollte. In diesem Moment begann *Dance with somebody*, einer der ersten Hits von Mando Diao, und sie musste unwillkürlich an Ella denken, an das Interview, das sie selbst gerne geführt hätte.

Nils sprang auf, griff nach ihrer Hand und zog sie zur Tanzfläche. Genau das war es, was sie jetzt brauchte. Spaß, Lebensfreude, einfach nur tanzen.

Erik mochte keine Clubs, und er tanzte nicht gerne. Erik ging auch nicht gerne ins Kino, und er interessierte sich nicht für Ausstellungen.

Malin verdrängte ihn aus ihren Gedanken und ließ sich ganz auf den Rhythmus der Musik ein. Ausgelassen tanzte sie sich ihren ganzen Frust von der Seele. Sie tanzte viel, und sie trank zu viel, aber es ging ihr so gut wie schon lange nicht mehr, als sie weit nach Mitternacht ins Bett fiel.

Erst am nächsten Morgen sah sie auf ihrem Handy, dass Erik ihr eine Nachricht geschickt hatte:

Schade, dass du nicht hier bist. Es ist wirklich sehr nett.

Ja, *nett* sah es auch aus. So nett, dass sie allein beim Anblick der Fotos gähnende Langeweile verspürte. Er und Wivecka saßen nebeneinander auf einer Bank, eingerahmt von den Gustafssons, was darauf schließen ließ, dass Pernilla fotografiert hatte.

Malin schmunzelte, als sie sich vorstellte, welche Schadenfreude Pernilla dabei empfunden hatte. Es reizte sie, Erik ebenfalls ein Foto vom vergangenen Abend zu schicken. Aber wahrscheinlich würde er es seiner Mutter nicht mal zeigen, und nur darauf kam es ihr an. Zu gerne würde sie Pernilla verärgern, aber Erik wollte sie nicht verletzen.

Malin wusste, dass auch Erik sie nicht verletzen, sondern einfach nur eifersüchtig machen wollte.

Und das hätte auch geklappt, wenn ich ihn noch lieben würde, schoss es ihr durch den Kopf.

Erschrocken schlug sie sich die Hände vors Gesicht. Hatte sie das gerade wirklich gedacht?

Zweifel an ihrer Beziehung hatten sie schon oft gequält, aber noch nie hatte sie so klar formuliert, dass sie Erik nicht mehr liebte. Auch jetzt wollte sie es nicht wahrhaben und tröstete sich erneut mit dem Gedanken, dass sie sich einfach nur aussprechen, sich auf Kompromisse einlassen mussten. Dann würde alles wieder so werden wie früher …

Ich freue mich, dass du einen schönen Abend hattest, schrieb sie zurück. Sie zögerte kurz und fügte dann hinzu: *Viele Grüße an deine Mutter!*

Diese Worte kamen nicht von Herzen, aber sie wusste, dass er sich darüber freute.

Danke, richte es aus!, lautete die wenig herzliche Antwort.

Malin steckte das Handy ein und beschloss, sich den Tag nicht verderben zu lassen. Sie freute sich auf das Wiedersehen mit Nils und war gespannt auf seine Freunde.

Der Sonntagnachmittag wurde genauso schön wie der vergangene Abend. Nils' Halbbruder Janne war ein reizender Bursche von acht Jahren, der Malin bei der Begrüßung neugierig von Kopf bis Fuß musterte.

»Bist du Nils' Freundin?«

»Wir arbeiten zusammen«, erklärte Malin. »Und wir verstehen uns ganz gut. Also ja, wir sind wohl so etwas wie Freunde.«

»Nein, ich will wissen, ob du so eine Freundin bist, die er küsst und mit der er herumschmust. Wie Clara.«

Malin musste lachen. »Nein, so eine Freundin bin ich nicht.«

»Schade!«, sagte der Kleine. »Du siehst cool aus.«

»Du scheinst auch ziemlich cool zu sein«, erwiderte Malin. »Und ich drücke deiner Mannschaft gleich ganz fest die Daumen.« Zum Beweis hielt sie die geballten Fäuste in die Höhe.

»Das nützt nix«, erklärte Janne treuherzig. »Wir verlieren eh immer. Bis später!« Er wandte sich um und lief zu seinen Freunden.

»Du kannst ja richtig gut mit Kindern umgehen«, stellte Nils fest.

»Keine Ahnung.« Malin zuckte mit den Schultern. »Ich hatte noch nie mit Kindern zu tun.«

»Na hör mal, du bist der Weihnachtsmann! Du hast jedes Jahr mit vielen Kindern zu tun.«

»Nicht wirklich.« Malin schüttelte den Kopf. »Die schicken mir ihre Wunschlisten, ich schreibe Standardantworten, und besonders witzige Briefe suche ich für die Veröffentlichung aus. Keine prickelnde Aufgabe.«

Nils' Antwort wurde von lautem Rufen und Lachen übertönt. Die Jungen versammelten sich auf der Wiese, während etwas weiter drüben zwei Männer eine Reihe großer Tische aufbauten. Darauf sollten nach dem Spiel die Krebse serviert werden.

Es war frisch geworden, und Nils sah besorgt zum Himmel. »Hoffentlich regnet es nicht. Wahrscheinlich ist das heute das letzte Wochenende, das wir draußen verbringen können.«

Nach und nach gesellten sich die Eltern der Jungen zu ihnen. Nils machte sie mit Malin bekannt, und sie wurde sofort in dem Kreis aufgenommen. Zusammen mit den anderen feuerte sie die Kinder an, lachte und unterhielt sich mit ihnen, als wäre sie schon immer dabei gewesen. Insgeheim versuchte sie herauszufinden, ob unter den Anwesenden die Frau war, in die Nils sich verliebt hatte.

Überwiegend waren es Elternpaare, die ihre Kinder begleiteten, bis auf die beiden alleinerziehenden Mütter. Malin kam jedoch sehr schnell zu der Überzeugung, dass keine von ihnen infrage kam. Beide waren hübsch, sympathisch und Nils offenbar sehr zugetan. Aber er hatte ja behauptet, die Frau seines Herzens würde ihn nicht einmal wahrnehmen.

Ob es sich um eine der verheirateten Mütter handelte?

Während des Fußballspiels und auch beim anschließenden Krebsessen beobachtete Malin sie genau, kam aber zu keinem Ergebnis. Und das, obwohl sie Journalistin war …

Malin war bester Stimmung, als sie sich schließlich von Nils verabschiedete. Erik war schon zu Hause und empfing sie mit missmutiger Miene.

»Da bist du ja endlich!«

»Nette Begrüßung!«, konterte sie bissig. Ihre gute Laune war dahin. »Ich freue mich auch, dich zu sehen.«

»Hast du die Schweinerei in der Küche nicht gesehen?«

Malin schüttelte den Kopf. Sie ging an ihm vorbei, und er folgte ihr. Entgeistert starrte sie auf den riesigen Fleck an der Wand. Er fühlte sich nass an.

»Das ist doch nicht erst in der letzten Stunde passiert«, fuhr Erik sie an, als mache er sie persönlich dafür verantwortlich.

»Ich habe keine Ahnung, was das ist.« Malin ärgerte sich über sich selbst, weil sie versuchte, sich zu rechtfertigen. Und dann ärgerte sie sich wieder über Erik, weil er anklagend auf den Fleck wies.

»Du musst das doch gesehen haben, du warst doch das ganze Wochenende zu Hause.«

»Nein, war ich nicht. Gestern Abend war ich unterwegs und heute auch wieder. Und«, fügte sie trotzig hinzu, »ich hatte jede Menge Spaß!«

»Und deshalb haben wir jetzt diesen Spaß hier.«

Einen Moment lang blieb Malin der Mund offen stehen, dann fuhr sie ihn an: »Und das wäre nicht passiert, wenn ich zu Hause geblieben wäre und die Wand angestarrt hätte?!«

»Du hättest etwas unternehmen können, und der Fleck hätte sich nicht so weit ausgebreitet. Wenn du schon zu Hause bleibst ...«

»Ich darf am Wochenende also keinen Spaß haben?«, fiel Malin ihm aufgebracht ins Wort. »Ich soll mich entweder mit deiner Mutter in Ystad herumschlagen oder hier die Wand anstarren. Weißt du was, du kannst mich mal!«

Damit drehte sie sich um und ließ ihn einfach stehen. Irgendwie hatte sie sich ihr Wiedersehen nach dem getrennten Wochenende ganz anders vorgestellt.

Es wurde schlimmer als befürchtet. Die ganze Wand musste aufgeschlagen werden. Der Wasserschaden betraf nicht nur ihre Wohnung, sondern auch die Wohnungen über und unter ihnen.

»Der Vermieter meint, wir sollten für die Zeit der Bauarbeiten ausziehen«, sagte Erik. »Und ich finde, er hat recht.«

»Und wo sollen wir hin?«, fragte Malin erschrocken.

Erik strahlte sie an. »Ich habe das Problem bereits gelöst. Wir können für die Zeit der Bauarbeiten zu Mama ziehen.«

Malin prallte zurück. Lieber lebte sie inmitten von Bauschutt und Baulärm als in Pernillas Haus. Sie drückte sich jedoch nicht ganz so drastisch aus, sondern fragte schlicht: »Wie stellst du dir das vor? Wir arbeiten beide in Trelleborg.«

»Ich werde mit meinem Chef sprechen. Bestimmt kann ich in dieser Zeit überwiegend Home Office machen.«

»Und ich?« Malin konnte nicht fassen, dass er ausschließlich an sich selbst dachte. Für ihn war das Problem leicht zu lösen, und was mit ihr wurde, schien ihn nicht zu interessieren.

»So weit ist Ystad doch gar nicht weg«, sagte Erik leichthin. »Du kannst auch mit meinem Auto fahren.« Er runzelte nachdenklich die Stirn und schränkte sein Angebot gleich ein: »Wenn ich es gerade nicht brauche.«

»Soll ich meinem Chefredakteur dann mitteilen, dass ich in den nächsten Wochen nur noch in die Redaktion kommen kann, wenn du das Auto gerade nicht brauchst?«, fragte Malin zunehmend gereizt.

»Mach doch nicht aus allem so ein Drama! Es gibt eine Zugverbindung von Ystad nach Trelleborg.«

»Erik, ich möchte nicht bei deiner Mutter wohnen!«

Das war eine klare Ansage, die er verstand. Und die ihm nicht gefiel. Er drehte sich um und verließ die Küche.

»Also, ich habe recherchiert, und ich habe etwas herausgefunden!« Ella machte es spannend. Sie war sogar aufgestanden und begleitete ihre Worte mit Gesten, damit ihr die Aufmerksamkeit aller Kollegen sicher war. »Ihr erinnert euch doch an die Briefe von diesem Kind …« Sie runzelte die Stirn. »Der Name fällt mir gerade nicht mehr ein.«

»Greta«, half Malin nach.

Ella winkte ungeduldig ab. »Ist doch egal. Ich habe etwas viel Wichtigeres herausgefunden.« Sie sah triumphierend in die Runde. »Gretas Vater ist der bekannte Regisseur Anders Frykberg!«

Ungläubige Stille folgte dieser Eröffnung.

»Der Frykberg, dessen Frau vor ein paar Jahren tödlich verunglückt ist?«, fragte Nils.

Ella nickte. »Ja, genau der ist das. Er ist danach vollkommen von der Bildfläche verschwunden. Er lebt jetzt im Haus seines Schwiegervaters, in einem Kaff namens Orrviken.«

Staffan starrte sie mit offenem Mund an. »Du meinst, wir suchen eine Frau für Anders Frykberg?«

»Ja, genau so ist es«, bestätigte Ella noch einmal.

Staffan lehnte sich zurück. »Ich fasse es nicht!«

»Du wolltest doch Vorschläge haben.« Ella war jetzt ganz in ihrem Element. »Nach der Veröffentlichung der Briefe haben sich sehr viele Frauen gemeldet. Lass uns ein paar von ihnen aussuchen und in dieses Kaff schicken, in dem er jetzt lebt.«

Staffan nickte, wirkte aber noch nicht überzeugt.

»Ich habe außerdem herausgefunden, dass Anders Frykbergs Schwiegervater gleich neben seinem eigenen Haus ein Ferienhaus vermietet. Und das ist zurzeit frei. Jemand von uns sollte sich da einquartieren, um die Treffen zwischen Anders Frykberg und den interessierten Frauen zu arrangieren. Er darf natürlich nicht erfahren, dass wir dahinterstecken.«

»Die Idee ist großartig!«, rief Staffan aus.

Ella lächelte geschmeichelt und setzte sich wieder. »Lass mich nach Orrviken fahren«, bat sie. »Wir wissen beide, dass ich die Beste für diesen Job bin.«

Staffan dachte kurz darüber nach, dann schüttelte er den Kopf. »Ich brauche dich hier«, sagte er knapp. Sein Blick schweifte durch die Runde, bis er an Malin hängen blieb. »Du fährst nach Orrviken.«

Malin wusste im ersten Augenblick nicht, was sie sagen

sollte. Die Vorstellung, einen fremden Menschen gegen seinen Willen zu verkuppeln, gefiel ihr noch weniger als ihr Weihnachtsmannjob. Außerdem hatte sie überhaupt keine Ahnung, wie sie das anstellen sollte.

Genau das sagte auch Ella in diesem Moment: »Sie hat doch überhaupt keine Ahnung, wie sie das anstellen soll.«

Angriffslustig reckte Malin das Kinn in die Höhe, sagte aber noch immer nichts.

»Sie schafft das schon«, sagte Staffan zuversichtlich. »Außerdem bekommt sie von uns jede Unterstützung, die sie braucht.«

Malins Gedanken rasten. War das nicht die perfekte Lösung all ihrer Probleme? Sie musste sowieso aus ihrer Wohnung raus, und ein Ferienhaus in Orrviken – wo immer das auch lag – war weitaus verlockender als Pernillas Haus in Ystad. Erik konnte sie begleiten, er hatte ohnehin mit seinem Chef verabredet, dass er in nächster Zeit von zu Hause aus arbeiten würde.

Sie atmete ganz tief durch und stellte sich vor, wie sie die nächsten Wochen verbringen würden. Erik und sie alleine in einem Ferienhaus, so weit von Ystad entfernt, dass sie Pernilla nicht mehr jedes Wochenende besuchen konnten. Genau so etwas brauchten sie, um ihre Beziehung zu retten. Und es war ein angenehmer Nebeneffekt, dass Ella sich furchtbar ärgern würde, weil sie sich diesmal nicht durchsetzte.

Malin nickte. »Ich mache es!«, sagte sie entschlossen.

»Kommt gar nicht infrage!«, lehnte Erik ein paar Stunden später kategorisch ab, als Malin ihm von ihren Plänen berichtete.

Ihr Traum von einem Leben ganz allein mit ihm, irgendwo hoch oben im Norden, zerplatzte wie eine Seifenblase. Es war ein letzter, aber leider vergeblicher Versuch gewesen, zu retten, was wahrscheinlich längst nicht mehr zu retten war.

»Dann fahre ich allein«, sagte sie bestimmt.

»Wenn du das machst, ist es aus mit uns«, versuchte Erik sie unter Druck zu setzen.

Malin wunderte sich über die Ruhe, die sie empfand. Oder war es sogar Erleichterung?

»Es ist doch schon längst aus mit uns«, stellte sie leise fest. »Und es ist höchste Zeit, dass wir uns das eingestehen.«

7

Die Frau stand auf einem Felsen mitten im Wasser. Ihr langes Haar floss über ihre Schultern. Wie eine Göttin sah sie aus im hellen Sonnenlicht. Das tiefblaue Meer um sie herum war spiegelglatt.

Ein Boot trieb langsam auf den Felsen zu. Ein Mann erhob sich, sah die Frau, sprang ins Wasser und schwamm zu ihr hinüber. Wassertropfen perlten über seinen muskulösen Körper, als er sich an dem Felsen hochzog. Langsam ging er auf die Frau zu, sein markantes Gesicht verzog sich zu einem Lächeln …

Ein markerschütternder Schrei ließ Anders zusammenzucken. Die Göttin auf dem Felsen mitten im Meer, der Mann im Wasser – die ganze Szene löste sich auf, und Anders fand sich an seinem Schreibtisch in Orrviken wieder. Er vergaß den Werbeclip und sprang auf. Sein Herz pochte wie verrückt. Etwas Schreckliches musste passiert sein.

Er stürmte ins Wohnzimmer, wo er fast mit Stig zusammenstieß, der aus der anderen Richtung kam. Beide starrten sie auf die Szenerie, die sich ihnen bot.

Tilda lag mit geschlossenen Augen auf einem Sessel, alle viere von sich gestreckt. Neben ihr auf dem Boden lag Lasse, ebenfalls mit geschlossenen Augen. Seine rechte

Hand umklammerte das Heft eines Messers, dessen Klinge offensichtlich tief in seiner Brust steckte. Alles war voller Blut. Sein weißes Shirt, die Jeans, der Holzboden unter ihm.

Es hätte echt ausgesehen, wäre da nicht das leichte Beben des Jungenkörpers gewesen. Ganz so, als müsse er sich das Lachen verkneifen.

Stig tauchte seinen Finger in die rote Flüssigkeit und leckte daran. »Ketchup«, stellte er fest.

»Lasse!« Anders' Stimme vibrierte vor Empörung.

Lasse bewegte sich immer noch nicht, selbst das Beben seines Körpers hörte auf.

»Ist er tot?« Tildas Stimme klang schwach. Ebenso wie Lasse hielt sie ihre Position bei und blieb mit geschlossenen Augen liegen.

»Er hat zwar ziemlich viel Ketchup verloren, aber ich glaube, er wird es überleben«, sagte Stig.

»Aber ich werde das nicht überleben.« Tildas Stimme war kaum noch zu hören. Sie presste eine Hand auf ihr Herz.

»Ich glaube, ich habe die richtige Medizin für dich.« Stig holte ein Glas aus dem Schrank und goss einen Fingerbreit Brandy hinein. »Trink das!«

Als Tilda das hörte, öffnete sie die Augen. Sie schnappte sich das Glas und leerte es in einem Zug.

»Lasse, steh endlich auf!«, befahl Anders aufgebracht. Er fand, dass er lange genug geschwiegen hatte. Es war an der Zeit, dieses Theater zu beenden.

Lasse schlug die Augen auf und schaute sich grinsend um.

Anders musste an sich halten, um seinen Sohn nicht anzubrüllen. Immerhin war Lasse erst zwölf Jahre alt, und obwohl er seine Mutter verloren hatte, war der Tod eine viel zu abstrakte Sache für ihn, um wirklich zu begreifen, was er da gerade angestellt hatte.

Stig dagegen war schon fünfundsechzig, und Anders hatte kein Verständnis dafür, dass ihn das Ganze tatsächlich zu amüsieren schien. Der Junge durfte zu solchen Aktionen nicht noch ermutigt werden.

»Das war doch nur ein Scherz«, sagte Lasse kleinlaut.

»Das – war – nicht – spaßig!« Anders betonte jedes Wort. »Stell dir vor, Emilia hätte dich so gesehen. Mit Ketchup beschmiert und einem Messer in der Brust.«

»Das ist doch gar kein richtiges Messer, da ist keine Klinge mehr dran«, rechtfertigte sich Lasse.

»Woher hast du das?«, wollte Anders wissen.

»Das habe ich in der Mülltonne gefunden.«

Anders schloss einen Moment die Augen, um sich zu beruhigen, bevor er mit möglichst ruhiger Stimme fragte: »Und was hattest du in der Mülltonne zu suchen?«

Lasse presste die Lippen ganz fest zusammen, doch unter dem drohenden Blick seines Vaters gab er nach. »Ich hab Gretas Puppe in die Mülltonne geworfen.« Lasse stand auf, war pure Empörung von Kopf bis Fuß. »Sie hat mich erpresst und gesagt, sie würde dem Weihnachtsmann einen Brief schreiben und alles petzen, was ich anstelle.«

Was stimmt eigentlich mit meinen Kindern nicht?, fragte sich Anders verzweifelt. Sein Sohn spielte komische Streiche, seine Tochter schien dem Weihnachtsmann zu jeder Jahreszeit Briefe zu schreiben, und Emilia, die Kleine …

»Noch einen!« Tilda streckte Stig das leere Glas entgegen.

Er gehorchte und füllte es diesmal halbvoll mit seinem besten Brandy. Schmerzvoll verzog er das Gesicht, als er mitansehen musste, wie Tilda die kostbare Flüssigkeit in einem Zug hinunterkippte.

»Und noch einen!« Wieder streckte sie den Arm aus.

»Meinst du nicht ...«

»Ich dachte, der Junge wäre tot. Ich habe fast einen Herzinfarkt bekommen.« Sie presste sich die linke Hand auf die rechte Brust. »Das kann immer noch jeden Moment passieren, so schnell schlägt mein Herz.«

»Das Herz ist auf der anderen Seite«, sagte Lasse mit einem frechen Grinsen.

Tildas Aufmerksamkeit richtete sich auf den Jungen. »Du ... du ...«, stieß sie hervor, dann wies sie auf sein ketchupbeschmiertes Shirt. »Das mach ich nicht sauber. Und die Schweinerei auf dem Boden wisch ich auch nicht weg.«

»Darum musst du dich nicht kümmern«, versicherte Anders, während Stig schnell das Glas der Haushälterin wieder füllte.

»Du ziehst dich erst mal um, dann machst du den Boden sauber«, sagte Anders mit erhobener Stimme zu seinem Sohn. »Und für den Rest der Woche hast du Hausarrest.«

Lasse zog einen Flunsch, schien es aber vorzuziehen, nichts mehr zu sagen.

»Und du wirst dich natürlich bei Tilda entschuldigen«, fügte Anders hinzu.

Diesmal konnte sich Lasse einen Kommentar nicht verkneifen. »Warum? Tilda ist doch froh, wenn sie einen Grund hat, Opas guten Schnaps zu trinken.«

Stig begann zu lachen, doch als Anders ihn vorwurfsvoll anschaute, tarnte er sein Lachen als Hustenanfall.

Anders wartete, bis sein Schwiegervater sich beruhigt hatte. Er wandte sich wieder seinem Sohn zu. »Warum machst du so was? Wie kommst du nur auf solche Ideen?« Er wies auf Lasses ketchupbeschmiertes Shirt.

»Das hab ich mal im Fernsehen gesehen.« Lasse schaute betreten zu Boden.

Plötzlich fiel Anders ein, dass er selbst bei diesem Film Regie geführt hatte. Es war ein Dreiteiler für Kinder gewesen, der in einem Internat spielte. Es rührte ihn, dass sein Sohn das wie beiläufig erwähnte, um keine schmerzhaften Erinnerungen zu wecken. Was sollte er jetzt machen? Konnte er wirklich noch hart bleiben?

Himmel, Kerstin, du fehlst mir so sehr!

»Ich glaube, mein Herzschlag hat sich immer noch nicht beruhigt«, meldete sich Tilda wieder zu Wort, aber diesmal ließ Stig sich nicht erweichen.

»Du hattest genug«, bestimmte er und stellte die Flasche zurück in den Schrank.

Tilda öffnete den Mund, überlegte es sich aber offensichtlich anders und schloss ihn wieder. Sie zuckte mit den Schultern und quälte sich mühsam aus dem Sessel. »Ich geh dann mal nach Hause«, sagte sie. »Für heute reicht es.«

»Wieso lässt du ihr das durchgehen?«, fragte Anders, als sie tatsächlich gegangen war, obwohl es erst früher Nachmittag war.

»Gut, ich kann verstehen, dass sie erschrocken war ...«

»Kein bisschen«, fiel Stig ihm lachend ins Wort. »Tilda hat nicht einen Moment geglaubt, dass deinem Sohn etwas passiert ist. Sie kann nur besser schauspielern als Lasse.«

»Du hast das gewusst und lässt es ihr trotzdem durchgehen?« Anders schüttelte leicht den Kopf. »Warum?«

»Weil Tilda eben Tilda ist, und weil sie schon so viele Jahre bei mir ist.«

»Sie ist unverschämt, faul und nimmt sich Freiheiten heraus, die sich sonst kein Arbeitnehmer leisten würde.«

Stig wurde plötzlich ernst. »Du weißt doch, dass auch Kerstins Mutter sehr früh gestorben ist. Sie hat das gleiche Schicksal erlitten wie ihre Kinder.« Stig hielt inne, und Anders sah ihm an, dass ihm das Sprechen schwerfiel.

Stig schluckte, senkte den Kopf und fuhr leise fort: »Ich weiß nicht, was ich damals ohne Tilda gemacht hätte. Ich war wie paralysiert, habe nichts mehr wahrgenommen außer den Schmerz in mir. Wenn Tilda nicht gewesen wäre ...«

Er brach ab, und Anders sah ihn erwartungsvoll an.

»... Ich konnte nicht für meine Tochter da sein. Tilda war der einzige Halt für Kerstin.« Stig hob den Kopf, schaute Anders direkt in die Augen. »Und jetzt ist sie für deine Kinder da, auch wenn du das nicht erkennst. Die drei mögen Tilda, und egal, wie sehr sie sich über die Mehrarbeit beklagt, sie liebt die Kinder. Dafür solltest du dankbar sein und ihr die kleinen Schwächen durchgehen lassen.«

Anders war sehr nachdenklich geworden. Hatte er sich nicht genauso in seinem Schmerz vergraben wie sein Schwiegervater? Viele kleine Begebenheiten fielen ihm plötzlich ein, immer wieder hatte er seine Kinder weggeschickt. Tilda war dann für sie da gewesen, aber so richtig hatte er das nie registriert.

In diesem Augenblick kam Emilia ins Zimmer. »Wo ist Tilda? Frida hat Hunger.«

Anders starrte seine kleine Tochter an, und ihm wurde bewusst, dass Tilda für Emilia die einzige weibliche Bezugsperson war. Als Kerstin gestorben war, war die Kleine gerade erst zwei Jahre alt gewesen.

»Frida hat Hunger«, wiederholte Emilia. Ihre Augen, die Anders so sehr an Kerstin erinnerten, blicken ihn bittend an. Ausgerechnet das Kind, das sich kaum noch an seine Mutter erinnerte, war eine Miniaturausgabe von ihr.

»Tilda ist nicht da«, sagte er. »Soll ich dir und Frida ein Brot machen?«

»Frida möchte aber lieber Pfannkuchen.«

Anders ging vor seiner Tochter in die Hocke und legte eine Hand auf ihre Schulter. »Und was möchtest du essen?«

Emilia tat so, als müsse sie nachdenken. Dann zog ein strahlendes Lächeln über ihr Gesichtchen. »Ich glaube, ich möchte auch Pfannkuchen.«

Alles war ruhig. Die Kinder schliefen längst, und auch Stig hatte sich in sein Zimmer zurückgezogen.

Anders saß wieder am Schreibtisch vor dem großen Fenster und versuchte, sich auf die Felsengöttin und den attraktiven Mann zu konzentrieren. Noch vor Stunden hatte er geglaubt, den idealen Clip für ein Rasierwasser zu entwickeln.

Er hob den Kopf und sah hinaus in die Dunkelheit. Der Wind bewegte die Äste der Apfelbäume neben dem Weg zum Haus. Je weiter er den Blick schweifen ließ, umso mehr verwischten die dunklen Schatten. Auf dem See waren die Positionslichter eines Schiffes zu sehen.

Seine Sehnsucht nach Kerstin wurde plötzlich so stark, dass er es kaum noch aushalten konnte. Er dachte daran, wie nahe er sich ihr nebenan im Ferienhaus gefühlt hatte. Kurz entschlossen sprang er auf. Der Schlüssel zur Ferienwohnung lag in einer der Küchenschubladen. Er nahm ihn an sich und verließ leise das Haus.

Nebenan musste er nicht leise sein. Hier gab es niemanden, den er stören konnte. Das Licht schaltete er nicht ein. Obwohl er dieses Haus vorgestern zum ersten Mal seit drei Jahren wieder betreten hatte, kannte er den Weg wie im Schlaf.

Licht hätte ihn nur in die Realität zurückgeholt, aber er wollte einfach still im Ohrensessel sitzen, die Zeit in Gedanken zurückdrehen und sich einbilden, dass Kerstin oben im Schlafzimmer war, während er wie so oft hier unten über einem Drehbuch saß. Irgendwann würde sie herunterkommen, ihre Arme um seinen Hals legen, sich an ihn schmiegen und ihn sanft ermahnen, endlich ins Bett zu kommen.

Er schaffte es, sich so sehr in seine Traumwelt hineinzuversetzen, dass er sogar ihre leichten Schritte hörte, die sich näherten, und den Hauch eines Parfüms wahrnahm …

Etwas stimmte nicht. Anders öffnete die Augen und runzelte die Stirn.

Und dann wurde ihm klar, dass es nicht Kerstins Parfüm war, das er roch …

8

Malin war auf der Schwelle zwischen Tag und Traum, als sie das Geräusch vernahm. Zuerst glaubte sie, sie hätte es sich nur eingebildet. Schließlich war es die erste Nacht in einem fremden Haus und einer fremden Umgebung. Doch dann hörte sie das Geräusch erneut. Es klang, als würde unten jemand durchs Haus gehen.

Sie setzte sich auf, lauschte mit klopfendem Herzen in die Dunkelheit. Alles blieb still. Wer immer ins Haus gekommen war, hielt sich unten auf.

Oder schlich er bereits leise die Treppe herauf? War das ein Einbrecher? Oder ihr Vermieter? Aber warum sollte Stig Sjöhage mitten in der Nacht durchs Haus schleichen?

Malin war sehr spät abends angekommen. Sie hatte am Vortag mit dem Vermieter telefoniert und den Eindruck gehabt, dass er ein freundlicher älterer Mann war. Wie ausgemacht, hatte er den Hausschlüssel unter dem Stein neben der Haustür deponiert. Morgen sollte sie zu ihm hinübergehen und den Mietvertrag unterzeichnen.

Leise schlug sie die Decke zurück und stieg aus dem Bett. Dann hielt sie noch einmal lauschend inne, bevor sie zur Treppe schlich.

Unten war alles dunkel und still. Hatte sie sich die

Geräusche und die Schritte nur eingebildet? Je länger sie hier oben stand, ohne dass unten etwas passierte, umso mehr kam sie zu der Überzeugung, dass ihre überreizten Sinne ihr einen Streich gespielt hatten. Die anstrengenden letzten Tage, die ständigen Auseinandersetzungen mit Erik, das Ende ihrer Beziehung und heute die lange Autofahrt aus dem Süden Schwedens bis hierher nach Jämtland hatten ihr mehr zugesetzt, als sie sich eingestehen wollte. Über tausend Kilometer lagen jetzt zwischen ihr und Trelleborg – und eine Autofahrt, die mit Pausen fast vierzehn Stunden gedauert hatte.

Allmählich wurde Malin ruhiger, konnte sich aber nicht entschließen, zurück ins Bett zu gehen. Sie glaubte zwar nicht mehr daran, dass da unten jemand war, aber sie wollte sich hundertprozentig vergewissern und stieg barfuß die Treppe hinunter.

Auf der Suche nach dem Lichtschalter tastete sie suchend mit der Hand die Wand entlang. Ihre Augen hatten sich inzwischen an die Dunkelheit gewöhnt und ließen sie vage Schatten erkennen.

Einer dieser Schatten wurde plötzlich größer und bewegte sich auf sie zu. Es war also doch jemand im Haus!

Vor Entsetzen war sie wie erstarrt, unfähig, sich zu bewegen, während der Schatten schnell näher kam und die Hände nach ihr ausstreckte.

Das zu registrieren und instinktiv zu reagieren war eins. Anstatt rücklings auszuweichen, schoss sie nach vorn, hob ihr Knie und rammte es genau in den Bereich, in dem ein Tritt besonders wirkungsvoll sein sollte. Jedenfalls hatte ihre Freundin Madeleine das behauptet.

Jetzt konnte Malin sich davon überzeugen, dass Madeleine recht gehabt hatte: Der Angreifer stöhnte auf, presste seine Hände gegen den Unterleib und klappte regelrecht zusammen.

Malin, schwach vor Panik und Aufregung, wollte sich an der Wand abstützen und traf dabei den Lichtschalter. Die plötzliche Helligkeit blendete sie einen Moment lang, und den Einbrecher wahrscheinlich auch.

»Wer sind Sie?« Jedes seiner Worte wurde von einem Stöhnen begleitet.

Gleichzeitig schrie sie ihn an: »Was haben Sie hier zu suchen?«

Der Schmerz machte ihm offensichtlich noch zu schaffen und setzte ihn weiterhin außer Gefecht. Er holte ein paar Mal tief Luft, bevor er ihre Frage beantwortete: »Das Haus gehört meinem Schwiegervater Stig Sjöhage.«

»Und er hat es mir vermietet«, erwiderte sie bissig. »Wieso schleichen Sie also im Dunkeln hier herum?«

»Ich bin nicht herumgeschlichen!« Sein Gesicht war vor Schmerz verzerrt, als er sich vorsichtig erhob. Immer noch presste er beide Hände gegen seine Genitalien. »Ich ... ich ...« Er hielt inne, schien nicht zu wissen, wie er seine Anwesenheit erklären sollte. »Ich wusste nicht, dass Stig das Haus vermietet hat«, sagte er schließlich. Er ging ein paar Schritte in den Raum und ließ sich auf einen Sessel fallen.

Malin ließ ihn nicht aus den Augen. Ihre Angst war verflogen, trotzdem misstraute sie ihm. Jetzt, nachdem sie sich beruhigt hatte, erkannte sie ihn auch, obwohl sie sein Gesicht nur ein paar Mal im Fernsehen oder in Zeitschriften gesehen hatte. Es handelte sich tatsächlich um den Regisseur Anders Frykberg. Sie ließ sich jedoch nicht anmerken, dass sie wusste, wer er war.

»Das erklärt immer noch nicht, wieso Sie sich hier mitten in der Nacht im Dunkeln aufhalten.« Sie hatte die Hände in die Hüften gestemmt und funkelte ihn wütend an.

Er öffnete den Mund, schloss ihn wieder, um dann endlich etwas zu sagen: »Das ist so …« Er schwieg wieder, schüttelte den Kopf. »Schwierig, das in Worte zu fassen. Sie kennen das doch bestimmt, dass einem etwas selbstverständlich vorkommt, aber für andere nicht zu erklären ist.«

O ja, sie verstand sehr gut, was er meinte!

»Nein!«, behauptete sie stattdessen.

Er erhob sich. »Es tut mir leid.«

Sie schaute ihn nur an, sagte nichts mehr.

»Ich bin dann mal weg«, sagte er und wandte sich zum Gehen. »Gute Nacht!«

Malin folgte ihm in den Flur.

An der Tür drehte er sich noch einmal um und lächelte. »Sie wollen sich wohl vergewissern, dass ich das Haus wirklich verlasse.«

»Genau!«, erwiderte sie kühl, obwohl sein Lächeln sie keineswegs kaltließ.

Er war attraktiv. Groß und breitschultrig. Sein Haar und der sehr kurz geschnittene Bart waren dunkel, von grauen Strähnen durchzogen. Doch es waren seine Augen, die sie faszinierten. In ihnen lag eine Melancholie, der sie sich kaum entziehen konnte.

Oder bildete sie sich das nur ein, weil sie wusste, welches Schicksal er zu tragen hatte? Ging ihre Fantasie mit ihr durch?

Die Tür fiel hinter ihm zu. Es war verrückt, aber sie empfand tatsächlich so etwas wie Bedauern, dass er schon gegangen war.

»Malin, du spinnst!«, sagte sie laut in die Stille, drehte sich um und ging wieder nach oben.

Sie lag lange schlaflos im Bett. Die Ereignisse der letzten Tage geisterten in ihren Gedanken herum, doch immer wieder schob sich ein Gesicht in den Vordergrund. Ein markantes Gesicht mit traurigen Augen.

Ein lautes Klopfen weckte sie am nächsten Morgen, dabei hatte sie das Gefühl, gerade erst eingeschlafen zu sein.

Malin quälte sich aus dem Bett, ging die Treppe hinunter und öffnete die Haustür. Ein älterer Mann stand ihr gegenüber. In der Hand hielt er eine Papiertüte mit dem Schriftzug eines Bäckers. Überrascht musterte er sie von Kopf bis Fuß, und Malin wurde bewusst, dass sie ihren uralten Schlafanzug mit den aufgedruckten Teddybären trug. So wie schon in der vergangenen Nacht, aber da hatte es ihr nichts ausgemacht.

Der Mann lächelte plötzlich. »So einen hat meine Enkelin auch«, sagte er und streckte ihr die Hand entgegen. »Ich bin Stig.«

Sie hatte ihn bereits am Telefon sympathisch gefunden. Dieser Eindruck verstärkte sich jetzt.

»Mein Schwiegersohn hat mir erzählt, was letzte Nacht passiert ist«, fuhr Stig fort und grinste sie an.

Malin bat ihn ins Haus. Während er geradeaus in den Wohnraum ging, entschuldigte sie sich und lief nach oben, um sich rasch zu waschen und anzuziehen.

Als sie wieder nach unten kam, roch es verführerisch nach Kaffee. Stig hatte zwei Becher auf den Tisch gestellt und die Bäckertüte einfach aufgerissen. Malin lief das

Wasser im Mund zusammen, als sie die frischen Croissants sah.

»Ich dachte, ich bringe als Entschuldigung für den Schreck letzte Nacht ein Frühstück vorbei.« Stig lächelte sie entschuldigend an. »Ich habe vergessen, meinem Schwiegersohn zu sagen, dass ich das Haus vermietet habe.«

»Das erklärt immer noch nicht, wieso er hier mitten in der Nacht reinkommt und sich im Dunkeln in einen Sessel setzt. Er hat gesagt, er könne das nicht erklären.«

Stig wirkte bedrückt. »Ich kann es schon erklären ...« Er brach ab, setzte dann neu an: »Anders hat dieses Haus vor Kurzem zum ersten Mal seit langer Zeit wieder betreten. Es erinnert ihn an glückliche Zeiten.« Stig lächelte traurig. »Reicht dir das als Erklärung?« Wie selbstverständlich verwendete er das in Schweden übliche Du.

Malin nickte beklommen. Sie fühlte sich nicht wohl, weil sie weitaus mehr über Anders' Geschichte wusste, als er selbst oder sein Schwiegervater ahnten. Sie durfte nichts sagen, durfte nicht einmal zeigen, dass sie Anders Frykberg erkannt hatte.

»Setz dich doch«, sagte Stig und wies auf einen Stuhl. Er füllte zuerst ihre, dann seine eigene Tasse mit heißem Kaffee. Dabei schaute er sie immer wieder an.

Malin fühlte sich unbehaglich und wich seinen Blicken aus. Sie nahm eines der Croissants und biss hinein.

»Und was führt dich zu uns nach Jämtland?«

Das war genau die Frage, die sie befürchtet hatte. Malin senkte den Blick. Sie konnte noch nie besonders gut lügen, und bei diesem netten älteren Mann fiel es ihr besonders schwer. Sie biss noch einmal von ihrem Croissant ab und kaute übertrieben lange, um Zeit zu gewinnen.

»Ich brauche einfach eine Auszeit«, erklärte sie schließlich. »Ich habe mich gerade von meinem Freund getrennt.« Zumindest in dem Punkt sagte sie die Wahrheit.

Für Stig schien das eine einleuchtende Erklärung zu sein. Er nickte teilnahmsvoll. »Eine Trennung ist oft schmerzhaft. Aber kannst du so einfach wochenlang wegbleiben? Hast du keinen Job?«

Auf solche Fragen hatte sich Malin zusammen mit Staffan vorbereitet. Die Vorlage dazu hatte ihr Erik geliefert. »Mein Chef ist damit einverstanden, dass ich überwiegend im Home Office arbeite. Es war sogar sein Vorschlag«, erklärte sie, halbwegs beruhigt darüber, noch nicht von der Wahrheit abgewichen zu sein.

Hoffentlich fragte er sie jetzt nicht, was sie beruflich machte. Dann musste sie lügen. In Orrviken durfte niemand erfahren, dass sie für eine Zeitung arbeitete und Stigs Familie im Mittelpunkt ihrer Recherchen stand.

Stig fragte nicht weiter nach. Er trank seinen Kaffee aus und verabschiedete sich. Malin brachte ihn zur Tür und bedankte sich für das Frühstück.

»Keine Ursache, das war das Mindeste nach dieser aufregenden Nacht.« Stig lächelte. »Und du musst dir keine Sorgen machen, das wird nicht mehr passieren.«

Davon war Malin überzeugt. »Ich mache mir keine Sorgen«, versicherte sie.

Stig brach in lautes Lachen aus. »Das glaube ich. Anders hat mir von deinem gezielten Tritt erzählt. Es ist ihm immer noch peinlich.«

Malin fühlte, wie ihre Wangen heiß und wahrscheinlich auch ziemlich rot wurden. »Ich wollte mich nur verteidigen«, rechtfertigte sie sich kleinlaut. »Ich dachte, er wäre ein Einbrecher.«

»Du hast einen nachhaltigen Eindruck bei ihm hinterlassen.« Immer noch lachend verabschiedete sich Stig. »Hej då!«

»Hej då!« Malin schloss die Tür und lehnte sich von innen dagegen. Bisher war das hier nur ein abstrakter und völlig verrückter Auftrag gewesen. Jetzt erst wurde ihr richtig bewusst, dass sie es mit Menschen zu tun hatte.

»Hast du ihn schon gesehen?« Ellas Stimme klang aufgeregt.

»Wen?«, fragte Malin begriffsstutzig.

»Anders Frykberg, wen sonst?«, rief Ella ungeduldig aus.

»Ich bin noch keine vierundzwanzig Stunden hier«, erwiderte Malin ausweichend. Ella war die Letzte, der sie von ihrer nächtlichen Begegnung erzählen wollte.

»Na und! Hast du ihn schon gesehen?« Ella klang drängend, neugierig und vor allem, wie Malin fand, ziemlich missgünstig.

Deshalb antwortete sie wahrheitsgemäß: »Ja, ich habe ihn kurz nach meiner Ankunft kennengelernt.«

»Wie sieht er aus? Was hat er gesagt? Du hast dir doch hoffentlich nichts anmerken lassen? Er war immer schon pressescheu, selbst zu der Zeit, als seine Frau noch gelebt hat. Wenn er rauskriegt, dass du vom *Dagbladet* bist, können wir die ganze Geschichte vergessen.«

Das wäre mir sowieso am liebsten, dachte Malin. Laut sagte sie: »Ich mache meinen Job nicht erst seit gestern.«

Ella ging darauf nicht ein und erwiderte hörbar unzufrieden: »Staffan hätte mich schicken sollen! Dann wäre das eine richtig runde Geschichte geworden.«

Selbst am Telefon schaffte Ella es, Malins Blutdruck in die Höhe zu treiben. »Wieso bildest du dir ein, dass du diesen Auftrag besser ausführen könntest als ich?«, erwiderte sie scharf. »Wie kommst du überhaupt auf den Gedanken, dass du alles besser kannst als ich?«

»Weil es eben so ist!«, kam es spontan zurück.

Malin erkannte plötzlich, dass Ella sie nicht ärgern wollte. Sie war einfach davon überzeugt, in allem die Beste zu sein. Malin wollte das nicht widerspruchslos hinnehmen, aber ausgerechnet jetzt klopfte es an der Tür.

»Wir müssen Schluss machen«, sagte sie hastig. »Da kommt jemand.«

Erst als sie das Gespräch beendet hatte, fiel ihr ein, dass sie gar nicht wusste, weshalb Ella sie angerufen hatte.

Malin dachte nicht lange darüber nach, sondern ging zur Tür, um sie zu öffnen. Ein kleines Mädchen stand davor, in einem Kleidchen, so blau wie ihre großen Augen. Die gelockten Haare trug sie in kurzen Zöpfen, die wie Ringelschwänzchen aussahen. Die Kleine war zuckersüß. In den Händen hielt sie einen Teller. Was sich darauf befand, konnte Malin nicht erkennen, weil es mit einer weißen Serviette abgedeckt war.

Sie lächelte das Kind an, aber die Kleine blickte sie nach wie vor ernst an und streckte ihr den Teller entgegen. »Das soll ich dir von Tilda geben.«

Wer war Tilda? Und wer war dieses Kind?

Malin nahm den Teller und fragte: »Willst du nicht reinkommen?«

Die Kleine schüttelte den Kopf. »Ich habe Angst, dass du mich auch tretest.«

»Trittst«, verbesserte Malin automatisch.

Das Kind zog finster die Augenbrauen zusammen. »Das weiß ich selber. Ich hab mich nur versprecht.«

»Ja, das kann ja passieren«, sagte Malin und verzichtete darauf, das Kind ein zweites Mal zu verbessern. Stattdessen wollte sie wissen: »Wie kommst du auf die Idee, dass ich trete?«

»Die Tilda hat zu Opa gesagt, du hättest dem Papa voll in die Eier getretet.«

Malin wusste nicht, was sie darauf sagen sollte. Und wer zum Teufel war diese Tilda?

Ihr kam der Gedanke, dass ihr Einsatz hier möglicherweise völlig umsonst war, wenn Tilda die neue Lebensgefährtin von Anders Frykberg war und sich Gretas Wunsch längst erfüllt hatte. Malin wusste nicht, warum, aber etwas störte sie an dieser Vorstellung.

Weil ich weder Greta noch der süßen Kleinen hier eine Mutter mit einer solchen Ausdrucksweise wünsche, sagte sie sich schließlich selbst.

»Hat Papa dir die Eier zum Frühstück gebracht? Und warum hast du da reingetretet?«, fragte das Mädchen nachdenklich.

Malin wollte das Thema nicht weiter vertiefen. »Was bringst du mir denn da?«, fragte sie ausweichend und hob die Serviette an.

»Pfefferkuchen«, sagte die Kleine. »Die gibt es sonst nur an Weihnachten, aber Frida wollte heute nix anderes essen.«

Frida? Tilda? Wie viele weibliche Wesen hielten sich denn noch in Anders Frykbergs Umfeld auf? Hatte Ella nicht gründlich recherchiert? Malin freute sich jetzt schon darauf, das der Kollegin unter die Nase zu reiben.

»Willst du mit mir zusammen Pfefferkuchen essen? Ich teile sie gerne mit dir.« Malin sah, dass die Kleine über ihren Vorschlag nachdachte, und streckte ihr die Hand entgegen. »Ich heiße übrigens Malin. Und wer bist du?«

»Ich bin Emilia«, sagte das Mädchen und wies dann neben sich ins Leere. »Und das ist Frida.«

»Wo?« Malin trat einen Schritt vor und streckte den Kopf aus der Tür. Aber da war niemand außer Emilia.

»Bist du dumm!« Emilia lachte. »Frida steht doch neben mir.«

Malin erschrak. Mit diesem Kind stimmte offensichtlich etwas nicht. Oder wollte Emilia sie auf den Arm nehmen? Sie ließ sich nichts anmerken.

»Okay, dann kommt doch beide rein und esst mit mir die Pfefferkuchen.«

Emilia drehte den Kopf zur Seite. »Was hast du gesagt?« Sie nickte und wandte sich wieder Malin zu. »Frida fragt, ob du auch Kakao hast.«

»Leider nicht, ich bin ja erst letzte Nacht angekommen. Aber wenn ihr mich das nächste Mal besucht, habe ich welchen da.«

Emilia drehte wieder den Kopf zur Seite. »Sie hat keinen Kakao, aber sie kauft welchen für uns.«

Was stimmte mit diesem Kind nicht? Malin verzog keine Miene, während sie beobachtete, wie sich Emilia mit der imaginären Frida unterhielt.

»Frida findet dich nett«, stellte das Mädchen plötzlich fest.

»Äh ...« Malin war im ersten Moment völlig überrumpelt davon, dass eine nicht existente Person sie nett fand. »Ich finde Frida auch nett«, sagte sie schließlich und kam sich dabei ziemlich bescheuert vor. »Und vor allem finde ich dich sehr nett.«

Diesmal sagte sie die Wahrheit, und als sie sah, dass sich das süße Gesicht des Kindes zu einem zaghaften, sehr scheuen Lächeln verzog, schmolz sie dahin.

»Und du tretest mich ganz bestimmt nicht?«, vergewisserte sich Emilia vorsichtshalber.

Malin legte sich eine Hand aufs Herz. »Großes Ehrenwort!«, versprach sie. »Ich werde dich und Frida ganz bestimmt nicht treten. Niemals!«

Damit hatte sie gewonnen. Emilia ging an ihr vorbei ins Haus.

9

Anders spürte den Schmerz immer noch. Aber er musste sich eingestehen, dass es weniger der körperliche Schmerz als verletzter Stolz war. Eine schlanke Frau, kaum größer als einsfünfundsechzig, hatte ihn außer Gefecht gesetzt.

»Macho!«

Anders fuhr herum, aber da war niemand. Die Stimme war ausschließlich in seinem Kopf gewesen. Kerstins Stimme! Und als er an sie dachte, sah er auch ihr Gesicht vor seinem inneren Auge. Spöttisch lächelnd, aber gleichzeitig mit dieser Zärtlichkeit im Blick, die ihm in jeder Sekunde verriet, wie sehr sie ihn liebte.

»Warum bist du nicht mehr da?«, fragte er laut und sehr verzweifelt in die Stille des Hauses.

»Du musst sie endlich loslassen!«

Diesmal war die Stimme nicht in seinem Kopf, sondern kam von der Tür. Dort stand Tilda mit einem Korb frischer Wäsche in den Händen.

Anders starrte sie finster an. »Du hast doch keine Ahnung, wie es ist, einen geliebten Menschen zu verlieren.«

Tilda stellte den Wäschekorb ab und trat so dicht zu ihm, dass ihre Körper sich fast berührten. Nur mit Mühe widerstand Anders dem Impuls, zurückzuweichen. Sie schauten einander an, beide nicht bereit, den Blick abzuwenden.

»Wie kannst du es wagen?«, fauchte Tilda ihn an. »Ich kannte Kerstin seit ihrer Geburt. Nachdem sie ihre Mutter verloren hatte, war ich für sie da. Ich habe mit ihr Hausaufgaben gemacht, habe mir ihre kleinen und großen Probleme angehört. Ich war da, als sie ihren ersten Liebeskummer hatte, und ich habe mich mit ihr gefreut, als sie mit dir und den Kindern glücklich wurde. Sie war wie eine Tochter für mich, und ich habe sie genauso verloren wie ihr!«

Noch nie hatte Anders Tilda so erlebt. »Es tut mir leid«, murmelte er und senkte nun doch als Erster den Blick.

»Das will ich hoffen!« Sie wandte sich ab, nahm den Wäschekorb wieder hoch und ging weiter, ohne ihn eines weiteren Blickes zu würdigen.

Bis zum Mittagessen versuchte Anders, sich auf das Drehbuch zu einem Werbeclip über Hämorrhoiden-Salbe zu konzentrieren. Er nahm die Tube in die Hand und fragte sich, was den Hersteller dazu bewogen haben mochte, dieses Produkt ausgerechnet *Happyend* zu nennen.

Seine Gedanken schweiften immer wieder ab. Zu Tilda, zu dieser Frau nebenan und schließlich zu Kerstin.

»Warum kannst du nicht bei mir sein?«, flüsterte er und sah sich gleich darauf erschrocken um, ob ihn wieder jemand gehört hatte.

Du musst sie endlich loslassen!

Tildas Worte gingen ihm nicht aus dem Kopf. Sie verletzten ihn, machten ihn wütend, und gleichzeitig wusste er, dass es so war. Er musste Kerstin endlich loslassen, musste sich seinem Leben stellen – und hatte gleichzeitig keine Ahnung, wie er das machen sollte.

»Hör auf!«, ermahnte er sich selbst. Er starrte wieder auf die Tube in seiner Hand.

Happyend!

Das hatte es für ihn und Kerstin nicht gegeben. Aber sie hatte ihm drei wundervolle Kinder geschenkt, und dafür musste er dankbar sein.

Er richtete sich kerzengrade auf. Wenn er seinen Schmerz nicht abstellen konnte, musste er eben lernen, damit zu leben. Ab sofort wollte er sich mehr um seine Kinder kümmern, seinem Leben einen neuen Sinn geben.

»Und mit diesem Mist höre ich auch auf.« Er legte die Tube auf den Schreibtisch.

»Womit hörst du auf?«, fragte Stig, der hinter ihn getreten war.

Er musste sich dringend abgewöhnen, mit sich selbst zu reden! Anders zeigte auf die Hämorrhoiden-Salbe. »Mit diesen Werbefilmen.« Er sah seinen Schwiegervater an. »Ich will ein richtiges Drehbuch für einen Spielfilm schreiben.«

»Gute Idee!« Stig nickte.

»Und ich will mich mehr um die Kinder kümmern.«

Stig lächelte. »Eine noch bessere Idee! Die drei brauchen dich.«

»Tilda hat da heute etwas zu mir gesagt ...« Anders zögerte, doch dann brach es aus ihm heraus. Und mit jedem Wort, das er sagte, fühlte er sich leichter.

»Loslassen ist schwer, und so ganz gelingt es nie«, sagte Stig verständnisvoll. »Das habe ich erlebt, als meine Frau gestorben ist, und ein zweites Mal, als ich mein einziges Kind verloren habe.« Er legte eine Hand auf Anders' Schulter. »Aber Kerstin hätte nicht gewollt, dass du dich völlig in deinem Schmerz vergräbst. Und sie hätte von dir erwartet, dass du für die Kinder da bist.«

»Ja«, murmelte Anders mit belegter Stimme.

»Ich weiß, es ist eine blöde Phrase, Anders, aber sie stimmt so sehr: Das Leben geht weiter. Und du hast ein Recht, dieses Leben zu genießen. Du darfst auch mal wieder lachen. Und wer weiß, vielleicht verliebst du dich irgendwann ...«

»Niemals!«, fiel Anders seinem Schwiegervater aufgebracht ins Wort. »Es gibt keine Frau auf dieser Welt, die Kerstin je ersetzen könnte.«

»Sie soll Kerstin auch nicht ersetzen, sondern ihren ganz eigenen Platz in deinem Herzen einnehmen. Kerstin hätte gewollt, dass du wieder glücklich wirst.«

»Die Kinder und meine Arbeit, mehr brauche ich nicht.«

Stigs Lächeln wurde breiter. »Das wäre jedenfalls ein guter Anfang!«

Bis zum Abendessen hatte Anders das Skript zu einem Werbespot verfasst, der dem Nutzer des Produkts ein völlig neues Sitzgefühl ohne Jucken und Brennen versprach.

Danach nahm er sich den Ordner mit den neuen Angeboten vor. Seine Drehbücher für Werbefilme waren begehrt, weil er das Handwerk verstand und genau wusste, worauf es ankam. Dennoch sagte er alle weiteren Angebote ab, löschte den Ordner und konzentrierte sich auf das, was er sich vorgenommen hatte: einen Kinofilm.

Er saß vor seinem Computer und starrte auf den blinkenden Cursor. Später stand er vor dem Panoramafenster und wartete immer noch auf eine Eingebung, während der schwarze Cursor weiter auf dem leeren weißen Blatt blinkte.

Wann hatten die Bäume eigentlich angefangen, ihr Laub zu verlieren? Es war Herbst geworden, und er hatte den Wechsel der Jahreszeit wieder einmal nicht bemerkt. Ein ganzer Sommer war vergangen, ohne dass er mit den Kindern etwas Besonderes unternommen hatte.

»Papa, du sollst essen kommen.«

»Greta!« Anders streckte die Hand nach seiner Tochter aus, die in der Tür aufgetaucht war. »Komm mal zu mir.«

Greta zog argwöhnisch die Augenbrauen zusammen. »Warum?«

Die Frage erstaunte ihn und machte ihm gleichzeitig klar, dass Greta das Kind war, von dem er am wenigsten mitbekam. Lasse spielte sich mit seinen Streichen immer wieder in den Vordergrund. Emilia hatte ihre Ängste, und sie war eben die Kleine, um die sich alle besonders sorgten. Aber Greta war irgendwo in der Mitte. Sie schien selbständig, weinte nie und sprach nicht viel. Nur wenn sie etwas wollte, konnte sie ziemlich penetrant sein.

»Ich dachte, wir reden einfach mal miteinander«, sagte Anders.

Sein gut gemeinter Vorschlag machte Greta erst recht misstrauisch. »Ich hab nichts gemacht!« Sie schüttelte heftig den Kopf. »Das war Lasse.«

Anders war alarmiert. »Was hat Lasse gemacht?«

Greta schien erst jetzt zu begreifen, dass ihr Vater nicht über einen aktuellen Vorfall sprechen wollte, und zuckte hilflos mit den Schultern. »Weiß ich nicht«, wisperte sie. »Ich dachte, du wolltest mit mir schimpfen. Und Lasse ist immer schuld.«

Anders schüttelte den Kopf und lächelte. »Es ist nichts passiert. Ich wollte nur wissen, wie es dir geht.«

»Gut«, erwiderte Greta, drehte sich um und lief hinaus.

Anders folgte ihr in die Küche, wo bereits der Tisch gedeckt war. Stig kam ebenfalls gerade dazu, Lasse und Emilia saßen bereits am Tisch.

»Frida und ich waren heute bei Malin«, plauderte die Kleine unbefangen drauflos.

»Malin?« Anders war beunruhigt. Hatte sich seine Tochter eine zweite imaginäre Freundin zugelegt?

»Die Frau in Opas Ferienhaus. Ich hab ihr Pfefferkuchen gebringt. Ich hatte ein bisschen Angst, weil sie Papa ...«

»Emilia, soll ich dir ein Brot schmieren?«, fiel Tilda ihr hastig ins Wort. Anders fiel auf, dass sich der Kopf der Haushälterin leicht ins Rötliche verfärbt hatte.

»Nein!« Emilia schüttelte den Kopf und plapperte munter weiter. »Die Nachbarin heißt Malin«, erklärte sie, obwohl das inzwischen alle wussten. »Und sie ist sehr nett. Sie hat mich überhaupt nicht getretet, und die Frida auch nicht.«

Emilia machte eine kurze Pause, schien zu genießen, dass die Aufmerksamkeit aller jetzt auf sie gerichtet war. Dann fügte sie hinzu: »Und deshalb hab ich Malin für Sonntag zum Essen eingeladet!«

10

»Warum hast du mich gestern angerufen?«

»Wie nett, dass du endlich Zeit für einen Rückruf gefunden hast«, spöttelte Ella. »Ich wollte dir sagen, dass ich die Aktion von hier aus leite. Das freut dich doch bestimmt.«

Hat sie es also doch geschafft, sich in die Reportage einzumischen, dachte Malin. Trotzdem empfand sie Genugtuung, weil sie wusste, dass Ella viel lieber an ihrer Stelle gewesen wäre.

»Was genau sollst du denn von Trelleborg aus leiten?«, fragte sie und schaffte es, ebenso spöttisch zu klingen wie Ella.

»Ich schaue mir die Frauen an, die Anders Frykberg vorgestellt werden sollen. Und ich sorge dafür, dass die Aktion geheim bleibt, bis er sich für eine der Frauen entschieden hat.« Ella machte eine kurze Pause. »Hoffentlich versaust du es nicht.«

Malin schnappte nach Luft, aber bevor ihr eine passende Antwort einfiel, hatte Ella das Gespräch beendet und ohne Abschiedsgruß aufgelegt.

»Tschüss Ella, dir auch einen schönen Tag!«, murmelte Malin.

Sie fühlte sich einsam. Es war so unglaublich still hier.

Gestern war ihr das nicht so aufgefallen, aber da waren auch Stig und Emilia vorbeigekommen. Danach hatte sie ihre Koffer ausgepackt und sich den Rest des Tages von der langen Fahrt ausgeruht. Sie war früh ins Bett gegangen und hatte sich gründlich ausgeschlafen.

Heute vermittelte ihr die Stille das Gefühl, der einzige Mensch auf der Welt zu sein. Den Verkehrslärm in Trelleborg hatte sie kaum noch wahrgenommen, hier fehlte er ihr.

Nachdem sie die Kaffeetasse gespült hatte, schlenderte sie gelangweilt durchs Haus. Es war nicht besonders modern eingerichtet, aber gemütlich und lichtdurchflutet. Die Einrichtung war hell und freundlich und passte zu den hellen Holzdielen der Böden. Durch das Wohnzimmerfenster konnte sie den Storsjön sehen, und vom Küchenfenster aus blickte sie direkt auf das Nachbarhaus, in dem Stig, Anders Frykberg und seine Kinder lebten.

Genau in dem Augenblick, als sie an Anders Frykberg dachte, tauchte er nebenan im Fenster auf. Sie starrten sich an, und Malin spürte, wie sie rot anlief. Hoffentlich bildete er sich jetzt nicht ein, sie würde ihn beobachten.

Sie atmete tief durch, als er sich umdrehte und aus ihrem Blickfeld verschwand. Sie konnte es drehen und wenden wie sie wollte, einen besonders guten Eindruck hatte sie bei ihm bisher nicht hinterlassen.

Er bei mir auch nicht, dachte sie trotzig. *Was für ein merkwürdiger Mann, der nachts in ein vermeintlich leeres Haus schleicht, um dort im Dunkeln stundenlang reglos in einem Sessel zu sitzen*.

Malin setzte ihren ziellosen Rundgang durch das Haus fort. Sie war ihren strukturierten Arbeitsalltag gewohnt und wusste jetzt nichts mit sich anzufangen. Im Wohnzimmer blieb sie vor dem Kamin stehen. Es war bestimmt kuschelig, wenn darin ein Feuer brannte, während draußen Schnee lag.

Hoffentlich bin ich bis dahin wieder zu Hause, dachte sie. Wenn sie wieder zurück nach Trelleborg kam, war Erik längst ausgezogen …

Eben noch hatte sie sich gewünscht, wieder zu Hause zu sein. Jetzt musste sie sich eingestehen, dass die Aussicht auf ihre leere Wohnung nicht gerade verlockend war.

Um sich von diesen trüben Gedanken abzulenken, beschloss sie, die nähere Umgebung zu erkunden. Einkaufen musste sie ja auch noch.

Sie zog ihre Jacke an, nahm ihre Tasche, öffnete die Eingangstür – und schrie laut auf, als ihr etwas direkt ins Gesicht schaute. Und die riesige Kreatur konnte ihr nur deshalb ins Gesicht schauen, weil sie den Kopf gesenkt hatte.

Malin wusste nicht, was sie Furcht erregender fand: die Schnauze mit den großen Zähnen oder das mächtige Geweih. Heftig schlug sie die Tür zu. So heftig, dass sie sofort wieder aus dem Schloss sprang und erneut aufflog.

Malin wich einen Schritt zurück, während der Elch einen Ton ausstieß, der sich wie ein lautes Wimmern anhörte. Sie war noch nie einem Elch so nahe gekommen. Und sie hatte keine Ahnung, was sie machen sollte oder ob Elche gefährlich werden konnten.

Der Elch blieb vor der Tür stehen und beäugte sie ebenso misstrauisch wie sie ihn.

Am liebsten hätte Malin die Tür endgültig geschlossen, aber dazu hätte sie wieder einen Schritt vortreten müssen, und das traute sie sich nicht. Auch wenn sie ziemlich sicher war, dass der Elch wegen der Spannbreite seines Schaufelgeweihs nicht durch die Türöffnung passte.

Plötzlich tauchte ein Mädchen auf, stand direkt neben dem Elch und wirkte völlig furchtlos. Malin erkannte es sofort, weil es einem seiner Briefe an den Weihnachtsmann ein Foto beigelegt hatte.

»Greta, komm sofort rein!«, schrie Malin panisch, was den Elch wieder zu einem lauten Wimmern veranlasste.

Greta lachte nur und strich über die Schnauze des Tieres, als es den Kopf noch weiter senkte. »Das ist doch nur Knut, der tut nix«, erklärte sie. »Wenn du ihm eine Möhre gibst, geht er wieder nach Hause.«

Malin schüttelte den Kopf. »Ich habe keine Möhren.«

»Aber Opa hat welche.« Das Mädchen wandte sich um, machte aber gleich wieder kehrt. Mit großen Augen starrte es Malin an. »Woher weißt du, wie ich heiße?«

Verdammt!

Alle Alarmglocken schrillten in Malins Kopf. Zu spät, sie hatte einen Riesenfehler gemacht und suchte nun verzweifelt nach einer Ausrede.

»Du bist doch Emilias Schwester?« Etwas Besseres fiel ihr nicht ein, und Greta blieb sichtlich misstrauisch, auch wenn sie jetzt nickte. »Sie hat mir von dir erzählt.«

»Aber woher weißt du, wie ich aussehe? Wir sehen uns doch gar nicht ähnlich.«

Die Kleine war ganz schön gewitzt, und Malin wusste nicht, was sie antworten sollte. Zum Glück kam in diesem Augenblick Stig dazu.

»Es tut mir leid!«, rief er entschuldigend in Malins Richtung, während er Knut eine Möhre in das riesige Maul stopfte. Er tätschelte den Hals des Elches. »Geh jetzt nach Hause, Knut!«, sagte er.

Als hätte er Stigs Worte verstanden, drehte der Elch sich um und trottete auf seinen schlaksigen Beinen davon. Sein Hinterteil schwankte dabei hin und her. Von hinten wirkte der Elch überhaupt nicht mehr bedrohlich.

»Ich hätte dir von Knut erzählen sollen«, sagte Stig. »Er stammt aus dem *Moose Garden* hier im Ort, ist dort aufgewachsen und öffnet sein Gatter immer wieder selbst. Dann taucht er hier auf, holt sich seine Möhre und geht wieder nach Hause. Die meisten unserer Feriengäste lieben ihn.«

Als hätte Knut die Worte verstanden, blieb er stehen und wandte den Kopf mit dem mächtigen Geweih. »Siehst du«, schien sein Blick zu sagen. »Du hättest dir und mir das ganze Theater ersparen können.«

»Schon gut, Knut!«, rief Malin ihm nach und konnte jetzt wieder lachen. »Wenn du das nächste Mal kommst, habe ich Möhren für dich.«

»Es tut mir wirklich leid«, entschuldigte Stig sich noch einmal.

»Es ist alles in Ordnung«, versicherte Malin. »Ich mag Elche. Glaube ich jedenfalls. Bisher ist mir noch keiner so nahe gekommen.«

Obwohl sie Greta nicht ansah, spürte sie, dass das Mädchen sie die ganze Zeit nicht aus den Augen ließ. »Hast du Lust, mir ein wenig die Gegend zu zeigen?«, fragte sie das Mädchen.

»Nein!« Greta schüttelte den Kopf.

»Greta!«, mahnte Stig. »Malin ist unser Gast.«

Greta zuckte mit den Schultern. »Ich hab trotzdem keine Lust.«

Stig wirkte verärgert, aber Malin war beeindruckt von dem Mädchen, das völlig unverblümt und selbstbewusst seine Meinung sagte.

Die Kleine wollte offensichtlich gerade gehen, als Stig sagte: »Hast du nicht vor Kurzem einen Brief an den Weihnachtsmann geschickt? Ich glaube nicht, dass er dir etwas zu Weihnachten bringt, wenn du dich so verhältst.«

Ganz langsam drehte Greta sich wieder um. Als sie Malin betrachtete, lag auf ihrem Gesicht ein Ausdruck, der nicht mehr abweisend, sondern sehr aufmerksam wirkte. »Wo kommst du her?«, fragte sie.

Ich muss jetzt ganz vorsichtig sein, dachte Malin. Die Erwähnung des Weihnachtsmannes schien in dem Kind etwas ausgelöst zu haben.

»Aus Trelleborg«, sagte Malin dennoch wahrheitsgemäß.

»Und wer hat dich geschickt?«

Plötzlich glaubte Malin zu wissen, was in Greta vorging. *Ich bin nicht die, auf die du wartest*, sagte sie in Gedanken. Es war erschreckend, dass das Mädchen so große Hoffnungen auf den Weihnachtsmann setzte.

»Niemand hat mich geschickt«, beantwortete sie Gretas Frage.

Greta wirkte enttäuscht.

Malin presste die Lippen zusammen, um nicht unbedacht etwas zu sagen, was falsche Hoffnungen bei dem Mädchen wecken könnte.

»Ich freue mich sehr, dass ich dich jetzt auch kennengelernt habe«, sagte sie nach ein paar Sekunden. Das war freundlich und unverfänglich.

»Den Rest der Familie lernst du Sonntag kennen.« Stig lachte laut über ihr verblüfftes Gesicht. »Emilia hat dich doch zum Essen eingeladen.«

»Emilia ist süß, aber ...«

»Kein Aber«, fiel Stig ihr ins Wort. »Wir rechnen fest mit dir, und Tildas Köttbullar sind sensationell.«

Malin konnte sich die Frage nicht verkneifen: »Ist Tilda deine Frau?«

Stig lachte erneut, bevor er den Kopf schüttelte. »Nein«, sagte er.

Er griff nach Gretas Hand und ging, immer noch lachend, mit ihr nach Hause.

Bewaffnet mit Blumen und einer Flasche Wein, klopfte Malin zwei Tage später bei ihren Nachbarn. Sie schwankte zwischen gespannter Vorfreude und Unbehagen angesichts des Wiedersehens mit Anders Frykberg. Es war bestimmt viel einfacher, ihn mit interessierten Frauen zusammenzubringen, wenn sie zuvor freundschaftlichen Kontakt mit der Familie geknüpft hatte. Doch das erste unerfreuliche Zusammentreffen mit dem berühmten Regisseur war ihr noch immer peinlich.

Außerdem schämte sie sich, weil sie keineswegs hier war, um Gretas Weihnachtswunsch zu erfüllen. Es ging um die Story, um die Auflage des *Dagbladet*, und es interessierte keinen Menschen, ob die Gefühle eines kleinen Mädchens und seiner Familie dabei verletzt wurden.

Anders Frykberg persönlich öffnete ihr die Tür, und einen peinlichen Moment lang starrten sie sich an. Plötzlich brachen sie beide in Gelächter aus.

Anders streckte ihr die Hand entgegen. »Hej!«

»Hej!« Malin erwiderte seinen Händedruck. »Es tut mir übrigens leid«, entschuldigte sie sich.

»Mir auch«, antwortete er grinsend.

»Nachdem ihr das geklärt habt, kann Malin ja auch

den Rest der Familie kennenlernen«, mischte sich Stig ein. Ohne Umschweife nahm er ihr den Blumenstrauß und die Weinflasche ab, schaute auf das Etikett und nickte anerkennend. »Eine gute Wahl, vielen Dank!«

»Ich habe die Flasche nur gekauft, weil mich der Elch auf dem Etikett an Knut erinnert«, sagte Malin mit einem breiten Lächeln. »Ich kenne mich mit Wein nicht aus.«

»Du bist also keine Weintrinkerin?«, erkundigte sich Stig.

»Ich bin überhaupt keine Trinkerin.« Malin lachte.

»Humor hat sie jedenfalls«, stellte Anders fest.

»Das hat sie schon in der Nacht bewiesen, als sie dich für einen Einbrecher gehalten und mit einem gezielten Tritt außer Gefecht gesetzt hat«, erwiderte Stig trocken.

Anders verschränkte die Arme vor der Brust. »Ich finde deine Scherze darüber inzwischen schlimmer als den Tritt selbst. Wahrscheinlich darf ich mir das die nächsten zwanzig Jahre anhören.«

»Oje!« Malin schlug sich theatralisch eine Hand vor den Mund. »Da muss ich mich ja gleich noch einmal entschuldigen.«

»Du musst dich überhaupt nicht entschuldigen, sondern endlich mit in die Küche kommen.« Stig legte einen Arm um ihre Schulter und zog sie mit sich.

In der Küche war die ganze Familie versammelt. Emilia und ein Junge, den Malin noch nicht kannte, saßen am Tisch. Greta stand neben einer korpulenten Frau am Herd und schaute Malin wieder so skeptisch an wie beim ersten Mal. Es roch köstlich.

Stig wies auf die korpulente Frau. »Das ist Tilda, die gute Seele unseres Haushalts. Emilia und Greta kennst du ja schon, und der Lausbub am Tisch ist Lasse, der Bruder der beiden Mädchen.«

»Hej, Lasse!«, grüßte Malin. »Hej, Emilia und Greta! Und hallo Frida!« Sie winkte dem leeren Stuhl rechts neben Emilia zu. »Schön, euch alle wiederzusehen.«

Emilias süßes Gesichtchen strahlte. Aus den Augenwinkeln bekam Malin mit, dass Lasse sich an die Stirn tippte und Anders ihm daraufhin einen warnenden Blick zuwarf. Der Junge grinste seinen Vater frech an.

»Aber Frida sitzt doch da!« Emilia wies auf den Stuhl auf ihrer linken Seite.

»Stimmt, wie dumm von mir«, sagte Malin und schüttelte den Kopf.

»Finde ich auch!« Lasse kicherte. »So dumm wie Emilia, die eine Frida sieht, die es gar nicht gibt.«

Malin drehte sich um und sagte freundlich zu dem Jungen: »Nur weil du etwas nicht siehst, heißt es nicht, dass es nicht da ist. Für Emilia ist Frida da, und ich finde es nicht nett von dir, dass du deine Schwester deshalb auslachst.«

»Was ich nicht sehe, ist auch nicht da«, erwiderte Lasse.

Malin legte eine Hand auf ihr Herz. »Und was ist mit Gefühlen? Angst, Trauer, Liebe? Oder was ist mit Schmerzen? Die kannst du auch nicht sehen, aber sie sind trotzdem da.«

»Das ist doch was anderes«, behauptete Lasse.

»Wieso?«

Lasse zuckte mit den Schultern, wusste aber offensichtlich nicht mehr, was er sagen sollte, und wirkte mit einem Mal sehr nachdenklich.

»Setzt du dich hierhin?« Emilia wies auf den Stuhl rechts neben sich.

»Klar!« Malin wollte sich setzen, drehte sich dann aber zu Tilda um. »Oder kann ich etwas helfen?«

Über Tildas Gesicht zog ein breites Lächeln. Es war offensichtlich, dass sie sich über das Angebot freute. »Setz dich!«, sagte sie jedoch. »Es ist alles fertig.«

Malin fühlte sich im Kreis dieser Familie so wohl wie lange nicht mehr. Das Essen war köstlich, und der Wein, den sie mitgebracht hatte, kam vor allem bei Tilda gut an. Stig hatte die Flasche entkorkt, er selbst und Anders tranken jedoch nur ein Glas.

Malin probierte nur einen winzigen Schluck. Obwohl ihr der Wein schmeckte, blieb sie danach lieber bei Wasser, weil sie einen klaren Kopf behalten musste. Sie hatte sich darauf vorbereitet, dass ihr bei diesem Essen einige Fragen gestellt wurden.

Emilia schien nur eines zu interessieren. »Bleibst du ganz, ganz, ganz lange hier?«

»Mal sehen«, erwiderte Malin ausweichend. »Irgendwann muss ich zurück nach Trelleborg.«

»Ich mag dich.« Emilia lehnte ihr Köpfchen an ihren Arm. »Ich will, dass du bis Weihnachten bleibst und jeden Sonntag bei uns isst.«

Alle am Tisch lachten, und Malin sagte: »Das ist wirklich sehr nett von dir und auch sehr verführerisch, weil Tilda ganz hervorragend kocht, aber ich bekomme demnächst selbst Besuch. Du darfst aber immer zu mir kommen, wenn du willst.« Sie sah Emilias Geschwister an. »Und ihr natürlich auch.«

Nach dem Essen stand Tilda auf. Sie schwankte ein wenig, und Malin hatte den Verdacht, dass sie nicht nur den mitgebrachten Wein getrunken hatte. Sie verabschiedete sich überaus überschwänglich von Malin.

»Du bist in Ordnung!« Tildas Stimme war ebenso unsicher wie ihr Gang. »Schön, dass du da bist. Ich mag dich. Und jetzt gehe ich nach Hause.«

»Sie ist nur geblieben, weil sie neugierig auf dich war«, flüsterte Lasse Malin zu, nachdem Tilda den Raum verlassen hatte. »Emilia hat so viel von dir erzählt.«

Nur Emilia? Malins Blick suchte Greta. Das Mädchen schien sie die ganze Zeit zu beobachten. Sie wirkte weder abweisend noch besonders freundlich, eher abwartend. Malin beschloss, ebenfalls abzuwarten, bis das Mädchen von selbst auf sie zukam.

Lasse hingegen schien sie zu mögen. Er wollte alles über Trelleborg wissen. Vor allem interessierte ihn der Hafen, und er erzählte ihr, dass er einmal Kapitän auf einem großen Schiff werden wollte.

»Seit wann das denn?«, warf Anders verwundert ein.

»Immer schon!« Greta antwortete anstelle ihres Bruders. Mit gerunzelter Stirn schaute sie ihren Vater an. »Du hörst eben nie zu, wenn wir etwas erzählen.«

»Das stimmt doch nicht.« Anders' Stimme klang gleichermaßen hilflos und schuldbewusst, und Malin ahnte, dass Gretas Behauptung nicht völlig aus der Luft gegriffen war.

Anders Frykberg war ganz anders, als sie ihn sich in Trelleborg vorgestellt oder nach ihrem ersten Treffen eingeschätzt hatte. Auch wenn er nicht über seine verstorbene Frau sprach, sogar mit ihr und den Kindern lachte, begleitete ihn die Trauer wie ein unsichtbarer Schatten, der ihn einhüllte und jedes bisschen Freude aus ihm herauszusaugen schien.

Malin fragte sich, ob Staffan, Ella und nicht zuletzt sie selbst sich nicht zu viel vorgenommen hatten. Nach diesem Nachmittag konnte sie sich kaum vorstellen, dass es irgendwo auf der Welt eine Frau gab, die dazu in der Lage wäre, diesen Schatten zu vertreiben und Anders' Herz zu berühren.

Obwohl Malin zum Mittagessen gekommen war, blieb sie, bis es draußen dunkel wurde. Zurück in der Stille und Einsamkeit des gemieteten Hauses, lehnte sie sich mit geschlossenen Augen von innen gegen die Tür.

»Wir dürfen das nicht machen«, flüsterte sie leise und griff nach ihrem Handy. »Ich muss Staffan sagen, dass wir unseren Plan aufgeben müssen.«

»Spinnst du?« Staffans Stimme klang fassungslos.

»Staffan, ich habe die Familie kennengelernt. Anders Frykberg hat sich hier mit seinen Kindern zurückgezogen, und ich finde es nicht richtig, dass wir so massiv in sein Leben eingreifen.«

Es blieb lange still am anderen Ende der Leitung. So lange, bis Malin irgendwann fragte: »Bist du noch da?«

»Ich bin noch da!« Seine Stimme klang hart. »Ich überlege gerade, ob ich dich von der Sache abziehe und Ella nach Orrviken schicke.«

Ausgerechnet Ella! Die würde empathielos über diese Familie hinwegtrampeln, das durfte Malin nicht zulassen.

»Ich mache das schon«, sagte sie hastig.

Wieder schwieg Staffan eine lange Zeit. »Na gut«, gab er schließlich nach. »Aber wenn ich das Gefühl habe, dass du es versaust, bist du raus!«

»Ich werde es nicht versauen«, versicherte Malin und versuchte, überzeugter zu klingen, als sie tatsächlich war.

Lieber Weihnachtsmann,

ich muss dir jetzt schnell schreiben, was in den letzten Tagen bei uns passiert ist.

Nebenan in Opas Ferienhaus ist eine Frau eingezogen. Ich finde Malin sooooo lieb, ich mag sie ganz doll, und Emilia auch. Sogar Lasse mag sie, und der ärgert andere Leute sonst doch nur.

Und weißt du, was das Schönste ist? Papa hat zum ersten Mal, seit Mama tot ist, wieder richtig laut gelacht.

Gestern sind wir alle zusammen durch die Gegend gefahren, weil Malin sich hier noch nicht auskennt. Wir haben ihr Moose Garden gezeigt. Das ist da, wo Knut wohnt. Wir wären gerne noch nach Frösön gefahren, das ist die Insel mitten im Storsjön. Aber Emilia wollte auf keinen Fall über den See fahren. Sie hat ganz laut geschrien, weil sie Angst vor dem Ungeheuer hat. Malin hat sie in den Arm genommen und ganz lieb getröstet. Und Papa hatte ganz komische Augen, als er das gesehen hat. Ich glaube, der mag Malin auch.

Deshalb überlege ich die ganze Zeit, ob du uns die Malin geschickt hast. Ist das die Frau für Papa?

Lieber Weihnachtsmann, kannst du nicht was machen, damit Papa sich ganz schnell in Malin verliebt? Zum ersten Mal, seit Mama tot ist, freue ich mich wieder auf Weihnachten.

Liebe Grüße
Deine Greta

11

»Ich hab dir gesagt, du sollst es nicht versauen!«, schrie Staffan so aufgebracht, dass Malin ihr Handy ein Stück vom Ohr weghielt.

Malin war erschrocken. »Ich habe keine Ahnung, was du meinst.«

»Die Kleine glaubt, dass du die Frau bist, die der Weihnachtsmann geschickt hat. Wir haben heute Morgen einen Brief von ihr erhalten. Machst du dich etwa an den Frykberg ran?«

»Natürlich nicht!«, versicherte Malin hastig. »Ich weiß überhaupt nicht, wie Greta auf diese Idee kommt.«

»Wenn du Ausflüge mit der ganzen Familie machst ...« Staffan brachte den Satz nicht zu Ende.

»Ich habe keine *Ausflüge* mit der Familie gemacht, sondern lediglich einen. Und das war auch kein romantisches Date mit Anders Frykberg, sondern eine Tour mit der ganzen Familie. Sie haben mir die Umgebung gezeigt, mehr nicht!«

Staffan schwieg.

»Außerdem ist es wichtig, dass ich eine Art freundschaftlichen Kontakt zu Anders Frykberg herstelle. Wie soll ich ihn sonst mit den Frauen bekannt machen, die ihr schickt?«

Staffan sagte immer noch kein Wort.

»Ich kann dir versichern, dass ich nicht an Anders interessiert bin«, fuhr Malin fort. Mit angehaltenem Atem wartete sie auf Staffans Reaktion. Sie wollte Orrviken nicht verlassen.

»Na gut«, gab er schließlich hörbar besänftigt zurück. »Ella wird sich in den nächsten Tagen mit dir in Verbindung setzen. Sie hat drei Frauen ausgesucht, die infrage kommen. Ach ja, und Nils wird in den nächsten Tagen bei dir eintreffen, um heimlich Fotos von Anders und der zukünftigen Frau Frykberg zu schießen.« Staffan lachte über diese Bemerkung, dann wurde sein Ton wieder streng. »Du schaffst das doch?«

»Klar!«, versicherte Malin.

»Du wirst Nils als deinen Freund ausgeben, der es vor lauter Sehnsucht nach dir nicht mehr ausgehalten hat«, fuhr Staffan fort. »Nils weiß Bescheid.«

»Das ist unnötig!«, erwiderte Malin scharf. Aus einem Grund, der ihr selbst nicht ganz klar war, missfiel ihr diese Idee. Aber sie ahnte, warum Staffan darauf bestand. »Ich hab dir doch gesagt, dass ich kein Interesse an Anders Frykberg habe.«

»Und wir wollen auf jeden Fall verhindern, dass er zu viel Interesse an dir entwickelt«, konterte Staffan. »Ich lasse dir übrigens Gretas Brief einscannen und per Mail zuschicken.«

Als Malin ihr Notebook einschaltete, war der Brief schon da. Sie war gerührt, als sie las, dass Greta sie mochte. Dabei verhielt sich das Mädchen ihr gegenüber immer noch distanziert. Gretas Idee, sie könnte die Frau sein, die der Weihnachtsmann geschickt hatte, amüsierte sie.

Ich und Anders Frykberg?

Malin lachte und versuchte, sich vorzustellen, wie es wäre, wenn sich Gretas Wunsch erfüllte. Wie es wäre, von diesem Mann geliebt und begehrt zu werden. In seinen Armen zu liegen …

Sie hörte auf zu lachen, schlang die Arme um ihre Schultern und versuchte, die Bilder in ihrem Kopf zu verdrängen. Sie hatte gerade erst eine gescheiterte Beziehung hinter sich. Und sie war ziemlich sicher, dass Anders nicht bereit war, sich auf eine andere Frau einzulassen. Nicht jetzt, vielleicht sogar niemals wieder.

Eigentlich müsste sie genau das Staffan sagen und ihm klarmachen, dass er sich die ganze Aktion in Orrviken sparen konnte. Aber sie wusste genau, dass er so etwas nicht hören wollte. Und sie wollte hier nicht weg!

Nicht wegen Anders Frykberg, dieser Gedanke war völlig abwegig. Es waren lediglich Gretas Wunsch und Staffans Befürchtung, die solche Gedanken in ihr heraufbeschworen hatten.

In den nächsten Wochen wartete Malin auf Neuigkeiten aus Trelleborg. Sie lebte sich mehr und mehr in Orrviken ein, und ihr Kontakt zur Familie im Nachbarhaus wurde enger. Selbst Tilda zeigte ihr auf ihre ruppige Art, dass sie sie mochte und schätzte.

Hin und wieder rief Ella an, um zu fragen, wie es in Orrviken lief. Wann die erste Bewerberin eintreffen sollte, wusste sie selbst noch nicht.

Es waren angenehm ruhige Tage, die Malin sehr genoss. Sie wünschte sich, dass es noch eine ganze Weile so bliebe, doch dann kam dieser eine Abend …

»Kannst du heute mein Babysitter sein?« Emilia hüpfte aufgeregt auf und ab. »Bitte! Bitte! Bitte!«

Malin sah Anders fragend an. Er stand neben Emilia und wirkte verlegen. »Es ist mir wirklich unangenehm, darum zu bitten. Stig trifft sich jedes Jahr am ersten Novemberwochenende mit Freunden in Stockholm. Deshalb bringe ich ihn heute Abend zum Flughafen nach Östersund.«

»Und du brauchst jemanden, der in dieser Zeit auf die Kinder aufpasst?«

»Nur auf Emilia.«

»Und auf Frida!«, warf Emilia ein.

Anders holte tief Luft, dann nickte er und fuhr fort: »Lasse übernachtet bei einem Freund, und Greta macht mit ihrer Klasse einen Ausflug und kommt erst morgen wieder.«

Malin nickte. »Klar, kein Problem.«

»Leider ist Tilda krank geworden. Sonst würde ich dich nicht bitten.«

»Wie gesagt, überhaupt kein Problem«, versicherte Malin. »Ich freue mich.«

»Ich und Frida auch!« Emilia schoss auf sie zu und schlang ihre Arme um Malins Beine.

»Ich bin nicht lange weg, höchstens zwei Stunden«, sagte Anders. »Du musst Emilia nur ins Bett bringen und dableiben, bis ich nach Hause komme.«

Emilia ließ Malins Beine los und öffnete den Mund, um zu protestieren.

Anders hob warnend den Zeigefinger. »Wir haben darüber gesprochen. Du gehst pünktlich ins Bett.«

Emilia nickte eifrig. »Papa hat gesagt, dass du Frida und mir eine Geschichte vorlesen darfst. Und dass du mir

Milch bringst, wenn ich Durst hab. Und Frida Kekse, wenn sie Hunger hat.«

Anders schüttelte den Kopf. »Von Keksen war nicht die Rede.«

»Ist mir gerade erst eingefallt«, erwiderte Emilia kleinlaut. »Frida kriegt abends immer Hunger.«

Anders lächelte. »Na gut, aber nicht mehr als ein Keks.«

»Einer für mich und einer für Frida?«

Malin konnte sich das Lachen kaum verkneifen, und sie sah, dass es auch Anders schwerfiel, ernst zu bleiben. »Aber nur, wenn du Malin heute Abend keinen Ärger machst.«

»Mache ich doch nie!«, sagte Emilia empört.

»Das stimmt, Emilia ist eigentlich ziemlich pflegeleicht.« Anders warf einen kurzen Blick auf seine Tochter, bevor er wieder Malin anschaute. Sie hatte das Gefühl, dass er noch etwas sagen wollte, es aber wegen Emilia zurückhielt.

Stigs Maschine ging um kurz vor acht, die Fahrt zum Flughafen dauerte etwa eine halbe Stunde. Anders versprach, gegen acht wieder zu Hause zu sein.

»Dann bis später!«, sagte Malin. Sie freute sich wirklich auf den Abend mit Emilia.

12

Emilia kam barfuß zur Tür gerannt, als Anders sie öffnete.

»Da bist du ja endlich!« Die Kleine klammerte sich an Malins Bein, als hätte sie seit Stunden auf sie gewartet.

Anders ermahnte seine Tochter noch einmal, ganz lieb zu sein, während Stig mit einer Reisetasche in der Hand ebenfalls zur Tür kam. Malin wünschte ihm ein schönes Wochenende in Stockholm, und schon war sie mit der Kleinen allein.

»Muss ich jetzt sofort ins Bett?« Emilia griff mit beiden Händen nach Malins Hand und sah sie flehentlich an. »Ich hab dich doch schon ganz lange nicht mehr geseht.«

Da Anders seine Tochter nicht verbesserte, wenn sie ein Wort falsch aussprach, ließ auch Malin es sein.

»Zehn Minuten darfst du noch aufbleiben«, erlaubte sie der Kleinen.

Emilia lief ins Wohnzimmer und warf sich aufs Sofa. Malin folgte ihr, nahm die Decke, die am Ende der Couch lag, und deckte Emilia damit zu. Als sie sich links neben das Mädchen setzen wollte, schrie es so laut auf, dass Malin einen Satz nach vorn machte.

»Du hättest dich fast auf Frida gesetzt«, sagte Emilia vorwurfsvoll.

Malin hatte sich so sehr erschrocken, dass ihr Herz heftig pochte, ließ sich jedoch nichts anmerken.

»Entschuldige bitte, Frida!«, sagte sie zu der leeren Stelle neben Emilia. »Ich habe dich nicht gesehen.«

Sie setzte sich auf die andere Seite neben Emilia. »Und was machen wir jetzt?«

Das Mädchen zuckte mit den Schultern. »Ich darf ja nur noch zehn Minuten aufbleiben, da können wir nicht mehr viel spielen.« Emilia dachte kurz nach. »Malin, wie lange sind zehn Minuten?«

Zehn Minuten sind zehn Minuten!

Das war keine Antwort, die Emilia zufriedenstellen würde, aber wie sollte sie einem Kind die Zeit erklären?

»Kannst du mir das auf der Uhr zeigen?« Emilia wies auf die Wanduhr neben der Tür.

So einfach war das also! Malin stand auf und ging zur Uhr. Es war gerade halb sieben. Sie zeigte auf die Acht. »Wenn der große Zeiger hier ist, musst du ins Bett.«

Emilia nickte. »Kannst du mir und Frida was vorlesen?«

»Klar!« Malin nickte.

Emilia wickelte sich aus der Decke und lief aus dem Zimmer. Kurz darauf kam sie mit einem Bilderbuch in den Händen zurück. Sie sprang aufs Sofa, ließ sich wieder zudecken und kuschelte sich ganz eng an Malin.

Sie hatte nicht mit der Flut von Gefühlen gerechnet, die das Zutrauen des kleinen Mädchens in ihr auslöste. Sie war so gerührt, dass sie die Kleine am liebsten ganz fest in den Arm genommen hätte.

»Das ist Fridas Buch«, sagte Emilia.

»Das Buch gehört Frida?«, hakte Malin nach.

»Nein!« Das Kind schüttelte den Kopf. »Es ist ihr Buch.«

Erst als Malin zu lesen begann, begriff sie, was Emilia meinte. Das Buch handelte von einem Mädchen namens Frida, das sich einsam fühlte und in die Welt hinausging, um sich Freunde zu suchen.

Malin hatte einen Kloß im Hals, als sie die Zeilen unter den Illustrationen las. Identifizierte Emilia sich mit der Frida aus dem Bilderbuch, weil sie sich selbst einsam fühlte? Und betrachtete sie diese fiktive Figur deshalb als Teil ihres Lebens, damit sie sich gegenseitig trösten konnten?

»Ich hab Durst.« Emilia hatte sich aufgerichtet. »Kann ich ein Glas Milch haben?«

Malin legte das Buch beiseite, froh, dass sie sich aus den traurigen Gedanken um Emilia lösen konnte. Alles in ihr drängte danach, etwas für das Mädchen zu tun.

»Möchtest du auch einen Keks?«

Ein erbärmlicher Trost für ein Kind, das seine Mutter verloren hat und unter seiner Einsamkeit leidet, dachte Malin. Aber etwas Besseres fiel ihr nicht ein.

Zu ihrer Überraschung schüttelte Emilia den Kopf.

Malin suchte in der Küche nach einem Glas, füllte es mit Milch und ging zurück zu Emilia. Das Kind saß immer noch auf dem Sofa und blickte ihr lächelnd entgegen.

»Wenn du die Milch ausgetrunken hast, bringe ich dich ins Bett.«

»Noch nicht.« Emilia schüttelte den Kopf. »Der große Zeiger ist noch nicht da.«

Malin schaute zur Uhr. Das war unmöglich! Sie hatte Emilia aus dem Buch vorgelesen, hatte die Milch geholt – und es waren erst zwei Minuten vergangen? Die Uhr musste kaputt sein.

Sie setzte sich wieder zu Emilia, die jetzt munter drauflosplapperte, und schaute dabei immer wieder zur Uhr. Sie schien ganz normal zu gehen. Der Zeiger bewegte sich stetig weiter, bis er kurz vor der Acht stand.

»Kann ich jetzt einen Keks haben?«, bat Emilia.

»Nur einen?« Malin zwinkerte ihr zu. »Dein Vater hat doch auch einen für Frida erlaubt.«

»Frida hat keinen Hunger«, lehnte Emilia ab.

Malin kam ein Verdacht. Sie verließ das Zimmer, blieb im Flur stehen und schaute vorsichtig zurück.

Tatsächlich schob Emilia gerade einen Stuhl unter die Uhr und stieg darauf. Sie musste sich auf die Zehenspitzen stellen, um den Zeiger wieder ein Stück zurückzuschieben.

Malin hielt sich eine Hand vor den Mund, um nicht laut aufzulachen. Ohne ein Wort zu sagen, ging sie in die Küche und holte den Keks.

»Kannst du jetzt immer auf mich aufpassen, wenn Papa und Opa nicht da sind?«, fragte Emilia, als Malin wieder neben ihr auf dem Sofa saß.

»Wer passt denn sonst auf dich auf?«

»Meistens die Tilda, aber mit der ist das nicht so schön.«

»Ach, du süße Maus!« Malin drückte das Mädchen an sich und sah, dass der große Zeiger der Uhr wieder kurz vor der Acht stand.

»Kann Frida jetzt ihren Keks haben?«, fragte Emilia.

Malin nickte und erhob sich. Bevor sie das Zimmer verließ, ging sie zur Uhr und drehte den Zeiger selbst ein Stück zurück.

»Ich will nicht, dass du wieder auf den Stuhl kletterst und womöglich runterfällst. Wenn du dich verletzt, lässt mich dein Vater ganz bestimmt nicht mehr auf dich aufpassen.«

Emilia quiekte auf. »Du hast das geseht?« Sie strahlte über das ganze Gesichtchen.

»Ja, ich habe das gesehen.« Malin nickte.

»Und du bist nicht böse?«

»Natürlich nicht. Ich finde, du bist ein kluges Mädchen und hast mich ganz schön ausgetrickst. Trotzdem gehst du ins Bett, wenn der Zeiger das nächste Mal bei der Acht ist. Versprochen?«

Emilia zog eine Schnute.

»Versprochen?«, fragte Malin noch einmal.

»Aber du bleibst bei mir, bis ich eingeschlaft bin.«

»Einverstanden.« Malin nickte und holte aus der Küche den Keks für Frida, den Emilia sich sofort in den Mund schob.

»Und jetzt ab ins Bett«, sagte Malin kurz darauf.

Die Kleine sprang auf und lief voraus. Malin folgte ihr den Flur entlang.

»Da schläft Opa.« Emilia zeigte auf die erste Tür rechts und dann auf die gegenüberliegende. »Da ist Lasses Zimmer.«

Das nächste Zimmer gehörte Greta, gegenüber befand sich Emilias Zimmer, und ganz am Ende des Ganges war das Bad.

»Und wo schläft dein Vater?«

Hatte sie das gerade wirklich gefragt?

»Papa schläft oben. Da hat früher meine Mama gewohnt, als sie noch ein Kind war.«

»Du vermisst deine Mutter wohl sehr?«, sagte Malin vorsichtig.

Das Mädchen ließ den Kopf hängen. »Ich weiß nicht«,

flüsterte es. »Ich weiß nicht mehr, wie sie ausgeseht hat.«

»Das ist nicht so schlimm«, tröstete Malin das Mädchen. »Als meine Mutter starb, war ich viel älter als du, und ich weiß auch nicht mehr genau, wie sie aussah.«

Eigentlich wollte Malin das Mädchen mit dieser Behauptung nur beruhigen, aber als sie die Worte aussprach, wurde ihr klar, dass sie der Wahrheit entsprachen. Das Gesicht ihrer Mutter hatte sie nur noch verschwommen in Erinnerung, aber geblieben war ein Gefühl von Liebe und Geborgenheit, und das war weitaus wichtiger als alles andere.

»Du warst damals doch noch ganz klein«, fuhr Malin fort. Sie beugte sich zu der Kleinen hinunter und nahm sie auf den Arm. »Da ist es ganz normal, dass du dich nicht mehr an ihr Gesicht erinnerst.«

Plötzlich rollten Tränen über Emilias Gesicht. »Das ist gemein. Greta und Lasse können sich erinnern, aber sie erzählen nichts, weil Papa nicht will, dass über Mama gesprecht wird.«

Malin konnte nur ahnen, in welcher Not sich die Kleine befand. Kein Wunder, dass Emilia Angst vor nicht existenten Ungeheuern hatte und sich eine fiktive Freundin zulegte.

»Dein Papa ist eben noch sehr traurig, und dann tut es sehr weh, darüber zu reden. Verstehst du das?«

Emilia nickte.

»Irgendwann wird er über deine Mama reden können. Es dauert vielleicht noch eine Weile, aber die Zeit kommt bestimmt.«

Emilia schlang beide Arme um Malins Hals. »Vielleicht war meine Mama ja so wie du«, flüsterte sie ihr ins Ohr.

»Ich weiß nicht, wie deine Mama war«, erwiderte Malin, »aber ich bin sicher, dass sie dich sehr lieb hatte.«

Malin schickte die Kleine zum Zähneputzen ins Bad, brachte sie ins Bett und deckte sie zu. Dann zog sie sich einen Stuhl heran und nahm ihre Hand. Lange würde es nicht dauern, bis Emilia einschlief, immer wieder fielen ihr die Augen zu. Dann riss Emilia sie auf, als wollte sie sich vergewissern, dass Malin immer noch da war. Und während Malin dem Kind beim Einschlafen zuschaute, wurde sie plötzlich selbst unendlich müde.

Malin schreckte hoch, als sich eine Hand auf ihre Schulter legte. Sie sah auf und blickte direkt in Anders' Gesicht, der einen Zeigefinger an die Lippen legte und auf Emilia wies. Sie schlief tief und fest.

Leise folgte Malin Anders aus dem Zimmer.

Im Wohnzimmer bedankte er sich bei ihr. »Ich hoffe, du hattest keine Probleme mit Emilia.«

Malin schüttelte den Kopf. »Sie ist so lieb.« Sie zögerte kurz, bevor sie hinzufügte: »Und schrecklich einsam.«

»Ja«, war alles, was er darauf erwiderte. Malin wartete, dass er weitersprach, aber er wandte sich ab und machte ihr damit klar, dass das Thema für ihn erledigt war.

»Ich gehe dann mal«, sagte sie leise. »Gute Nacht!«

Er drehte sich wieder zu ihr um. »Möchtest du noch ein Glas Wein mit mir trinken?«, fragte er zu ihrer Überraschung.

Ich sollte wirklich gehen, erwiderte sie in Gedanken, während sie gleichzeitig laut sagte: »Ja, gerne!«

»Setz dich doch.« Er wies auf das Sofa. »Ich bin gleich wieder da.«

Sollte sie wirklich bleiben? Sie konnte Müdigkeit vorschützen – immerhin war sie eben schon auf dem Stuhl in Emilias Zimmer eingeschlafen – und sich doch noch verabschieden.

Es ist nicht gut, wenn ich bleibe, schoss es ihr durch den Kopf. Es war ein rein instinktives Gefühl, aber bevor sie sich zurechtgelegt hatte, was sie sagen sollte, kam Anders mit einer Weinflasche und zwei Gläsern zurück.

Erstaunt sah er sie an. »Warum setzt du dich nicht?«

Malin nahm auf dem Sofa Platz und ärgerte sich über sich selbst. Warum handelte sie so völlig gegen ihre innere Überzeugung?

Weil mich dieser Mann fasziniert!

Sie war erschrocken über diesen Gedanken und schüttelte den Kopf, um ihn zu vertreiben.

»Was ist los mit dir?« Er schien zu spüren, dass etwas nicht stimmte. »Hat Emilia dich doch geärgert?«

Malin schüttelte erneut den Kopf. »Ganz bestimmt nicht. Sie ist ein kleiner Engel.«

»Sie sieht aus wie Kerstin.«

Malin spürte ganz deutlich, dass ihm diese Worte unbedacht herausgerutscht waren. Gleich darauf wechselte er das Thema.

»Ich hoffe, der Wein schmeckt dir, auch wenn kein Elch auf dem Etikett ist.«

Malin lächelte und nahm das Glas, das er ihr reichte. Sie nippte vorsichtig daran.

»Sehr lecker«, sagte sie und nahm endlich auf dem Sofa Platz. Nur ein paar Minuten, nahm sie sich fest vor. Wirklich nur das eine Glas.

Anders nahm neben ihr Platz. »Erzähl mir was über

dich«, bat er. »Was machst du so, wenn du gerade nicht in Stigs Ferienhaus wohnst?«

»Dann lebe ich in Trelleborg.« Sie wurde vorsichtig. Wenn sie zu viel erzählte, bestand die Gefahr, dass sie sich verplapperte.

»Und dort arbeitest du auch?«

Sie nickte, wollte sich bei diesem Thema aber nicht zu lange aufhalten. »In meiner Freizeit treffe ich mich mit Freunden, ich lese viel, treibe Sport, aber nicht sehr regelmäßig. Ich liebe die Schären, und ich schwimme sehr gerne.«

»Wohnst du allein? Oder gibt es da jemanden in deinem Leben?«

»Jetzt nicht mehr.« In diesem Punkt konnte sie ehrlich sein. »Ich habe mich von Erik getrennt, bevor ich hierhergekommen bin.«

»Das tut mir leid«, murmelte er.

»Muss es nicht.« Sie lächelte. »Es war die Konsequenz aus der Erkenntnis, dass wir unterschiedliche Vorstellungen von unserem gemeinsamen Leben haben.«

»Das klingt sehr nüchtern«, stellte er fest.

»Mag sein.« Malin drehte nachdenklich das Glas in den Händen. »Ich glaube, wir haben schon lange vorher aufgehört, uns zu lieben, sonst hätten wir uns vielleicht bemüht, Kompromisse zu finden.«

»Du bist also nicht wirklich am Boden zerstört, und eigentlich hättest du diesen räumlichen Abstand nicht wirklich gebraucht?«

Seine Schlussfolgerungen wurden gefährlich. Wenn er sie jetzt noch fragte ...

»Was machst du eigentlich beruflich?«

Das war genau die Frage, die sie nicht beantworten wollte.

»Mein Chef hat mir angeboten, von hier aus im Home Office zu arbeiten.« Das war nicht gelogen, aber Malin war sich bewusst, dass sie mit dieser Behauptung hart an der Wahrheit vorbeischrammte – und dass sie seine Frage nicht beantwortet hatte.

Bevor er weiter nachfragen und sie zu einer Lüge zwingen konnte, leerte sie das Glas in einem Zug und erhob sich. »Ich gehe dann mal. Es war ein langer Tag.«

»Natürlich.« Er stellte sein Glas ab. »Ich bringe dich zur Tür.«

Sie ging voraus, und als sie an der Tür standen, griff er an ihr vorbei, um diese zu öffnen. Dabei kam er ihr so nahe, dass sein Arm ihren Körper streifte. Sie schaute zu ihm auf, direkt in sein Gesicht, und plötzlich passierte etwas zwischen ihnen.

Es war ein magischer Moment, der sie alles andere vergessen ließ. Er schaute sie an, sie schaute ihn an. Seine Augen wanderten über ihr Gesicht. Sie erschauerte, als sein Blick an ihren Lippen hängen blieb. Sie spürte seinen Atem auf ihrer Haut, sein Kopf senkte sich, und ganz vorsichtig berührten seine Lippen ihren Mund …

Ein gellender Schrei ließ sie auseinanderfahren.

»Emilia!«, stieß Anders hervor.

Wieder war ein lauter Schrei zu hören. Anders rannte los, Malin folgte ihm.

Emilia saß aufrecht im Bett. Ihr Haar war verstrubbelt, in ihren großen blauen Augen stand pure Panik.

»Emilia, was ist passiert?« Anders setzte sich zu seiner Tochter aufs Bett und versuchte sie in die Arme zu nehmen, aber Emilia schlug nach ihm.

»Das Ungeheuer!«, schrie sie. »Es ist in meinem Zimmer.«

»Emilia, schau doch, hier ist nichts«, redete Anders beruhigend auf sie ein.

»Es ist aus dem See gekommt und will mich fressen.« Emilia schluchzte laut auf. »Ich will nicht gefresst werden. Dann bin ich tot wie Mama, und keiner darf über mich reden.«

Malin sah, dass Anders die Lippen zusammenpresste. Sie selbst fühlte sich schuldbewusst, weil sie vorhin mit dem Kind über seine Mutter gesprochen hatte. Hatte das den Panikanfall bei Emilia ausgelöst?

»Hier ist kein Ungeheuer, schau dich doch um!« Anders' Stimme klang hilflos. Es war offensichtlich, dass er nicht wusste, wie er die Angst seiner Tochter besänftigen sollte.

»Doch, es ist hier!« Emilia war nicht zu beruhigen. »Mach es weg!« Sie schlug nach ihrem Vater, als er erneut die Arme nach ihr ausstreckte.

Anders schüttelte den Kopf, wusste offenbar nicht mehr weiter.

»Ich mach das!«, sagte Malin entschlossen.

Anders schaute sie erstaunt an, und Emilia hörte auf zu weinen.

»Ich habe ein Diplom als Ungeheuerjägerin«, sagte Malin ernsthaft.

»Wirklich?«, hauchte das Kind.

Malin nickte und ging zum Fenster, um es zu öffnen. Eiskalte Luft strömte ins Zimmer. Sie drehte sich wieder um. »Du gehst mit deinem Vater raus, Emilia, damit euch nichts passiert. Und ihr kommt erst wieder rein, wenn ich es euch sage.«

Emilia sprang aus dem Bett und griff nach der Hand ihres verdatterten Vaters. »Papa, komm!«

Anders ließ sich von seiner Tochter aus dem Zimmer ziehen.

Malin schloss die Tür hinter den beiden, dann wartete sie einen Moment, bevor sie laut rief: »Komm her, du Ungeheuer! Du verlässt sofort das Zimmer und kommst nie mehr wieder!«

Laut polternd warf sie einen Stuhl um, schlug mit den Fäusten gegen die Wand und machte so viel Lärm wie möglich.

»Na endlich!«, rief sie. »Hab ich dich! Raus mit dir!« Die Scheiben zitterten, als sie das Fenster zuknallte.

Malin ließ den Stuhl auf dem Boden liegen, verteilte ein paar Bücher darum herum und brachte den bunten Teppich in Unordnung, um Kampfspuren vorzutäuschen, bevor sie die Tür öffnete.

Inzwischen hatte Emilia sich von Anders auf die Arme nehmen lassen. Ganz fest klammerte sie sich an ihren Vater.

»Das Ungeheuer ist weg«, sagte Malin und gab den Weg ins Zimmer frei.

Emilia schaute sich um. »Ganz bestimmt?«

Malin legte eine Hand auf ihr Herz. »Ich schwöre, dass in diesem Zimmer kein Ungeheuer mehr ist. Und es wird auch nicht wiederkommen.«

Voller Vertrauen blickte Emilia sie an und ließ sich tatsächlich von ihrem Vater wieder ins Bett bringen. Derweil stellte Malin den Stuhl auf, räumte die Bücher zurück ins Regal und schob den Teppich zurecht. Auf Emilias Wunsch hin blieben sie und Anders im Zimmer, bis die Kleine eingeschlafen war.

Leise schlichen sie hinaus. Anders ließ die Tür einen Spaltbreit offen, damit Licht aus dem Flur ins Kinderzimmer fiel und Emilia nicht wieder Angst bekam, falls sie erneut aufwachte.

»Ein Diplom als Ungeheuerjägerin!« Anders schüttelte grinsend den Kopf. »Warum bin ich noch nie auf die Idee gekommen?«

»War ein spontaner Einfall. Wir hätten Emilia in ihrem Zustand nie davon überzeugt, dass es keine Ungeheuer gibt. Da erschien es mir einfacher, das Ungeheuer zu verjagen.«

Sie standen wieder vor der Haustür. Genau da, wo es eben fast zum Kuss gekommen wäre. Hoffnungsvoll schaute Malin Anders an, wünschte sich den magischen Moment von eben zurück.

Er schien zu ahnen, was in ihr vorging.

»Das eben …« Er brach ab, atmete tief durch und schaute ihr in die Augen. »Tut mir leid, Malin, aber das hätte nie passieren dürfen. Es war die Stimmung, es war meine Sehnsucht. Die Sehnsucht nach meiner Frau! Für mich wird es nie eine andere Frau geben als Kerstin. Ich hoffe, du verstehst das und bist nicht sauer.«

»Ja, ich verstehe.« Jedes einzelne Wort fiel Malin so schwer wie das Lächeln, das sie ihm dabei zeigte. »Gute Nacht!«

»Gute Nacht!« Diesmal griff er nicht an ihr vorbei, um die Tür zu öffnen. Er vermied wahrscheinlich alles, was zu einer erneuten Berührung führen konnte.

Malin verließ das Haus. Sie war wirklich nicht sauer auf ihn, aber sehr traurig. Sie hatte sich in Anders verliebt – es half nichts, das zu leugnen – und wusste gleichzeitig, dass diese Liebe aussichtslos war. Er hatte ihr ganz klar gesagt, dass es nach Kerstins Tod nie wieder eine Frau für ihn geben würde.

Eigentlich könnte sie jetzt Staffan anrufen und die ganze Aktion abblasen. Aber was sollte sie ihm erzählen? Dass sie und Anders sich beinahe geküsst hatten?

Selbst dann würde Staffan die Idee nicht aufgeben, sie aber sofort zurück nach Trelleborg beordern.

Vielleicht wäre das sogar das Beste für sie und ihren Seelenfrieden. Aber Malin konnte jetzt nicht einfach so gehen!

★

Anders schaute noch einmal nach Emilia. Die Kleine schlief zum Glück weiterhin tief und fest.

Er ließ die Tür auch jetzt einen Spalt geöffnet und ging nach oben in sein Zimmer. Lange stand er am Fenster und starrte hinaus in die Dunkelheit. Die Lichter von Orrviken zogen sich wie eine Kette am Seeufer entlang und verstärkten sein Gefühl der Einsamkeit. Hinter all den erleuchteten Fenstern lebten Menschen, die zusammen waren, die miteinander lachten, die sich liebten.

Abrupt wandte er sich um. Er setzte sich aufs Bett und öffnete die obere Schublade des Nachttischs, um Kerstins gerahmtes Foto herauszunehmen. Es war immer in greifbarer Nähe, aber aufstellen konnte er es nicht. Sie jeden Tag sehen zu müssen, ohne sie je wieder in den Armen zu halten und küssen zu können, war unerträglich für ihn. Doch jetzt musste er sie anschauen. So, als müsste er sich jeden Zug ihres Gesichts einprägen.

»Niemals wird es eine andere für mich geben!«, sagte er entschlossen.

War es ein Versprechen an sie, oder gab er es in diesem Moment sich selbst?

Ganz fest umklammerten seine Hände den Rahmen des Fotos, in dem verzweifelten Versuch, den Halt zu finden, den er jetzt brauchte.

»Warum hast du mich allein gelassen?«

Ein Luftzug schien über seine Wange zu streichen, kaum spürbar, aber er konnte sich der Illusion hingeben, dass sie da war und ihn verstand.

Als er den Kopf hob, sah er nur die offene Zimmertür.

Ernüchtert legte er das Foto zurück in die Schublade. Kerstins Geist war ebenso eine Einbildung wie Emilias Seeungeheuer.

Anders stand auf, um die Tür zu schließen, legte sich aufs Bett und schloss die Augen. Seine Gedanken wanderten zum Nachbarhaus, wo ...

Er riss die Augen auf. Nicht einmal denken durfte er an diese Frau, weil ihm selbst das wie ein Betrug an Kerstin vorkam.

13

In der Nacht hatte es geschneit!

Als Malin morgens aus dem Fenster sah, hatte sich die Welt draußen völlig verändert. Eine endlose weiße Weite bis hinunter zum See breitete sich vor ihr aus. Die Häuser von Orrviken, die sich am Seeufer entlangzogen, sahen aus wie in Watte gepackt.

Verzaubert von dieser Aussicht verharrte Malin am Fenster und konnte sich von dem Bild nicht lösen. Sie spürte tief in sich ein Glücksgefühl, das sich langsam in ihr ausbreitete, all ihre Sinne erfasste. Dabei hatte sie erst gestern vor dem Einschlafen überlegt, ob sie nicht doch lieber zurück nach Trelleborg fahren sollte.

Es tat jedes Mal weh, wenn sie Anders traf. Allerdings sah sie ihn nur noch selten und hatte inzwischen das Gefühl, dass er ihr seit jenem Abend vor etwas mehr als einer Woche aus dem Weg ging.

War es ihm einfach nur unangenehm, dass er sie fast geküsst hätte? Oder hatte er Angst, dass er doch mehr für sie empfinden könnte, als er zugeben wollte?

Bei diesem Gedanken schlug Malins Herz jedes Mal schneller vor Hoffnung, auch wenn sie sich selbst immer wieder sagte, dass sie damit aufhören musste. Sie konnte keinen Mann für sich gewinnen, der sich so sehr seiner

Trauer verschrieben hatte. Und sie wusste nicht einmal, ob sie das wirklich wollte. Die Vorstellung, neben dem Schatten seiner toten Frau bestehen zu müssen, war bedrückend.

Nicht daran denken!, ermahnte sie sich. *Nur nicht daran denken! Genieße das, was du jetzt hast.*

Sie versenkte sich erneut in den Anblick der schneebedeckten Landschaft, spürte einen tiefen Frieden in sich und war davon überzeugt, dass nichts diesen Frieden stören konnte. Doch dann klingelte ihr Handy.

»Am Wochenende kommt Nils«, teilte Ella ihr mit. »Und er bringt die erste Kandidatin mit.«

Es ging also los! Malin spürte plötzlich ein Ziehen in der Bauchgegend.

»Sie heißt Ulrika Hjörtmar und ist angeblich eine deiner Freundinnen aus Trelleborg, die dich für unbestimmte Zeit besuchen kommt. Du musst dir nur noch einfallen lassen, wie du sie mit Anders Frykberg zusammenbringst.«

Das Ziehen in Malins Bauch verstärkte sich, dazu kam nagende Eifersucht. Sie versuchte vergeblich, dieses Gefühl zu verdrängen. »Wie sieht sie denn aus?«

»Sie hat früher als Fotomodell gearbeitet.« Ella lachte. »Das sagt wohl alles.«

Malin schluckte schwer. »Und wie ist sie so? Menschlich, meine ich.«

»Spielt das eine Rolle?«, gab Ella arrogant zurück. »Sie wird auf den Fotos zusammen mit Anders Frykberg super aussehen, und nur darauf kommt es an.«

»Hast du vergessen, dass Anders Frykberg drei Kinder hat? Es ist schon wichtig, dass sie auch mit ihnen auskommt.«

»Ich vergesse nie etwas«, antwortete Ella knapp. »Und

es ist deine Sache, dafür zu sorgen, dass die Bälger uns keinen Strich durch die Rechnung machen!« Mit diesen Worten beendete sie das Telefonat.

Zum Glück war das Haus groß genug, um zwei weitere Personen zu beherbergen. Malin richtete im Obergeschoss die Zimmer für Nils und die noch unbekannte Ulrika Hjörtmar her. Trotz allem war sie gespannt auf diese Frau. Und sie freute sich sehr darauf, Nils wiederzusehen. Ihr fehlte hier ein guter Freund.

Mein Freund!

Sie erinnerte sich daran, dass Staffan von ihr verlangt hatte, Nils als ihren festen Freund vorzustellen, aber das war kaum noch glaubwürdig, nachdem sie Anders von ihrer Trennung erzählt hatte. Außerdem wollte sie die Familie nebenan nicht mehr belügen als unbedingt notwendig.

Am nächsten Nachmittag kamen die Kinder zu ihr. Malin hatte sie alle zum Waffelessen eingeladen. Sogar Lasse, der die Einladung zunächst ausgeschlagen hatte, war dabei.

Neugierig lief der Junge durch alle Zimmer des Untergeschosses. »Hier ist ja alles so geblieben, wie es früher war«, stellte er fest.

»Ja, warum sollte ich etwas verändern?«, fragte Malin erstaunt. »Ich finde das Haus sehr schön, wie es ist.«

Lasse strahlte sie an.

»Wolltest du deshalb zuerst nicht kommen, weil du Angst hattest, das Haus hätte sich verändert?«

Lasse nickte, seine Unterlippe begann zu zittern. Ganz schnell wandte er sich ab.

»Kannst du mir bitte oben aus dem großen Schlafzimmer meine Jacke holen?«, bat Malin. »Mir ist ein bisschen kalt.«

Das war gelogen, aber sie wollte dem Jungen die Gelegenheit geben, einen Augenblick alleine zu sein und sich wieder zu fassen. Außerdem konnte er sich dann auch gleich davon überzeugen, dass oben ebenfalls noch alles so aussah wie früher.

Emilia hielt sich an Malins Seite, suchte immer wieder ihre Nähe, indem sie sie umarmte oder nach ihrer Hand griff.

Greta blieb wie üblich im Hintergrund und sprach nur wenig. Da Malin aber inzwischen wusste, wie das Mädchen wirklich über sie dachte, versuchte sie, es in alles miteinzubeziehen. Zusammen begannen sie mit der Herstellung des Waffelteiges. Greta rührte, und Malin gab nach und nach die Zutaten dazu.

»Danke, dass du mir hilfst!«, sagte sie. »Zu zweit geht das alles viel besser.«

Zum ersten Mal wurde sie mit einem Lächeln von Greta belohnt. »Ich bin auch froh, dass du hier nichts verändert hast«, sagte das Mädchen leise. »Das hier ist ein bisschen wie zu Hause.«

»Keine Angst, das wird auch so bleiben«, versprach Malin. »Ich bin ja auch nicht für immer hier.«

»Aber ich will nicht, dass du weggehst«, sagte Emilia weinerlich.

»Malin wohnt doch in Trelleborg«, erklärte Greta ihrer Schwester. »Das ist ganz weit von hier weg. Hunderttausend Kilometer oder so.«

Malin musste lachen. »Ein bisschen näher ist es schon.« Sie strich Emilia über den Kopf. »Noch bin ich ja da, und ich habe nicht vor, so schnell nach Trelleborg zurückzufahren.«

Lasse kam wieder dazu. Die Jacke hatte er offensichtlich vergessen, was Malins Vermutung bestätigte, dass er sich oben umgesehen hatte. Seine Miene wirkte jetzt entspannt.

»Knut ist da«, teilte er Malin mit.

»Gibst du ihm bitte eine Möhre?«, bat Malin.

Seit seinem ersten Besuch war Knut beinahe täglich vorbeigekommen, und Malin verstand inzwischen selbst nicht mehr, wieso sie sich beim ersten Mal so erschreckt hatte. Der Elch war lieb und sanft, nahm ihr die Möhre behutsam aus der Hand und schien es zu genießen, wenn sie seinen Hals tätschelte oder über seine samtweichen Nüstern strich.

Lasse verschwand mit der Möhre. Malin hörte ihn mit Knut reden. Zumindest glaubte sie, dass er mit Knut sprach, bis sie hörte, dass ihm jemand antwortete. Bevor sie nachsehen konnte, kam Lasse zurück in die Küche. Die Möhre hielt er immer noch in der Hand.

»Da ist Besuch für dich, Malin«, sagte er.

In dem Moment kam Nils auch schon herein.

Malin flog auf ihn zu. »Nils!«, rief sie laut und umarmte ihn stürmisch. »Wie ich mich freue, dich zu sehen!«

Nils drückte sie ganz fest an sich. »Ich freue mich auch.« Er umfasste ihre Schultern und schob sie ein Stück von sich. »Gut siehst du aus! Ich hätte nicht gedacht, dass du es so lange in der Wildnis aushältst. Aber offensichtlich tut sie dir sogar gut.«

»Was möglicherweise daran liegt, dass die Wildnis nicht ganz so wild ist.«

»Das haben wir bei unserer Ankunft gesehen!« Die schrille Stimme kam von der Tür. »Ich hoffe, die Bestie, die da draußen stand, gehört nicht zum Haus.«

»Sie meint Knut«, sagte Lasse mit einem verärgerten Blick in Richtung der Fremden, die in der Tür stand. »Sie hat ihn verjagt.«

Malin zog eine Augenbraue in die Höhe, als sie die Frau in dem eleganten Ledermantel mit Pelzbesatz in Augenschein nahm. Das also war Ulrika.

Malin war diese Person vom ersten Augenblick an zuwider, und jetzt musste sie vor den Kindern auch noch so tun, als würde sie sich freuen.

»Hallo, Ulrika, schön, dich zu sehen«, sagte sie mit einer Stimme, die das Gegenteil verriet.

Ulrika kam auf sie zu, legte ihre Hände auf Malins Schultern und hauchte rechts und links einen Kuss an ihrer Wange vorbei.

Greta kicherte. »Wie die komischen Leute im Fernsehen«, sagte sie. »Oder die Schauspielerinnen, die Papa früher besucht haben.«

Es schien genau dieser Satz zu sein, der Ulrikas Interesse weckte.

»Was sind das denn für Schauspielerinnen, die deinen Vater besuchen?«, fragte sie. »Kennt man die?«

Was für eine affektierte Stimme!, dachte Malin und bemerkte, dass auch Nils das Gesicht verzog.

»Ist das wirklich deine Freundin?«, wollte Lasse von ihr wissen.

Was blieb Malin anderes übrig, als zu nicken?

»Sie hat Knut verjagt«, wiederholte Lasse in einem Ton, als mache er jetzt Malin dafür verantwortlich.

»Ich habe nur ein bisschen mit meiner Tasche gewedelt«, behauptete Ulrika. »Ich möchte solche Viecher nicht in meiner Nähe haben.«

»Sie hat mit der Tasche nach ihm geschlagen!«, rief Lasse empört.

»Hat sie wirklich«, bestätigte Nils grinsend. »Und der Elch hat sich nicht gewehrt.«

Sogar die beiden größeren Kinder schienen zu verstehen, dass er diesen Umstand zutiefst bedauerte. Die beiden schauten sich feixend an.

»Armer Knut!«, sagte Malin mitfühlend. Sie wandte sich an Ulrika. »Knut gehört sozusagen zur Familie, und ich möchte nicht, dass du ihn so behandelst.«

»Dann soll er sich von mir fernhalten«, erwiderte Ulrika bissig. »Ich mag keine Tiere!«

»Und da ist sie absolut konsequent«, ergänzte Nils immer noch grinsend. »Sie isst auch keine Tiere.«

»Ich bin Veganerin«, bestätigte Ulrika.

Emilia sah fragend zu Malin auf. »Was ist eine Vaganierin?«

»Keine Sorge, Süße!« Nils strich dem Kind übers Haar. »Das ist nicht ansteckend.«

»Veganer sind Leute, die kein Fleisch essen«, meldete sich Lasse zu Wort. »Und nichts, was von Tieren kommt.«

»Warum nicht?« Wieder sah Emilia fragend zu Malin auf, und während die noch überlegte, wie sie die vegane Lebensweise kindgerecht erklären sollte, meldete sich Greta zum ersten Mal zu Wort.

»Weil die doof ist!« Dabei zeigte sie mit dem Finger auf Ulrika.

Die Antwort verriet, dass Greta nicht die Veganer im Allgemeinen meinte, sondern ganz speziell Ulrika. Das zeigte auch der finstere Blick, der ihre Worte begleitete.

Ulrika stemmte beide Hände in die Hüften. Sie war sichtlich empört, aber bevor sie etwas sagen konnte, wandte Nils ein: »Eigentlich ist Ulrika keine echte Veganerin. Denn die verzichten nicht nur bei der Ernährung auf Fleisch und andere tierische Produkte, die tragen auch kein Leder und schon gar keinen echten Pelz.« Sein Blick blieb an Ulrikas Mantel hängen.

»Ich finde die trotzdem doof«, sagte Greta trotzig.

Nils lachte und hob anerkennend einen Daumen. Allerdings so, dass Ulrika es nicht sehen konnte.

Malin fühlte sich hilflos, die Situation drohte ihr zu entgleiten.

Und dann wandte sich Ulrika auch noch an Greta. »Du weißt wohl nicht, wer mich geschickt hat! Wenn ich dem Weihnachtsmann erzähle ...«

Grob griff Malin nach Ulrikas Arm. »Komm, ich zeige dir dein Zimmer.« Unerbittlich zog sie Ulrika aus der Küche. Gretas erschrockene Miene war ihr nicht entgangen. »Passt du einen Augenblick auf die Kinder auf?«, rief sie Nils noch zu. Sie sah sein Nicken, bevor sie die Tür hinter sich zuzog.

»Spinnst du?«, fuhr sie Ulrika auf dem Flur an. »Du kannst der Kleinen doch nichts vom Weihnachtsmann erzählen und damit riskieren, dass alles auffliegt.«

Ulrika zuckte mit den Schultern. »Und wenn schon«, sagte sie von oben herab. »Ich glaube sowieso, dass es ein Fehler war, hierherzukommen. Ella hat mir was von einem berühmten Regisseur erzählt, aber das alles hier ist so was von gar nicht glamourös.«

»Du willst also gleich wieder abreisen?«

Malin freute sich schon, aber Ulrika hob gebieterisch eine Hand. »Moment! Erst mal will ich mir den Mann ansehen, um den es hier geht, danach sehen wir weiter. Zeigst du mir jetzt bitte mein Zimmer? Ich hoffe, es ist ein bisschen luxuriöser als das, was ich bisher von diesem Haus gesehen habe.«

»Ich fürchte, Luxus kann ich dir hier nicht bieten«, erwiderte Malin steif.

Was hatte Ella sich nur dabei gedacht, diese Person hierherzuschicken?

Der werde ich was erzählen, nahm Malin sich fest vor.

14

»Dreizehn Stunden lang mit dieser Frau in einem Auto.« Nils schüttelte sich. »Es war der reinste Horror!«

»Das kann ich mir gut vorstellen«, sagte Malin mitfühlend.

Die Kinder waren inzwischen nach Hause gegangen, Ulrika hatte sich in ihr Zimmer zurückgezogen, unter lautem Protest, weil ihr der Raum überhaupt nicht zusagte, und jetzt hatten Malin und Nils endlich Zeit, in Ruhe miteinander zu reden. Auf dem Tisch standen zwei Gläser und eine Flasche Wein, die sie bereits zur Hälfte geleert hatten.

»Ich wusste nicht, dass ihr heute schon kommt. Ella hat euch für das Wochenende angemeldet«, sagte Malin.

»Das lag wohl an Ulrika. Ihr passte der Reisetermin nicht, und dann wurde die ganze Planung wieder umgeworfen. Du hast sie ja erlebt. Ich glaube, sie ist den Leuten in der Redaktion so sehr auf die Nerven gegangen, dass alle sie schnell loswerden und nach Orrviken schicken wollten.«

»Da ging es wohl hoch her in der Redaktion.«

»Ja«, bestätigte Nils. »Trotzdem ist es langweilig ohne dich. Hoffentlich bringen wir Anders Frykberg schnell unter die Haube, damit du zurückkommen kannst.«

Malin brachte ein schwaches Lächeln zustande, woraufhin Nils sie aufmerksam musterte.

»Oder?«, hakte er nach.

»Ja«, erwiderte sie wenig überzeugend.

»Was ist los?«, wollte Nils wissen.

»Keine Ahnung«, log sie. »Trelleborg ist im Moment einfach so weit weg, dass ich nicht daran denke.«

»Ist es wegen Erik?«

Malin zuckte mit den Schultern, dann schüttelte sie den Kopf. »Das mit Erik ist vorbei, und es ist okay so. Ich leide nicht unter Liebeskummer, wenn du das meinst. Jedenfalls nicht wegen Erik.«

Die letzte Bemerkung hätte sie sich sparen sollen. Das wurde ihr bewusst, sobald sie die Worte ausgesprochen hatte.

»Und welchem Mann verdankst du dann deinen Liebeskummer?« Nils' Mundwinkel verzogen sich zu einem Lächeln. Er schaute sie unentwegt an, als wollte er in ihrem Gesicht das lesen, was sie ihm auf keinen Fall verraten wollte.

»Keinem!«, erwiderte sie mit einer wegwerfenden Handbewegung. Sie wünschte sich, er würde nicht weiter nachfragen.

»Ist es Anders Frykberg?«

»Quatsch!«, erwiderte sie spontan. Nervös lachte sie auf und versuchte, seinem prüfenden Blick auszuweichen. »Übrigens ist Anders ein hoffnungsloser Fall. Was immer Staffan und Ella sich vorgenommen haben, wen immer sie auch schicken, er wird sich in keine der Frauen verlieben. Er ist seiner Frau treu, auch über den Tod hinaus.«

»Und woher weißt du das so genau?«

»Von ihm selbst!« Malin versuchte, Nils' Blick standzuhalten, und schaute dann doch wieder weg, weil sie Angst hatte, dass er in ihren Augen die Wahrheit lesen würde.

»Du hast dich in ihn verliebt.« Es war keine Frage, sondern eine Feststellung.

»Ja«, flüsterte sie und biss sich auf die Unterlippe, um nicht loszuweinen.

»Und er hat dir gesagt, dass es nie eine andere für ihn geben wird als seine verstorbene Frau.«

»Ja«, erwiderte Malin erneut. »Nachdem wir uns fast geküsst haben.«

»Und warum hast du Staffan und Ella nichts davon gesagt?«, wollte Nils wissen. »Wenn du so sicher bist, dass wir Anders Frykberg nicht an die Frau bringen, können wir uns das ganze Theater hier doch sparen.«

»Staffan schmeißt mich raus, wenn er erfährt, was zwischen Anders und mir passiert ist.«

Nils lachte leise. »Aber es ist doch gar nichts zwischen euch passiert. Fast geküsst ist ...« Er breitete die Hände aus, suchte offenbar nach den richtigen Worten.

»... nichts!« Er ließ die Hände sinken. »Egal, was Staffan gesagt hat, er würde dich bestimmt nicht rauswerfen, nur weil du Anders Frykberg *fast* geküsst hast. Er würde dich nicht mal rauswerfen, wenn du ihn richtig geküsst hättest oder sogar mit ihm im Bett gelandet wärst.«

»Nils!«, rief Malin erschrocken.

»Staffan würde einfach eine Geschichte daraus machen. Zusammen mit Ella.« Er zog eine Grimasse und schüttelte den Kopf. »Du bleibst nicht hier, weil du Angst vor Staffan hast, sondern nur wegen Anders.«

»Wegen der Kinder«, widersprach sie.

»Und wegen ihm!«

»Na gut«, gab sie endlich zu. »Ein bisschen auch wegen ihm.«

»Nachdem das geklärt wäre, können wir ja schlafen gehen.« Nils erhob sich und streckte sich ausgiebig.

»Ja, ich weiß, die Fahrt ist anstrengend«, sagte Malin verständnisvoll.

»Die Fahrt war okay, aber diese Ulrika ...« Nils schüttelte sich. »Ich bin froh, dass ich nicht mit ihr zurückfahren muss.«

»Du bleibst hier?«, fragte Malin erfreut.

»So lange, bis wir die Mission Anders Frykberg abgeschlossen haben.« Mit einem Blick auf ihr Gesicht ergänzte er: »Oder abgebrochen.«

»Du wirst Staffan nichts sagen, oder?«

»Bist du verrückt? Was Besseres als ein paar Wochen Ruhe hier in Orrviken kann mir nicht passieren. Und das alles auf Verlagskosten. Sieht ja nicht so aus, als würde es ein anstrengender Job werden, wenn Anders Frykberg seine Einstellung nicht ändern sollte.«

Allein der Name bewirkte bei Malin wieder ein schmerzhaftes Ziehen im Bauch. Sie wollte nicht mehr über Anders reden und wechselte schnell das Thema. »Nachdem du jetzt weißt, was mit mir los ist, kannst du mir doch auch erzählen, in wen du dich verliebt hast.«

Ein Schatten zog über Nils' Gesicht. Sekundenlang spiegelte sich in seinen Augen der Schmerz, den sie selbst empfand. Dann winkte er ab. »Das hat sich endgültig erledigt! Zeigst du mir jetzt mein Zimmer?«

Er wollte nicht darüber reden, das musste Malin akzeptieren. Auch wenn sie ein bisschen enttäuscht war, nachdem sie sich ihm anvertraut hatte.

»Komm mal her«, sagte Nils und griff nach ihrer Hand.

Liebevoll zog er sie in seine Arme, und sie genoss es, ihren Kopf auf seine Schulter zu legen und sich einfach geborgen zu fühlen.

»Gut, dass du hier bist!«, seufzte sie.

Er lachte leise und zog sie noch fester an sich. »Das finde ich auch.«

15

»Da sind fremde Leute zu Malin gekommt«, berichtete Emilia beim Abendessen. »Ein Mann und eine Frau.«

Anders sah interessiert auf. »Was sind das für Leute?«

»Ein Freund von Malin und eine blöde Frau«, erklärte Emilia fröhlich. »Greta hat auch gesagt, dass die doof ist.«

»Greta!«, sagte Anders streng zu seiner älteren Tochter, wobei ihn eigentlich viel mehr interessierte, wer bei Malin zu Besuch war.

»Alte Petze!« Greta stieß ihre Schwester mit dem Ellenbogen an.

»Ich bin keine Petze«, stieß Emilia tief beleidigt hervor.

»Es stimmt aber, was Greta sagt«, mischte sich Lasse ein. »Die Frau ist wirklich doof!«

Anders interessierte sich mehr für den Mann. »Ist das ein Ehepaar?«, wollte er wissen.

Lasse zuckte mit den Schultern.

»Glaub ich nicht«, sagte Greta. »Der Mann heißt Nils und ist sehr nett. Ich glaub, der kann die Frau auch nicht leiden. Und Malin hat sich total gefreut, als er kam.«

»Sie hat mit ihm geschmust!« Emilia lachte, ebenso wie ihre Geschwister.

»Hätte mich auch gewundert, wenn diese Frau keinen Freund hat«, sagte Tilda.

Anders bedachte sie mit einem finsteren Blick. Er wollte ihre Kommentare nicht hören, sondern mehr über diesen Nils erfahren.

»Sie hat nicht mit ihm geschmust«, stellte Greta richtig. »Sie hat ihn nur umarmt.«

Stig kam an den Tisch und setzte sich.

»Hast du gewusst, dass nebenan noch andere Leute eingezogen sind?«, fragte Anders.

Stig nickte. »Das sind Freunde von Malin aus Trelleborg. Sie hat mich gefragt, ob ich damit einverstanden bin, wenn sie Besuch bekommt.«

»Und du hast einfach so zugestimmt, ohne diese Leute zu kennen?«

»Ich kenne die Mieter des Ferienhauses nur selten, bevor sie ankommen«, erwiderte Stig ruhig. »Wo ist das Problem?«

»Das würde mich auch interessieren«, brummte Tilda und ließ Anders nicht aus den Augen.

»Hast du nichts zu tun?«, fuhr Anders sie an. »Pass lieber auf, dass die Suppe nicht anbrennt!«

»Ich lasse nie etwas anbrennen.« Tilda grinste zweideutig.

Unwillkürlich fuhr Anders' Blick über den fülligen Körper der Haushälterin. Unvorstellbar, dass ...

»Vergiss es!«, sagte Tilda.

»Kannst du uns bitte diese ordinären Anspielungen ersparen?«, erwiderte Anders bissig.

»Gerne, wenn du aufhörst, mich wie ein Sahnetörtchen anzustarren.«

»Ich mag keine Sahnetörtchen«, knurrte Anders. Erst

als er sah, wie Tilda und Stig sich angrinsten, begriff er, dass Tilda ihn aufgezogen hatte.

»Ich mag aber Sahnetörtchen«, sagte Emilia. »Tilda, kann ich Sahnetörtchen zum Abendessen haben?«

»Ich will auch ein Sahnetörtchen«, verlangte Lasse.

Nur Gretas Blick wanderte aufmerksam zwischen den Erwachsenen hin und her. »Ich glaube, die reden gar nicht über Sahnetörtchen«, sagte sie. »Aber ich weiß nicht, was sie wirklich meinen.«

Emilia quälte indes eine andere Frage: »Papa, was heißt ordanär?«

Anders brauchte einen Moment, bis er begriff, was seine Tochter meinte. »Ordinär?«

Emilia nickte.

»Frag Tilda, die kennt sich damit aus«, brummte er.

»Was ist dir denn für eine Laus über die Leber gelaufen?«, fragte Stig überrascht.

Emilia vergaß ihre Frage und stellte gleich die nächste: »Tut das weh, wenn eine Laus über die Leber läuft?«

»Deinem Vater tut es offensichtlich sehr weh«, übernahm Tilda die Antwort. »Aber so viel Leid kann eine einzige Laus gar nicht verursachen, oder?« Sie schaute durch das Küchenfenster zum Nachbarhaus, bevor sie ihren Blick provozierend auf Anders richtete.

»Ich weiß nicht, was du meinst!« Anders erhob sich. »Entschuldigt mich bitte, ich habe zu tun.«

»Muss ich das jetzt verstehen?«, hörte er Stig noch fragen, als er die Küche verließ.

»Nein«, erwiderte Tilda, und sie sprach mit Sicherheit extra so laut, damit er jedes Wort verstand. »Du musst das nicht verstehen. Es reicht, wenn dein Schwiegersohn begreift, was mit ihm los ist.«

Anders ärgerte sich maßlos über Tilda. Wieso glaubte sie zu wissen, was mit ihm los war? Wie kam sie überhaupt dazu, eine Verbindung zwischen ihm und Malin herzustellen? Oder hatte er ihre Andeutungen falsch verstanden?

Sie war nicht im Haus gewesen an jenem Abend …

Er wollte nicht länger darüber nachdenken und versuchte, die Bilder in seinem Kopf ebenso zu vertreiben wie die Gefühle, die Malins Nähe in ihm ausgelöst hatten. Immer noch war er davon überzeugt, dass seine Gefühle ihn übermannt hatten, weil er sich so sehr nach Kerstin sehnte. Es hatte überhaupt nichts mit Malin selbst zu tun.

Aber warum hatte es ihm einen solchen Stich versetzt, als die Kinder von diesem Nils erzählten? War das der Freund, von dem Malin sich angeblich getrennt hatte?

Ein Lächeln glitt über Anders' Gesicht, als ihm wieder einfiel, dass Malins Ex Erik hieß. Vielleicht war dieser Nils wirklich nicht mehr als ein Freund.

Er ging auf den Flur, weil er von dem Fenster dort das Nachbarhaus sehen konnte. In der Küche brannte Licht, und dann sah er Malin. Sie war nicht allein, sondern lag in den Armen eines Mannes.

Wäre er doch nur nicht zu diesem Fenster gegangen! Abrupt drehte Anders sich um und ging zurück in sein Schlafzimmer.

Lieber Weihnachtsmann,

das ist doch hoffentlich nicht dein Ernst!

Ich kann diese doofe Ulrika überhaupt nicht leiden. Und Lasse auch nicht. Bei Emilia bin ich nicht so sicher, die ist noch zu klein, um doofe Menschen zu erkennen.

Ulrika hat was vom Weihnachtsmann erzählt, aber Malin hat sie nicht ausreden lassen. Und jetzt weiß ich nicht, ob du uns die Ulrika geschickt hast. Wenn ja, war es ein großer Fehler!

Ich will die Ulrika nicht, und Lasse und Emilia auch nicht. Bitte, bitte nicht! Schick die bitte ganz schnell wieder weg!

Deine Greta

16

Lautlos schwebten die weißen Flocken vom Himmel. Obwohl Malin draußen stand, war ihr nicht kalt. Durch das Fenster konnte sie den Weihnachtsbaum sehen. Im Kamin brannte ein Feuer, davor saßen die Kinder und packten ihre Geschenke aus. Plötzlich schaute Greta auf und entdeckte Malin hinter dem Fenster. Sie lachte und wies mit ausgestrecktem Finger auf sie.

Anders erschien am Fenster und sah sie durchdringend an, während sich von rechts eine Gestalt näherte.

»Wach auf!«, sagte diese Gestalt. »Verdammt, wach endlich auf, ich will Kaffee!«

Malin rührte sich nicht, sie hatte nur Augen für Anders. Der stand plötzlich in der Tür und breitete die Arme aus. Malin wollte hineinfliegen, konnte sich aber nicht von der Stelle rühren.

»Hörst du nicht? Ich will jetzt Kaffee!«

Malin runzelte die Stirn, und dann verschwand das schöne weihnachtliche Bild. Nur die penetrante Stimme neben ihr blieb.

»Kaffee!«

Malin öffnete die Augen. In einem Hauch von teurem Nichts stand Ulrika neben ihrem Bett.

»Endlich bist du wach. Ich sagte, ich will Kaffee!«

Was wäre passiert, wenn Malin ihren Traum weitergeträumt hätte? Sie hätte Ulrika glattweg erwürgen können, weil sie sie geweckt hatte.

»Dann geh doch runter in die Küche und koch dir deinen verdammten Kaffee!«, stieß sie wütend hervor.

»Ich?«, fragte Ulrika empört und wies dabei mit dem Zeigefinger auf sich selbst. »Ella und Staffan haben mir versprochen, dass du für alles sorgst.« Sie rauschte aus dem Zimmer. An der Tür wandte sie sich noch einmal um. »Bring mir den Kaffee doch bitte aufs Zimmer! Aber mit Sojamilch, du weißt ja, ich bin Veganerin.«

»Ich habe keine Sojamilch«, rief Malin ihr nach.

»Dann besorg gefälligst welche!«, kam es zurück, bevor die Tür des Badezimmers zugeknallt wurde.

»Du kannst mich mal«, murmelte Malin und ließ sich wieder in die Kissen zurückfallen.

Sie war kurz vor dem Einschlafen, als es an der Tür klopfte. Müde hob sie den Kopf.

Nils streckte den Kopf zur Tür herein. Er trug lediglich Shorts und fuhr sich mit einer Hand durch das verstrubbelte Haar. »Was ist denn hier für ein Lärm?«, fragte er.

»Ulrika will Sojamilch«, sagte Malin. »Und ich will schlafen.«

»Dann ist ja alles klar.« Nils drehte sich um und schlurfte zurück. Die Tür seines Zimmers fiel ebenfalls zu, während im Bad das Wasser rauschte.

Malin schlief wieder ein, bis ihr die Decke weggerissen wurde. Erschrocken fuhr sie hoch.

Ulrika stand wieder neben ihrem Bett. Frisch geduscht, die Haare frisiert, in einem hautengen Jumpsuit, der ihren perfekten Körper betonte.

»Ich will jetzt meinen Kaffee«, fauchte sie Malin an.

»Und danach will ich endlich Anders Frykberg kennenlernen. Deshalb bin ich schließlich da.«

Malin hatte Anders regelrecht aufgelauert, nachdem er mit Emilia losgefahren war, um sie in den Kindergarten zu bringen. Als sie sah, dass sein Wagen die schmale Straße heraufkam, rief sie Ulrika.

»Ist er das?«, fragte Ulrika aufgeregt. Sie zupfte ihr ohnehin makelloses Haar zurecht, betrachtete sich prüfend im Garderobenspiegel und strich sich über die Hüften.

»Jetzt komm schon!«, zischte Malin und zog sie am Arm nach draußen.

»Aua!«, zischte Ulrika, doch als Anders auf sie aufmerksam wurde, setzte sie sofort ein zuckersüßes Lächeln auf.

»Anders, ich möchte dir Ulrika vorstellen.«

Meine Freundin Ulrika, hatte sie eigentlich sagen wollen, aber diese Worte kamen ihr nicht über die Lippen.

»Ulrika, das ist Anders Frykberg. Der Vater der drei Kinder, die du gestern schon kennengelernt hast.«

»So reizende Kinder!« Ulrika ergriff die Hand, die Anders ihr entgegenstreckte und ließ sie nicht mehr los, obwohl er versuchte, sich aus ihrem Griff zu befreien. »Ich hab die drei gleich ins Herz geschlossen.«

»Das freut mich«, murmelte Anders und warf Malin einen Blick zu, den sie mühelos zu deuten wusste: *Was soll das?*

»Anders Frykberg ... Anders Frykberg ...«, wiederholte Ulrika den Namen und tat so, als müsse sie nachdenken. »Jetzt sag nicht, du bist der berühmte Regisseur!«

Mit einem Ruck zog Anders seine Hand zurück. »Nein,

das sag ich nicht.« Seine Stimme klang befremdlich. »War nett, dich kennenzulernen. Ich wünsche euch noch einen schönen Tag!« Er deutete ein Lächeln an, aber seine Augen versprühten Eiseskälte. Besonders als er Malin anschaute. Dann drehte er sich um und ging so schnell davon, als würde er vor ihr und Ulrika flüchten.

Was ich gut verstehen könnte, dachte Malin.

»Der Anfang wäre gemacht«, freute sich Ulrika. »Alles andere ist ein Kinderspiel.«

»Wie bitte?« Malin glaubte, sich verhört zu haben. »Hast du nicht bemerkt, wie abweisend er war? Und warum hast du gefragt, ob er der Regisseur ist? Das hast du doch schon gewusst.«

»Irgendwie musste ich doch mit ihm ins Gespräch kommen«, sagte Ulrika schnippisch.

»Das hast du ja toll hingekriegt! Er konnte nicht schnell genug wegkommen, nachdem du ihn darauf angesprochen hast.«

Ulrika verschränkte die Arme vor der Brust. »Es ist deine Aufgabe, mich mit ihm zusammenzubringen.«

»Ich habe euch miteinander bekannt gemacht, aber du hast es versaut.«

Ich höre mich schon an wie Staffan, dachte Malin.

Ulrika straffte die Schultern und stolzierte zurück zum Ferienhaus. »Ich rufe Staffan an.« Es klang wie eine Drohung, und Malin war sich sicher, dass Ulrika es genau so meinte.

Nils schaffte es schließlich, Ulrika zu besänftigen und sie davon abzubringen, sich in der Redaktion über Malin zu beschweren.

»Diese Frau ist das Letzte«, sagte er, als er mit Malin allein war.

»Dabei hast du ihr eben noch gesagt, wie zauberhaft du sie findest.«

»Mach dich nicht über mich lustig! Du weißt genau, dass ich ihr nur geschmeichelt habe, um dich zu schützen und eine Katastrophe zu verhindern.«

»Danke!«, sagte Malin aufrichtig. »Ich schulde dir was.«

»Worauf du dich verlassen kannst«, antwortete er mit dumpfer Stimme.

★

Anders kannte diesen Typ Frau und hatte ihn schon verabscheut, als er noch aktiv in der Filmbranche gearbeitet hatte. Frauen, die um jeden Preis berühmt werden wollten und sogar bereit waren, dafür ihre Selbstachtung aufzugeben.

Was wollte diese Ulrika von ihm? Eine Rolle in einem Film?

Die hätte sie von ihm selbst dann nicht bekommen, wenn er noch Regie geführt hätte. Diese kleine Szene eben hatte ihm bewiesen, dass sie eine miserable Schauspielerin war. Er hatte sofort bemerkt, dass sie ihm etwas vormachte und nur zu gut wusste, wer er war.

Und Malin wusste das offensichtlich auch. Warum spielte sie da mit? Wollte sie ihrer Freundin einen Gefallen tun? Aber wieso in aller Welt war Malin mit einer Frau wie dieser Ulrika überhaupt befreundet?

Das passte alles nicht zusammen.

Nachdenklich setzte Anders sich an den Schreibtisch

im Wohnzimmer. Er drehte sich auf dem Bürostuhl herum, um aus dem Fenster auf die verschneite Landschaft zu schauen, während er weiter darüber nachdachte, was für ein Spiel hier gespielt wurde und welche Rolle Malin darin übernommen hatte.

Er war sich sicher, dass er keine zufriedenstellende Antwort bekommen würde, wenn er Malin geradewegs danach fragte. Also musste er sich darauf einlassen und das Spiel mitspielen.

Du musst dich in die Höhle des Löwen begeben, wenn du den Löwen besiegen willst!

Anders grinste, als er an diesen Satz aus einem seiner Filme dachte. Schwungvoll drehte er sich auf dem Stuhl um und griff nach dem Telefonhörer.

17

»Anders ist am Telefon, er möchte dich sprechen«, sagte Malin und war sich bewusst, dass ihre Stimme erstaunt klang. Sie beantwortete Nils' fragenden Blick mit einem Schulterzucken und reichte Ulrika das Mobiltelefon.

Ulrika stand auf und verließ das Zimmer.

Malin widerstand der Versuchung, zur Tür zu gehen, um zu lauschen. Das war ohnehin nicht nötig, weil Ulrika kurz darauf zurückkehrte und triumphierend verkündete: »Na bitte, auch ein Mann wie Anders Frykberg kann einer Frau wie mir nicht widerstehen. Er hat mich zum Essen eingeladen.«

»Zu sich nach Hause?«, fragte Malin.

»Wo denkst du hin?« Ulrika lachte arrogant. »Er weiß doch, was sich gehört. Er will mit mir nach Östersund fahren. Ich gehe dann mal nach oben und suche mir für heute Abend was zum Anziehen.«

»Verstehst du das?«, fragte Malin, als sie mit Nils allein war.

»Vielleicht gefällt sie ihm.«

»Niemals! Du hättest erleben müssen, wie kalt und abweisend er war.«

»Hoffentlich machst du dir da nichts vor und siehst nur, was du sehen willst.«

»Ich bin vielleicht ein bisschen verliebt, aber nicht verrückt«, konterte sie.

»Ich glaube nicht, dass zwischen diesen beiden Zuständen ein großer Unterschied besteht«, neckte er sie, wurde aber gleich wieder ernst. »Warum sollte er sich mit ihr verabreden, wenn er sie nicht gut findet?«

Malin runzelte die Stirn. »Das passt einfach nicht zu Anders. Ulrika ist viel zu oberflächlich und affektiert für ihn.«

»Sie sieht extrem scharf aus. Vielleicht ist das gerade alles, was ihn interessiert. Er will einfach nur eine heiße Nummer, sonst nichts. Da kann es ihm egal sein, wie sie menschlich ist.«

Malin dachte darüber nach und schüttelte den Kopf. »Nein, so ist Anders nicht.«

»Malin, so gut kennst du ihn nun auch wieder nicht.« Nils kam auf sie zu und nahm sie in die Arme. »Der Mann ist seit Jahren Witwer und hat gelobt, nie eine andere Frau als seine eigene zu lieben. Das muss aber nicht zwangsläufig heißen, dass er für immer ein keusches Leben führt. Wenn es mir nur um die Befriedigung meiner Bedürfnisse ginge, wäre mir so ein scharfes, seelenloses Gerät wie Ulrika auch lieber als so ein liebenswertes Geschöpf wie du. Sie ist wie geschaffen für eine schnelle Nummer. Frauen wie du sind was fürs Herz.«

»Ich mag Ulrika zwar nicht, aber es gefällt mir nicht, dass du so abfällig über sie sprichst.«

»Und genau das ist der Unterschied zwischen euch.« Nils war jetzt ganz ernst. »Das, was du als abfällig bezeichnest, würde sie als Kompliment betrachten.«

In diesem Moment kam Ulrika wieder in die Küche. »Na, was sagt ihr?«

Das Kleid war genauso eng wie der Jumpsuit, den sie eben getragen hatte, und der Ausschnitt so tief, dass erheblich mehr als der Ansatz ihrer Brüste zu sehen war.

»Damit kriege ich ihn doch rum, oder?«, fragte Ulrika. Sie war sich so sicher, dass sie die Antwort erst gar nicht erst abwartete, sondern gleich wieder verschwand.

»Ich will jetzt nicht sagen, ich habe es dir gesagt. Aber ich habe es dir gesagt.« Nils tätschelte Malins Schulter.

Sie konnte das Mitleid in seinen Augen kaum ertragen. »Schon gut«, sagte sie. »Wenn Anders wirklich so ist, wie du ihn eben geschildert hast, ist er sowieso kein Mann, in den ich mich verlieben möchte.«

»Du hast dich doch längst in ihn verliebt«, widersprach Nils sanft. »Und genau das ist das Problem.«

Das Mondlicht fiel hell in ihr Zimmer. Malin schaute auf den Wecker. Kurz nach zwölf, und Ulrika war immer noch nicht zu Hause!

War sie immer noch mit Anders unterwegs? Oder hatte er sie mit nach Hause genommen, und sie lag jetzt nebenan in seinem Bett? In dem Haus, in dem auch sein Schwiegervater und seine Kinder schliefen?

Nein, das würde er nicht machen.

Malin setzte sich auf. Schlafen konnte sie sowieso nicht.

Vielleicht waren sie ja noch im Restaurant, überlegte sie. Oder sie hatten nach dem Essen noch etwas unternommen. Tanzen, Kino, ein Hotelzimmer ...

... und mich wollte er nicht einmal küssen!

»Frauen wie du sind was fürs Herz«, klang Nils' Stimme in ihr nach, aber das war auch kein Trost.

Als sie den Motor eines Autos hörte, war sie mit einem Satz aus dem Bett und am Fenster.

Es war tatsächlich Anders' Auto, und es hielt genau vor dem Ferienhaus. Anders stieg aus, umrundete den Wagen und hielt Ulrika die Tür auf. Er reichte ihr die Hand, um ihr beim Aussteigen zu helfen.

Ulrika lächelte zu ihm auf, als sie aus dem Wagen stieg. Sie schien leicht zu taumeln, dann lag sie in seinen Armen.

Malin hielt den Atem an. Was für eine raffinierte Schlange!

Malin hatte genau gesehen, dass Ulrika nicht gestolpert war. Jetzt klammerte sie sich hilflos an Anders fest und schaute erwartungsvoll zu ihm auf.

Anders' Gesicht konnte Malin leider nicht sehen, weil er ihr den Rücken zudrehte. Gespannt wartete sie darauf, was weiter passierte.

Anders ließ Ulrika los, und der war deutlich anzusehen, dass ihr das überhaupt nicht gefiel. Er ließ sie einfach stehen, stieg wieder in den Wagen und fuhr die wenigen Meter bis zum Nachbarhaus.

Unten hörte Malin die Tür zuschlagen. Sie lächelte, als sie sich wieder ins Bett legte. Nach wenigen Minuten war sie eingeschlafen.

»Was habt ihr denn so gemacht?«, erkundigte Malin sich am nächsten Morgen beim Frühstück betont beiläufig.

»So dies und das«, erwiderte Ulrika ausweichend und lächelte dabei geheimnisvoll.

»War es spät, als du nach Hause gekommen bist?«

Malin trank einen Schluck Kaffee und beobachtete Ulrika über den Rand der Tasse hinweg.

Ulrika kicherte. »Es war eher früh, wenn du verstehst, was ich meine.«

Malin verstand sehr gut, was Ulrika andeuten wollte. Innerlich grinste sie, weil sie den missglückten Abschied beobachtet hatte.

»Du hattest also eine heiße Liebesnacht mit Anders Frykberg?«, kam Nils auf den Punkt.

»Natürlich nicht, das war doch erst unser erstes Date. Glaubst du wirklich, ich lasse mich so schnell auf einen Mann ein?«

»Neiiiin«, erwiderte Malin gedehnt.

»Ja«, sagte Nils gleichzeitig.

Ulrika schaute ihn empört an. Ihre Augen wurden ganz schmal, doch plötzlich lachte sie laut auf. »Bei einem Mann wie Anders Frykberg wäre ich tatsächlich nicht abgeneigt. Leider scheint er in dieser Hinsicht etwas verklemmt zu sein.«

Oder er ist doch nicht so oberflächlich, wie Nils gestern behauptet hat. Malin war froh und erleichtert. Allerdings blieb die Frage, wieso er sich dann ausgerechnet mit Ulrika getroffen hatte.

»Für Sonntag hat er mich zum Essen eingeladen. Zusammen mit seiner Familie.« Ulrika zog eine Grimasse. »Mir wäre es ja lieber, wenn er mich wieder in ein schickes Restaurant ausführen würde, aber es scheint ihm wichtig zu sein, dass seine schrecklichen Gören dabei sind.«

»Das sind zauberhafte Kinder«, sagte Malin erbost. »Und du hast von Anfang an gewusst, dass sie zu ihm gehören.«

»Nur weil ich es gewusst habe, heißt das ja nicht, dass

es mir auch gefallen muss.« Ulrika zuckte mit den Schultern. »Zum Glück muss ich mich nicht mit den Kindern abgeben. Nebenan soll es eine Haushälterin geben, und wenn das mit Anders und mir klappen sollte ...« Sie brach mitten im Satz ab, ihr Blick richtete sich verträumt ins Leere.

»Ja?«, hakte Malin nach.

Ulrika schaute sie an. Lachend zuckte sie mit den Schultern. »Was interessiert es mich, was er dann mit den Gören macht? Immerhin hat er schon drei, also muss ich nicht befürchten, dass er weitere Kinder will.«

»Du planst ja schon weit voraus«, stellte Nils amüsiert fest.

»Ich weiß eben, was ich will«, erwiderte Ulrika von oben herab. »Und jetzt betreibe ich ein bisschen Schönheitspflege.« Sie wandte sich an Malin. »Zum Mittagessen hätte ich gerne etwas Leichtes, ohne Kohlehydrate.«

»Oh, da habe ich eine gute Nachricht für dich.« Malin schmunzelte. »Ich koche heute nicht. Also null Kohlehydrate und null Kalorien für dich. Ist das nicht toll?«

18

»Ich soll euch für Sonntag zum Essen einladen.« Es war das erste Mal, dass Tilda ins Ferienhaus kam, seit Malin hier wohnte.

»Ich weiß nicht«, sagte Malin gedehnt. »Was haben Nils und ich dabei zu suchen, wenn Anders Ulrika seiner Familie vorstellen will?«

Tilda starrte sie an. »Davon weiß ich nichts«, sagte sie. »Die Einladung kommt von Stig, nicht von Anders.« Sie ließ sich schwer auf einen Küchenstuhl fallen und hatte offensichtlich die Absicht, zu bleiben.

»Willst du einen Kaffee?«, bot Malin ihr an.

»Hast du nichts Stärkeres?«

Malin erinnerte sich daran, dass im Wohnzimmerschrank eine angebrochene Flasche Wodka stand. Wahrscheinlich hatte sie einer der Vormieter vergessen. Sie stellte die Flasche auf den Tisch und sah, dass Tildas Augen feucht wurden.

Tilda nahm die Flasche in die Hand und strich darüber. »Den hat Kerstin immer mit mir getrunken, wenn sie in der Weihnachtszeit mit Anders und den Kindern hier war.«

»Du meinst, die Flasche ist noch von Kerstin?«

Tilda nickte und stellte den Wodka zurück auf den

Tisch. »Den kann ich nicht trinken. Ich nehm dann doch lieber einen Kaffee.«

Malin servierte zusammen mit dem Kaffee auch eine Schale Kekse, die Tilda gleich probierte. Sie verzog das Gesicht.

»Gekauft?«

»Tut mir leid, ich kann nicht so gut backen wie du.« Malin lachte. »Emilia versorgt mich zwar regelmäßig mit deinen Pfefferkuchen, aber die sind so gut, dass ich sie immer sofort aufesse.«

Tilda ging darauf nicht ein. »Wieso hat jemand wie du so eine Freundin wie diese Ulrika?«

Die Frage überrumpelte Malin, und sie wusste nicht, was sie darauf antworten sollte. Sie wich Tildas bohrendem Blick aus und fragte sich einmal mehr, warum sie sich nur auf diese ganze Sache eingelassen hatte. Sie hätte einfach nur Nein sagen müssen, dann wäre sie jetzt nicht in Orrviken und stünde nicht vor der schweren Aufgabe, die Menschen, die ihr in kurzer Zeit so sehr ans Herz gewachsen waren, belügen zu müssen.

»Es hat sich irgendwie so ergeben«, sagte sie schließlich ausweichend. »Eine richtig gute Freundin ist sie nicht, mehr eine Bekannte.«

»Aha!« Tilda nickte.

Malin konnte ihr kaum in die Augen sehen.

»Und wieso geht Anders mit dieser Frau aus? Das passt überhaupt nicht zu ihm.«

Malin schaffte es, zu lächeln. »Das musst du ihn schon selbst fragen.«

Tilda beobachtete sie unablässig, dann beugte sie sich ein Stück vor und sagte leise: »Ich mag dich, Malin, aber diese Familie ist mir wichtiger. Ich lasse nicht zu, dass einer von ihnen verletzt wird.« Sie trank ihren Kaffee aus und erhob sich. »Ich hoffe, wir verstehen uns!«, sagte sie, als sie an der Tür stand.

Malin wusste nicht, was sie darauf sagen sollte, aber Tilda schien auch keine Antwort zu erwarten. Sie drehte sich um und ging.

Nachmittags kamen Greta und Emilia vorbei und brachten frische Pfefferkuchen mit.

»Tilda hat gesagt, du hast keine mehr, und da hat sie ganz viele gebackt«, berichtete Emilia fröhlich. »Für dich und für uns. Essen wir sie gleich?«

»Gute Idee, kommt doch rein!« Malin ließ sich nicht anmerken, wie überrascht sie war. Wieso backte Tilda nach der Ansage heute Morgen jetzt Pfefferkuchen für sie?

Sie wollte die Tür gerade schließen, als Lasse angelaufen kam. »Krieg ich auch Pfefferkuchen?«

»Klar!« Malin freute sich, dass alle drei Kinder bei ihr waren.

Den Grund für den unverhofften Besuch erfuhr sie von Emilia. »Bei uns ist diese komische Frau, da haben wir keine Lust, zu Hause zu bleiben.«

»Welche komische Frau?«, hakte Malin nach, obwohl sie genau wusste, um wen es sich handelte.

»Die heißt Ulrika, und Papa sagt, sie ist eine Freundin von dir.«

Malin sah sich plötzlich von drei vorwurfsvollen Augenpaaren gemustert.

»Die tut ganz freundlich, wenn Papa dabei ist, aber sie meint es nicht so«, berichtete Greta. »Ich kann die nicht leiden!«

»Ich auch nicht«, stimmte Emilia ihrer Schwester zu. »Und Frida auch nicht.« Sie dachte eine Weile nach und sagte dann hoffnungsvoll: »Vielleicht wird sie ja vom Seeungeheuer gefresst. Wir müssen sie nur in den See werfen.«

»Wenn wir sie in den See werfen, kriegen wir Ärger mit Papa«, prophezeite Lasse.

»Es gibt kein Seeungeheuer«, stellte Greta klar.

»Doch!«, rief Emilia laut aus. »Das Seeungeheuer war in meinem Zimmer, aber Malin hat es verjagt.« Die Kleine schmiegte sich an Malin. »Sie hat nämlich ein Dimplom, mit dem sie Ungeheuer verjagen kann.«

»Du spinnst doch!«, sagte Greta.

»Tu ich nicht!« Emilia stampfte heftig auf und schaute zu Malin. »Sag ihr, dass du ein Dimplom hast und dass das Ungeheuer in meinem Zimmer war.«

Die beiden Mädchen schauten Malin erwartungsvoll an, und beide erwarteten, dass sie ihnen zustimmte. Lasse hingegen grinste sie an.

»Ja, sag es ihnen!«, forderte er sie heraus.

Malin runzelte die Stirn. »Hast du ihr das mit dem Ungeheuer nicht eingeredet?«

Lasse wurde rot.

»Freust du dich wirklich darüber, dass deine Schwester nachts Albträume hat?«, fragte Malin.

Lasse musste eine ganze Weile über diese Frage nachdenken, dann schüttelte er den Kopf und wandte sich an Emilia. »Ich hab das Ungeheuer noch nie gesehen. Ich glaube, das gibt es gar nicht«, sagte er.

Emilias Augen wurden groß und rund. Sie schüttelte den Kopf. »Das stimmt nicht, es war in meinem Zimmer. In echt und in richtig.«

»Du hast es aber nicht gesehen, oder?«, fragte Malin behutsam.

»Nein, aber gehört«, behauptete Emilia. »Es hat meinen Namen gerufen und gesagt, dass es mich fressen will. In der Nacht, bevor Malin es vertreibt hat.«

Malin wusste nicht, wie sie darauf reagieren sollte. Wahrscheinlich hatte Emilia das geträumt ...

Ihr Blick fiel auf Lasse, der wieder ganz rot geworden war und auf seine Schuhspitzen starrte.

»Lasse!«, sagte Malin sanft.

Der Junge schüttelte leicht den Kopf, starrte immer noch nach unten, doch plötzlich hob er den Kopf. »Das war ich«, bekannte er kleinlaut. »Ich hab mich abends in dein Zimmer geschlichen, um dich zu erschrecken.«

»Du blöder Blödmann!«, schrie Emilia. Malin konnte sie gerade noch festhalten, bevor sie sich auf ihren Bruder stürzte, woraufhin Emilia ihn erneut beschimpfte. »Du ganz, ganz blöder Blödmann!«

»Lasse hat nicht gewusst, wie schlimm deine Angst ist«, sagte Malin. »Er wird das nicht mehr machen. Nicht wahr, Lasse?«

Lasse schüttelte den Kopf. »Nie wieder«, sagte er. »Ich verspreche es.«

Emilia war noch nicht vollends besänftigt. »Und ich darf mit deinem Feuerwehrauto spielen.«

»Nein!«, fuhr Lasse auf, gab dann aber kleinlaut nach. »Na gut, eine Stunde.«

Die Kinder blieben auch bei Malin, nachdem die Pfefferkuchen aufgegessen waren. Greta und Emilia malten eifrig Bilder als Weihnachtsgeschenke für ihren Opa und ihren Vater. Als Malin in die Küche ging, um frischen Kakao zu kochen, folgte Lasse ihr.

»Ich wusste nicht, dass Emilias Angst so schlimm ist.« Das Thema schien ihn immer noch zu beschäftigen.

»Aber du hast doch gemerkt, dass sie vor lauter Angst nicht mehr schlafen kann.«

»Sagst du es Papa?«, fragte er ängstlich und atmete erleichtert auf, als Malin den Kopf schüttelte.

»Ich finde, du solltest ihm das selbst sagen«, erwiderte sie.

Lasse zog ein langes Gesicht. »Und wenn nicht? Verpetzt du mich dann?«

»Nein, ich sag ihm nichts.« Malin strich ihm durch das strubbelige Blondhaar. »Und ich glaube auch nicht, dass Greta dich verrät. Aber Emilia ist noch so klein, sie könnte etwas sagen, ohne darüber nachzudenken. Wäre es da nicht besser, wenn du es deinem Vater selbst erzählst?«

Lasse nickte zögernd, und völlig überraschend umarmte er sie. »Du bist viel netter als Ulrika. Hoffentlich verliebt Papa sich nicht in die.«

Lasses Bemerkung ließ Malin nicht mehr los. Was hatte der Junge zwischen Anders und Ulrika beobachtet, dass er auf eine solche Idee kam?

Kurz darauf kehrte Ulrika zurück. Die Kinder spielten nebenan im Wohnzimmer, als sie zu Malin in die Küche kam.

»Machst du mir einen Kaffee?«

Es war mehr ein Befehl als eine Bitte. Malin kam ihm trotzdem nach, weil sie Ulrika nicht verärgern wollte. Sie war neugierig, wie Ulrika und Anders den Nachmittag verbracht hatten.

»Hattest du eine schöne Zeit?«, fragte sie wie beiläufig, während sie das Kaffeepulver in den Filter füllte.

»Ja, nachdem die Kinder endlich verschwunden waren.« Ulrika zog eine Grimasse, doch dann geriet sie ins Schwärmen. »Anders ist ein toller Mann! Weißt du eigentlich, welche Erfolge er früher gefeiert hat? Einer seiner Filme war sogar als bester ausländischer Film für den Oscar nominiert.« Ulrika erhob sich und fuhr mit den Händen über ihren Körper. »Stell dir vor, ich bei einer Oscar-Verleihung in Los Angeles!«

Sie ließ sich wieder auf den Stuhl fallen und fuhr frustriert fort: »Aber erst mal muss ich ihn dazu bringen, wieder nach Stockholm zu ziehen und als Regisseur zu arbeiten. Und ich muss diese schrecklichen Kinder loswerden. Ich habe nicht die Absicht, als Hausmütterchen zu versauern, während er sich ohne mich auf Filmfesten rumtreibt.«

Der Kaffee war fertig. Als Malin sich mit der Kanne in der Hand umdrehte, sah sie Greta in der Tür stehen. Dem Mädchen war anzusehen, dass es jedes Wort gehört hatte – und dass es ihr ganz und gar nicht gefiel.

»Greta!« Malin stellte die Kanne ab und lief auf das Mädchen zu, um es in die Arme zu nehmen.

Aber Greta wehrte sie ab und baute sich vor Ulrika auf. »Wir bleiben bei meinem Papa!«

Ulrika lachte nervös auf. Wahrscheinlich wurde ihr in diesem Moment bewusst, dass es Anders nicht gefallen würde, wenn seine Tochter ihm erzählte, was sie gehört hatte. »Kleine, da hast du was falsch verstanden!«

»Ich bin ja nicht blöd!«, sagte Greta entschlossen. »Ich weiß genau, von wem du gesprochen hast. Aber in dich wird sich mein Papa nie verlieben.«

»Wie gesagt, ich habe nicht von euch gesprochen«, wiederholte Ulrika nervös und erhob sich. Den Kaffee hatte sie offensichtlich vergessen. »Ich muss mich ausruhen«, sagte sie zu Malin. »Bring du das Kind bitte zur Vernunft!«

Malin sagte nichts, schaute sie nur an, woraufhin Ulrika sich umdrehte und die Küche verließ. Kurz darauf waren ihre Schritte auf der Treppe zu hören.

»Glaubst du, dass mein Papa uns weggibt, wenn er sich in Ulrika verliebt?«, fragte Greta.

Malin schüttelte den Kopf. »Niemals!« Sie zögerte, schämte sich schrecklich, weil sie Greta die Frage stellte, die ihr auf der Seele brannte: »Glaubst du denn, dass dein Papa sich in sie verliebt?«

»Keine Ahnung.« Greta zuckte mit den Schultern. »Er hat noch nie eine Frau nach Hause eingeladen, seit Mama tot ist. Und Ulrika ist zwar doof, aber sehr schön. Tilda sagt immer, dass Männer nur auf so was gucken und dass es egal ist, wenn eine Frau doof ist, wenn sie dafür sehr schön ist.«

»Nicht alle Männer sind so, Greta, und ganz bestimmt nicht dein Vater.« Malin nahm das Kind in die Arme und versuchte verzweifelt, selbst an das zu glauben, was sie da gerade gesagt hatte.

19

Malin wartete vergeblich auf irgendeine Reaktion von Anders. Greta hatte ihm doch bestimmt erzählt, was sie gehört hatte. Doch er reagierte ganz anders, als sie alle es erwartet hatten.

»Anders hat mich nach Östersund ins Theater eingeladen«, berichtete Ulrika am nächsten Nachmittag. »Und ich dachte schon …« Wütend funkelte sie Malin an. »Hättest du mich nicht vorwarnen können, als die kleine Kröte in der Tür stand und jedes Wort mithörte?«

»Ich hab sie doch selbst nicht gesehen. Und nenn Greta nie wieder eine kleine Kröte! Sie ist ein sehr liebenswertes Mädchen. Übrigens verdankst du es nur ihr, dass du ihren Vater überhaupt kennenlernen konntest. Wenn sie nicht den Brief an das *Dagbladet* . . . «

»Erspar mir deine Moralpredigt!« Ulrika hob abwehrend beide Hände. »Das interessiert mich alles nicht. Mir geht es nur um Anders, und offensichtlich stehen meine Chancen nicht schlecht.« Sie runzelte nachdenklich die Stirn und wechselte unvermittelt das Thema. »Weißt du zufällig, ob es in Orrviken vernünftige Boutiquen gibt?«

Ulrikas Blick wanderte zu Malin, die wie immer Jeans und einen bunten Pullover trug. »Was frag ich dich?« Sie winkte ab. »Du hast von Mode sowieso keine Ahnung.« Damit eilte sie hinaus.

Malin trat in den Flur und stellte sich vor den großen Garderobenspiegel, um sich kritisch zu betrachten. Im Spiegel begegnete ihr Nils' erstaunter Blick.

»Findest du, ich sollte etwas an meinem Aussehen verändern?«, fragte Malin.

Als ihr Handy klingelte, zog sie es aus der Hosentasche und nahm das Gespräch an.

Bevor sie sich melden konnte, antwortete Nils: »Für mich bist du auch ohne Designerklamotten eine der schönsten Frauen. Bleib bitte so, wie du bist!«

»Alter Schmeichler!«, sagte Malin und hielt sich das Handy ans Ohr.

»Mit wem sprichst du da?«, fragte Ella.

»Hej, Ella!«, erwiderte Malin mit leichtem Spott. »Wie nett, deine Stimme zu hören. Ich unterhalte mich übrigens gerade mit Nils.«

Es war eine ganze Weile still am anderen Ende der Leitung, dann sagte Ella: »Ich wollte nur sichergehen, dass wir ungestört reden können. Ihr scheint euch ja gut zu verstehen, du und Nils.«

»Ja, wie immer«, erwiderte Malin. »Was willst du, Ella? Die Sache mit Ulrika läuft ganz gut. Sie und Anders Frykberg sehen sich regelmäßig und gehen heute zum zweiten Mal miteinander aus.«

»Sie hat gestern hier angerufen. Zum Glück war Staffan nicht in der Redaktion.« Ellas Stimme klang jetzt geschäftsmäßig. »Es hat da wohl eine unangenehme Situation mit einem der Kinder gegeben. Ich wollte nur wissen, ob es Komplikationen gibt. Das würde Staffan überhaupt nicht gefallen.«

»Dann sollte Ulrika aufpassen, was sie sagt«, erwiderte Malin bissig.

»Ist ja schon gut«, sagte Ella ebenso bissig. »Du musst mir nicht gleich verbal an die Gurgel springen! Ich wünsche euch noch eine schöne Zeit. Ihr scheint es ja zu genießen, du und Nils.« Ella lachte gehässig und beendete das Gespräch.

»Ob die glaubt, dass wir was miteinander haben?« Malin schüttelte den Kopf und wiederholte für Nils, was Ella gesagt hatte.

»Kann uns doch egal sein, was Ella glaubt«, sagte Nils. »Ich kann mir übrigens nicht vorstellen, dass Greta ihrem Vater Ulrikas Bemerkung verschwiegen hat.«

»Ich eigentlich auch nicht.« Malin schüttelte nachdenklich den Kopf. »Umso weniger verstehe ich, dass er sich heute schon wieder mit ihr treffen will.«

Anders sah hervorragend aus, als er Ulrika abends abholte. Malin sah ihn zum ersten Mal im Anzug. Ihr Herz klopfte schneller, und sie verspürte brennende Eifersucht, als Ulrika auf ihn zulief und ihn stürmisch umarmte.

Er legte seine Hände um ihre schmale Taille und ließ zu, dass sie ihn auf die Wange küsste.

Ulrika trat einen Schritt zurück und musterte ihn von Kopf bis Fuß. »Du siehst hervorragend aus!«, sagte sie.

»Und du siehst ganz zauberhaft aus!«, lobte er.

Malin wünschte sich ganz weit weg. Warum nur hatte sie Anders die Tür geöffnet?

Weil ich ihn sehen wollte, beantwortete sie sich selbst in Gedanken diese Frage. *Weil ich wissen wollte, wie er sich Ulrika gegenüber verhält.*

Hatte Greta doch nichts verraten? Nichts in Anders' Verhalten deutete darauf hin.

Er half Ulrika in ihren Mantel, bevor sie das Haus verließen. Malin nickte er nur knapp zu, während Ulrika sie keines Blickes würdigte. Sie sah nur noch zu ihrem attraktiven Begleiter auf.

»Ich hoffe, du führst mich anschließend noch zum Essen aus.« Ulrika lachte geziert. »Theater macht mich immer so hungrig.«

»Natürlich«, erwiderte Anders, dann fiel die Tür hinter ihm zu.

Nils sah Malin aufmerksam an, als sie zurück ins Wohnzimmer kam. Er saß am Tisch und sortierte auf seinem Notebook die Bilder, die er in den vergangenen Tagen geschossen hatte. Jetzt klappte er das Notebook zu und stand auf.

»Komm, lass uns auch etwas unternehmen!«, schlug er vor.

»Und was?«, fragte Malin lustlos.

Nils machte ein festliches Gesicht. »Wir gehen in die Kirche.«

Malin starrte ihn sekundenlang sprachlos an, dann tippte sie sich mit dem Zeigefinger gegen die Stirn und lachte laut auf. »Du spinnst doch!«

Nils schüttelte den Kopf. »Ich meine das völlig ernst. Komm mit!«

»Ich hab keine Lust.« Malin rührte sich nicht vom Fleck.

»Jetzt komm schon!« Er legte einen Arm um ihre Schulter. »Ich verspreche dir, du wirst es nicht bereuen.«

Missmutig gab Malin schließlich nach. Sie zog sich ihre dicke Winterjacke und Stiefel an, dazu Mütze, Schal und wollene Fäustlinge.

Nils wollte zu Fuß hinunter nach Orrviken gehen. Der frostklare Himmel über ihnen war übersät mit Sternen. Schweigend gingen sie nebeneinanderher. Nur der knirschende Schnee unter ihren Füßen war zu hören.

Wie aus dem Nichts tauchte plötzlich Knut neben ihnen auf und begleitete sie auf ihrem Weg ins Dorf. Selbst in Orrviken blieb er an ihrer Seite.

Um diese Uhrzeit war kein Mensch auf der Straße zu sehen. Hinter den Fenstern der Häuser brannten helle Lichter. Alles war weihnachtlich geschmückt mit Lichterketten und Sternen. Auf fast allen Fensterbänken stand ein Julbock aus Stroh.

Als sie sich der Kirche näherten, konnte Malin eine sanfte, glockenhelle Stimme hören. Jemand kam aus der Kirche und ließ die Tür offen, sodass die Stimme lauter wurde.

Malin und Nils blieben im Schnee stehen und lauschten der glasklaren Mädchenstimme, die *O helga natt* sang. In diesem Moment fiel alles von Malin ab, was sie in letzter Zeit bedrückt hatte.

Sie tastete nach Nils' Arm, hängte sich bei ihm ein, und als sie sich anschauten, wurde ihr klar, dass er ebenso empfand wie sie. Tiefer Friede erfüllte sie, das Gefühl, dass dieser Moment, diese kalte Winternacht in der Vorweihnachtszeit, die ihr Herz so sehr erwärmte, ihr immer in Erinnerung bleiben würde.

»Danke!«, sagte sie leise zu Nils, als die letzten Töne verklungen waren.

»Ich wusste, dass es dir gefällt. Auf der Suche nach nächtlichen Fotomotiven bin ich zufällig auf diese Kirche gestoßen, in der der Chor abends probt. Sollen wir reingehen? Die Sänger haben nichts gegen Zuhörer.«

Malin schüttelte den Kopf. »Ich möchte einfach ein bisschen hier stehen bleiben und lauschen.«

Nils lächelte, und Malin war sicher, dass er sie verstand.

Knut begleitete sie wieder zurück zum Haus, nahm dankbar seine Belohnung in Form einer Möhre entgegen und machte sich dann auf den Heimweg.

Malin beobachtete ihn durchs Fenster. Seine schlaksigen Beine, auf denen der mächtige Körper hin und her schwankte, brachten sie zum Lächeln. Er wirkte majestätisch mit dem hoch erhobenen Kopf und dem mächtigen Geweih. Obwohl es mitten in der Nacht war, erhellte der Schnee die Landschaft.

Ich möchte hier nie wieder weg!

Malin lächelte wehmütig. Sie fühlte sich inzwischen so wohl hier, verbunden mit der Landschaft und den Menschen, als hätte sie immer schon in Orrviken gelebt. Dabei war sie erst seit ein paar Wochen hier.

Und plötzlich wurde ihr klar, dass sie nicht bleiben konnte. Irgendwann würde herauskommen, warum sie hier war. Es musste nur jemand das *Dagbladet* lesen. Gretas Briefe, die Berichte über Anders' Treffen mit den Frauen …

Zwei Lichtkegel fraßen sich durch die Nacht, kamen den schmalen Weg herauf. Malin beugte sich ein wenig vor und konnte erkennen, dass es Anders' Wagen war.

Auch diesmal hielt er vor dem Ferienhaus und stieg aus dem Wagen, um Ulrika die Tür zu öffnen. Als er zum Haus schaute, hinauf zu ihrem Fenster, trat Malin erschrocken einen Schritt zurück.

Sie presste ihre Hand auf ihr wild schlagendes Herz und brauchte ein paar Sekunden, bis sie sich wieder ans Fenster traute.

Er hat mich nicht gesehen, beruhigte sie sich selbst. *Es ist unmöglich, dass er mich hinter der dunklen Fensterscheibe bemerkt hat.*

Sie schaute wieder hinunter und spürte, wie alles in ihr erstarrte. Anders hielt Ulrika in den Armen und küsste sie leidenschaftlich …

Das Bild ließ Malin bis zum Wochenende nicht mehr los. Wenn es zu sehr schmerzte, erinnerte sie sich an den Moment vor der Kirche, an die glasklare Mädchenstimme. Nicht einmal Nils hatte sie bisher erzählt, was sie gesehen hatte.

Anders und Ulrika!

Sie musste an den Abend denken, an dem er sie fast geküsst hätte. Wie sie seinen Atem gespürt, wie sein Gesicht sich dem ihren genähert hatte. Sie schloss die Augen, immer noch in Erwartung des Kusses, den sie nie bekommen würde.

Aber Ulrika küsste er …

Am Samstag hielt sie es nicht mehr aus. Nils war wieder unterwegs auf Motivsuche, und Ulrika hatte sich auf ihr Zimmer zurückgezogen. Malin zog sich warm an und verließ das Haus, um nach Orrviken zu gehen. Wie bei ihrem nächtlichen Spaziergang mit Nils war auch diesmal plötzlich Knut da und begleitete sie bis ins Dorf.

»Ach, Knut!« Sie zog einen Handschuh aus und strich ihm über die Nüstern.

Der Elch schien das zu genießen und hielt ganz still.

»Dich werde ich auch vermissen, wenn ich nicht mehr hier bin. Aber du musst dir keine Sorgen machen, nebenan bei Stig wirst du auch weiterhin deine Möhren bekommen. Und ich wette, die Gäste, die nach mir ins Ferienhaus kommen, werden dich auch ins Herz schließen.«

Knut folgte ihr wie ein Schoßhund, als sie weiterging. Am Tag waren die Straßen belebt, und Malin und der Elch wurden lachend begrüßt. Knut kannten alle, aber viele der Menschen kannten inzwischen auch ihren Namen.

»Hej, Malin! Hej, Knut!«

Malin grüßte zurück, lachte, obwohl ihr das Herz schwer war, und wieder war da dieser Gedanke, dieser eine ganz große Weihnachtswunsch, der unerfüllbar war: *Ich möchte hier nie wieder weg!*

20

Am Sonntag überlegte Malin, ob sie sich einfach eine Ausrede einfallen lassen sollte, um nicht nach nebenan gehen zu müssen.

»Du kommst auf jeden Fall mit«, sagte Nils bestimmt. »Wir gehen beide rüber.«

»Ich will aber nicht«, jammerte Malin. »Ich möchte nicht noch einmal mitansehen müssen, wie Anders Ulrika küsst und ...« Erschrocken brach sie ab.

»Er hat Ulrika geküsst?« Nils nickte verständnisvoll. »Deshalb bist du die letzten Tage so schräg drauf.«

»Ich bin doch nicht schräg drauf!«, protestierte Malin.

»Aber anders als sonst.« Nils schaute sie aufmerksam an. »Stiller und irgendwie traurig. Glaubst du wirklich, dass Anders sich auf so eine hohle Pute wie Ulrika einlässt?«

»Er hat sich doch schon auf sie eingelassen«, sagte Malin leise. »Dabei hat er mir erklärt, dass es nach Kerstin nie wieder eine Frau für ihn geben wird. Und jetzt? Ausgerechnet Ulrika!«

»Wir gehen nach nebenan!«, sagte Nils sehr bestimmt. »Und du wirst dir gefälligst nichts anmerken lassen.« Er wartete ihre Antwort erst gar nicht ab, sondern fügte hinzu: »So weit kommt es noch, dass wir Ulrika das Feld überlassen.«

Als sie am Frühstückstisch saßen, kam Lasse herüber. Malin war überrascht. Der Junge war noch nie ohne seine Schwestern bei ihr gewesen.

»Du hast mir doch von dem Buch erzählt, dass du als Junge so gern gelesen hast«, sagte er zu Nils.

Auch Nils wirkte überrascht, musste sogar einen Moment nachdenken. »Du meinst *Nils Holgersson?*«, fragte er schließlich.

»Genau!«, rief Lasse begeistert aus. »Ich hatte den Titel vergessen. Ich will mir das zu Weihnachten wünschen.«

Das hätte er Nils auch später fragen können, dachte Malin. Sie war überzeugt davon, dass Lasse keineswegs wegen des Buchtitels gekommen war.

Der Junge verabschiedete sich, doch an der Tür wandte er sich noch einmal um. »Kann ich mal ganz schnell bei euch ins Bad?«

Malin und Nils warfen sich einen Blick zu. Auch Nils schien zu spüren, dass etwas nicht stimmte. Nur Ulrika war ahnungslos.

»Beeil dich!«, rief sie dem Jungen zu. »Ich muss auch gleich ins Bad.«

»Klar!« Lasse rannte nach oben.

Malin wartete noch einen Augenblick, dann hielt es sie nicht mehr auf ihrem Stuhl. Sie stand auf und ging ebenfalls nach oben. Sie sah gerade noch, wie Lasse aus Ulrikas Zimmer kam.

»Was hast du in Ulrikas Zimmer zu suchen?«

»Ich hab mich vertan. Ich dachte, da ist das Bad.« Lasse rannte bereits zur Treppe.

»Aber ...«

»Bis gleich!« Lasse ließ sich nicht mehr aufhalten. Er stürmte nach unten und lief aus dem Haus.

Kopfschüttelnd schaute Malin ihm nach. Zweifellos hatte der Junge etwas angestellt. Aber was?

Sie ging in Ulrikas Zimmer, konnte aber nichts feststellen. Das Bett war noch so, wie Ulrika es verlassen hatte. Am Schrank hing ein rotes, tief dekolletiertes Kleid, das sie wahrscheinlich für das Mittagessen ausgewählt hatte. Ziemlich unpassend für ein Familienessen, fand Malin, aber das war schließlich Ulrikas Angelegenheit.

Sie schloss die Tür und ging wieder nach unten. Dabei nahm sie sich fest vor, Lasse nachher unter vier Augen noch einmal zu fragen, was er in Ulrikas Zimmer gemacht hatte.

Ulrikas Gesichtsausdruck, als sie begriff, dass Malin und Nils mit ihr zusammen das Haus verlassen wollten, war sehenswert.

»Was habt ihr denn vor?«

»Wir begleiten dich«, erwiderte Nils seelenruhig.

»Also bitte, das geht überhaupt nicht. Anders hat mich zum Essen mit der Familie eingeladen.«

»Und Stig hat *uns* zum Essen mit der Familie eingeladen.« Nils wandte sich fragend an Malin. »Hast du Ulrika nichts davon erzählt?«

Malin schüttelte den Kopf und schaffte es nur mit Mühe, nicht loszulachen.

»Dann haben wir wohl beide vergessen, es dir zu erzählen«, stellte Nils fest. »Können wir dann? Wir wollen doch nicht zu spät zum Essen kommen.«

Offensichtlich hatten Stig und Tilda nebenan ebenfalls vergessen, Anders zu informieren. Auch seine Miene drückte große Überraschung aus, als sie zu dritt vor der Tür standen.

Dafür freuten sich die Kinder umso mehr. Sie kamen herbeigelaufen, machte alle drei einen großen Bogen um Ulrika und stürzten sich auf Malin und Nils.

»Komm mit, ich muss dir was zeigen.« Lasse griff nach Nils' Hand und zog ihn mit sich.

»Lasse hat Papa gesagt, dass er das Seeungeheuer ist. Papa hat den Lasse aber nicht gehaut«, berichtete Emilia. »Der hat nur ganz doll viel Hausrest gekriegt.«

Malins Blick flog zu Anders, der Ulrika gerade aus dem Mantel half. Sie war die Einzige, die sich für das kurze Stück zwischen den beiden Häusern warm eingepackt hatte.

Ulrika drängte sich an Anders. »Mir ist so kalt«, sagte sie. »Du musst mich wärmen!«

Malin entging nicht, dass Anders einen schnellen Blick auf seine Töchter warf. Emilia hatte nichts bemerkt, aber Greta bedachte Ulrika mit finsteren Blicken.

»Tilda hat ganz viel Rentiergulasch gemacht. Und Pudding.« Emilia breitete die Arme aus und beschrieb einen großen Kreis. »Sooo viel.«

Ulrika zog eine Grimasse. »Ich mag kein Rentier, und Pudding esse ich schon mal gar nicht. Zu viele Kalorien.«

Emilia stemmte die Hände in die Hüften. »Tilda hat gesagt, bei uns wird gegesst, was auf den Tisch kommt!«

»Genau«, pflichtete Greta ihrer Schwester bei. Ihre Lippen verzogen sich zu einem spöttischen Grinsen. »Papa hat Tilda nämlich gesagt, dass du kein Fleisch isst.«

»Ja, habe ich!« Anders zog ärgerlich die Brauen zusammen. »Wahrscheinlich hat sie das vergessen. Oder sie hat mich falsch verstanden und glaubt, dass du Rentier besonders gern magst.«

Malin wusste, dass Tilda sich da keineswegs verhört hatte, und sie sah Anders an, dass ihm das ebenfalls bewusst war. Er war sichtlich wütend, aber offenbar nicht nur auf Tilda. Als sich ihre Blicke begegneten, funkelte er sie wütend an.

Malin war froh, als Stig dazukam und sie mit einer freundlichen Umarmung begrüßte.

Zur Feier des Tages war der Tisch im Esszimmer gedeckt. Emilia bestand darauf, dass Malin rechts neben ihr Platz nahm, während der Stuhl links von ihr für Frida frei blieb. Nils saß zwischen Malin und Lasse.

Lasse zog eine Grimasse, als Ulrika sich ausgerechnet neben ihn setzte. Anders nahm zwischen ihr und Greta Platz, während Stig nach nebenan in die Küche ging, um einen weiteren Stuhl zu holen.

»Wir haben hier doch genug Stühle«, sagte Ulrika und wies auf die beiden freien Plätze neben Emilia.

»Hier sitzt Frida«, rief Emilia und wies auf den Stuhl neben sich.

Offenbar war Ulrika bereits über die imaginäre Frida informiert worden. Trotzdem wunderte sie sich offensichtlich darüber, dass Stig jetzt einen zusätzlichen Stuhl an den Tisch stellte. »Es ist doch noch ein Platz für dich frei.« Sie lächelte spöttisch. »Neben der ominösen Frida.«

Emilia starrte Ulrika böse an. »Du bist selbst eine Omi-Nuss.«

»Emilia!«, ermahnte Anders sie.

»Sie soll Frida in Ruhe lassen!«, sagte Emilia aufgebracht.

Wahrscheinlich wollte Stig für Ruhe sorgen, als er sagte: »Der zusätzliche Stuhl ist für Tilda.«

Ulrika schnappte nach Luft. »Ihr sitzt zusammen mit dem Personal an einem Tisch?«

Gespanntes Schweigen setzte ein, zumal Tilda gerade mit einer vollen Schüssel den Raum betrat und Ulrikas Worte gehört hatte.

»Hast du etwas dagegen?« Stig stellte die Frage ganz ruhig, aber seine Augen funkelten Ulrika wütend an.

Ulrika schien zu spüren, dass sie zu weit gegangen war. Sie schüttelte den Kopf, kratzte sich dabei am Arm und brachte ein sichtlich bemühtes Lächeln zustande. »Nein, nein«, behauptete sie und kratzte sich jetzt den anderen Arm.

Malin stand auf und ging zusammen mit Tilda in die Küche, um die restlichen Schüsseln zu holen. »Es tut mir leid«, entschuldigte sie sich an Ulrikas Stelle.

Tilda lächelte. »Dir muss das nicht leid tun, und Anders ist ein Idiot.«

Malin schwieg.

»Ist sie wirklich deine Freundin?«, hakte Tilda nach. »Sie passt nämlich ebenso wenig zu dir wie zu Anders.«

»Und doch hat er offensichtlich Gefallen an ihr gefunden«, erwiderte Malin und versuchte, ebenfalls zu lächeln. Es gelang ihr nicht. Tildas Frage überging sie geflissentlich.

»Ich sagte schon, dass Anders ein Idiot ist.« Tilda nahm die Schüssel mit den Kartoffeln und ging zurück ins Esszimmer.

Malin folgte ihr mit der Gemüseplatte. Sie spürte sofort, dass eine angespannte Stimmung herrschte.

»Verdammt, was ist das denn?«, schimpfte Ulrika, die offenbar nicht mehr aufhören konnte, sich zu kratzen.

»Verdammt sagt man nicht!«, musste sie sich von Emilia belehren lassen.

»Ach, halt doch den Mund!«, fuhr Ulrika sie an und kratzte sich jetzt mit beiden Händen den Bauch und den Rücken. Sie war damit so beschäftigt, dass sie Anders' befremdeten Blick nicht zu bemerken schien. Sie kratzte immer heftiger.

Malin bemerkte, dass Lasse und Greta sich grinsend anschauten. Lasse sah auf, seine Miene wurde ernst. Er konnte ihrem Blick nicht standhalten und senkte rasch den Kopf.

»Was ist das nur?« Ulrika konnte kaum noch ruhig sitzen.

»Vielleicht hast du eine Allergie gegen diesen Stoff«, sagte Malin ganz ruhig. »Warum gehst du nicht nach nebenan und ziehst dich um?«

»Red keinen Unsinn!«, fauchte Ulrika. »Ich trage das Kleid nicht zum ersten Mal!«

Wieder schauten Lasse und Greta sich an. Obwohl die Kinder diesmal keine Miene verzogen, schien Ulrika allmählich zu begreifen, wem sie diesen unerträglichen Juckreiz zu verdanken hatte.

»Du!« Sie zeigte mit dem Finger auf Lasse. »Was hast du gemacht?«

Lasse zeigte eine Unschuldsmiene und schüttelte den Kopf. »Nichts«, behauptete er.

»Doch, du musst das gewesen sein.« Es war Ulrika anzusehen, dass der Juckreiz sie völlig fertigmachte. Inzwischen zeigten sich in ihrem Dekolleté rote Flecken. »Du warst doch heute Morgen bei uns im Haus.«

Anders sah seinen Sohn streng an. »Du warst nebenan? Was hast du da gemacht, Lasse?«

»Ich war das«, mischte sich Nils ein. »Ich habe Juckpulver in Ulrikas Kleid verteilt.«

Einen Augenblick war es still am Tisch, und Ulrika hörte vor Überraschung sogar auf, sich zu kratzen. »Du?«, fragte sie gedehnt. »Warum?«

Nils zuckte mit den Schultern, lächelte plötzlich und erwiderte: »Weil du mir schrecklich auf die Nerven gehst.«

»Das erzähle ich Staffan!«, brüllte Ulrika ihn an.

Malin und Nils schauten sich erschrocken an, doch bevor jemand fragen konnte, wer Staffan war, meldete sich Lasse zu Wort.

»Nils war das nicht!« Dankbar wandte sich der Junge an Nils. »Echt cool, dass du mich in Schutz nehmen willst, aber das musst du nicht.« Dann sah er seinen Vater an. »Ich war das. Ich hab heute Morgen Ulrikas Kleid mit Juckpulver bestreut.«

»Und warum, Lasse?« Anders wirkte plötzlich ganz ruhig.

»Weil die gesagt hat, dass sie uns loswerden will, wenn sie mit dir zusammen ist. Und weil sie mir auch schrecklich auf die Nerven geht.«

»So etwas habe ich nie gesagt!« Ulrika hatte wieder angefangen, sich zu kratzen. Ihr Gesicht war hochrot. Ob wegen des Juckreizes oder weil Lasse sie verpetzt hatte, war nicht zu erkennen.

»Hast du wohl!«, schrie Greta sie an. »Ich hab genau gehört, was du gesagt hast. Du willst, dass Papa wieder nach Stockholm zieht und als Regisseur arbeitet. Und du hast gesagt, dass du uns loswerden musst, weil du nicht als Hausmütterchen versauern willst.«

Emilias Unterlippe zitterte. Sie schmiegte ihr Köpfchen an Malins Schulter und sagte: »Wenn Papa uns nicht mehr will, gehe ich mit Frida zu Malin.«

»Wenn Papa mit der da zusammenlebt, will ich sowieso nicht mehr bei ihm bleiben!« Greta wies mit dem Zeigefinger auf Ulrika.

»Ich auch nicht!«, stimmte Lasse sofort zu.

»Wenn die hier einzieht, kündige ich«, brummte Tilda.

»Die zieht hier niemals ein«, bestimmte Stig mit harter Stimme. »Das ist immer noch mein Haus!«

Ulrika kratzte sich an der Schulter. Sie drehte sich zu Anders herum und fuhr ihn an: »Jetzt sag du doch auch endlich was!«

Anders kam ihrem Wunsch prompt nach. »Ehrlich gesagt, gehst du mir auch schrecklich auf die Nerven!«

Lieber Weihnachtsmann,

endlich ist die doofe Ulrika wieder weg! Obwohl ich keine Angst hatte, dass Papa sich wirklich in die verliebt. So doof ist er nicht. Ich glaube, er konnte Ulrika von Anfang an nicht leiden.

Hast du denn keine besseren Frauen zu bieten?

Am liebsten wäre mir immer noch Malin, aber ich glaube, die ist in den Nils verliebt. Oder der Nils in sie. Jedenfalls hat Tilda so etwas zu Opa gesagt.

Leider konnte ich nicht richtig verstehen, was die beiden gesagt haben, weil sie aufgehört haben zu reden, als ich ins Zimmer kam. Das nächste Mal lausche ich an der Tür, dann kann ich dir schreiben, was Sache ist.

Wie gesagt, am allerallerallerliebsten wäre es mir, wenn Papa sich in Malin verliebt. Wenn der Nils auch in sie verliebt ist, dann kannst du dem doch eine neue Frau schicken. Oder? Den Nils finde ich nämlich wirklich sehr nett, und ich will nicht, dass er traurig ist. Aber Malin hätte ich trotzdem lieber für Papa.

Eigentlich ist das alles ganz einfach, du musst es nur endlich richtig machen.

Deine Greta

21

»Die sind wir los!«, sagte Nils zufrieden. Gemeinsam mit Malin schaute er dem Taxi nach, mit dem Ulrika gerade zum Flughafen fuhr. »Das hat Lasse gut hingekriegt!«

»Staffan wird uns den Kopf abreißen«, prophezeite Malin.

»Ach was«, widersprach Nils. »Er wird ein bisschen rumschreien und uns dann die nächste Bewerberin nach Orrviken schicken.«

Nils sollte recht behalten: Zwei Tage vor dem ersten Advent traf Anna Blom ein. Wohl proportioniert, ohne dick zu sein, liebenswert, mit bunten Plastikblümchen im karottenrot gefärbten Haar, das sie hochgesteckt trug. Sie schälte sich aus einem bunten Wollmantel und präsentierte ihr Blümchenkleid, das ein wenig zu eng für ihre üppige Figur war.

Malin starrte fasziniert auf den weißen Häkelkragen. Dass es so etwas noch gab!

»Da bin ich!« Anna breitete die Arme aus, als wollte sie die ganze Welt umarmen.

»Wir haben nur auf dich gewartet«, spöttelte Nils.

Malin stieß ihn leicht in die Seite, aber Anna hatte die Ironie in seiner Stimme offenbar nicht bemerkt.

»Und was machen wir nun?«

»Was genau meinst du?«, erkundigte sich Malin. Auf den ersten Blick fand sie Anna durchaus sympathisch.

»Wie lerne ich jetzt den armen Witwer kennen?« Anna faltete die Hände vor der Brust. »Ach, ich weiß jetzt schon, dass er und ich wie geschaffen füreinander sind. Ich habe mir immer eine Familie gewünscht. Und gleich drei reizende Kinderlein, das ist mehr Glück, als ich mir je vorstellen konnte.«

Nils grinste über das ganze Gesicht. »Ich wette, Anders wird sein Glück auch kaum fassen können, wenn er dich kennenlernt.«

Anna schien Ironie völlig fremd zu sein. »Ja, nicht wahr?«, rief sie begeistert aus. »Das habe ich mir auch schon gedacht. Welche Frau nimmt schon einen Witwer mit drei Kindern?«

Malin und Nils warfen sich einen amüsierten Blick zu.

»Wie sieht er denn aus?« Die Frage brachte Anna in einem verschwörerischen Flüsterton hervor. Dabei schaute sie Malin an.

»Ganz gut«, erwiderte Malin. »Und er ist sympathisch.«

»Ich glaube, ich gehe gleich mal rüber und stelle mich vor«, überlegte Anna laut.

Wieder schauten Malin und Nils sich an.

»Vielleicht solltest du warten, bis Malin dich der Familie vorstellt«, schlug Nils vor.

Anna machte eine wegwerfende Handbewegung. »Ich habe schon viel zu lange auf eine Familie gewartet. Warum sollte ich jetzt noch Zeit verlieren?« Bevor Malin oder

Nils sie aufhalten konnten, drehte sie sich um und ging hinaus. Sekunden später hörten sie die Haustür zufallen.

»Und jetzt?«, fragte Nils.

Malin zuckte mit den Schultern und begann plötzlich zu kichern. »Dieser Anna Blom traue ich alles zu. Wahrscheinlich macht sie Anders gleich einen Heiratsantrag.«

»Das muss ich sehen!« Nils sprang auf. Kurz darauf fiel die Haustür erneut zu.

Und was mache ich jetzt?, überlegte Malin. Ihr Blick wanderte durch den Wohnraum, und ihr wurde plötzlich bewusst, dass am Sonntag bereits der erste Advent war und sie wohl doch über Weihnachten in Orrviken bleiben würde.

Daran hatte sie noch gar nicht gedacht. Ein strahlendes Lächeln zog über ihr Gesicht, als sie die Faust in die Luft stieß, begleitet von einem fröhlichen »Ja!«.

Es war höchste Zeit, das Haus weihnachtlich herzurichten und Geschenke für die Kinder zu kaufen. Nach kurzem Überlegen beschloss sie, auch eine Kleinigkeit für Stig und Tilda zu besorgen.

Und Anders? Sah es nicht komisch aus, wenn sie alle anderen beschenkte, nur ihn nicht?

Und Nils? Blieb er über Weihnachten hier? Auch diese Frage musste sie klären.

Doch als er kurz darauf zurückkehrte, kam sie nicht dazu, ihn danach zu fragen. Er schüttelte sich vor Lachen. »Da hast du was verpasst!«

»Wo ist Anna?«

Nils wies in Richtung Nachbarhaus. »Sie ist noch nebenan und hat gerade den Haushalt übernommen. Tilda kocht.«

»Das Mittagessen?«, hakte Malin verständnislos nach.

»Nein, vor Wut!« Nils musste erneut lachen. »Dabei ist Anna so freundlich und liebenswert, dass sich keiner traut, sie zu stoppen.«

»Du meine Güte!«, rief Malin erschrocken. »Vielleicht sollte ich es mal versuchen, bevor Stig oder Anders sie aus dem Haus werfen.«

»Lass das lieber!«, warnte Nils sie. »Glaub mir, du willst nicht, dass sie hier bei uns das Regiment übernimmt.«

Eine halbe Stunde später klopfte es heftig an der Tür. Als Malin öffnete, stürmte Anders ins Haus.

»Wie viele komische Freundinnen hast du eigentlich?«, wollte er aufgebracht wissen.

Malin stellte sich ahnungslos. »Ich weiß nicht, was du meinst.«

»Komm mit!« Er griff nach ihrem Handgelenk und zerrte sie hinter sich her zu Stigs Haus. Dort schloss er die Tür auf, steckte vorsichtig den Kopf hinein, als wollte er sich vergewissern, dass die Luft rein war, und zog sie hinter sich ins Haus.

Es roch köstlich. Malin lief das Wasser im Mund zusammen, aber Anders stand offensichtlich gerade nicht der Sinn nach Essen. Er führte sie ins Wohnzimmer und machte eine ausholende Handbewegung.

»Das meine ich!« Er sprach leise, aber die Wut in seiner Stimme war unverkennbar.

Malin drehte sich langsam um die eigene Achse. Das Zimmer sah völlig verändert aus. Sie ahnte, dass Anna für diese Bescherung verantwortlich war. »Wie hat sie das in so kurzer Zeit geschafft? Und wo hat sie den ganzen Kram her?«

»Das sind geschätzt vierzig Jahre Weihnachten, die Stig in seinem Keller in Kisten aufbewahrt hat. Ich wünsche ihm von Herzen, dass er es jetzt bedauert, den ganzen Müll nicht entsorgt zu haben.«

In der Tat war das Wohnzimmer ein einziger Weihnachtsalbtraum. Bunte blinkende Sterne hingen am Fenster. Überall standen knallbunte Keramikhäuschen herum, umgeben von grinsenden Porzellanfiguren. Den Fernseher zierte eine Girlande mit roten Schleifen. Ebenso sämtliche Schränke und Regale. Kleine Engel hingen von der Decke und zitterten bei jedem Windhauch.

Malin trat einen Schritt vor und zuckte erschrocken zusammen, als der dicke Weihnachtsmann neben dem Schreibtisch lauthals *Jingle bells* anstimmte. Offenbar hatte er einen Sensor, der auf Bewegungen reagierte.

»Bist du verrückt!«, zischte Anders und zog sie am Arm zurück. Aber es war zu spät, der Weihnachtsmann sang fröhlich weiter und rief Anna auf den Plan.

Sie kam aus der Küche, trug eine weiße Schürze über ihrem Blümchenkleid und schwenkte fröhlich den Kochlöffel. »Wie schön, Malin, du kommst gerade richtig zum Essen.« Fragend wandte sie sich an Anders. »Hast du was dagegen, wenn wir Nils auch dazubitten?«

Anders starrte Anna an, dann wandte er sich an Malin. »Tu doch was!«

Malin wusste selbst nicht, welcher Teufel sie ritt. Sie machte eine ausholende Handbewegung. »Wunderschön, ich bin beeindruckt!«

Anna freute sich sichtlich über dieses Lob. »Ja, nicht wahr? Ich habe mir solche Mühe gegeben. Jedes Haus, in dem Kinderlein leben, sollte zu Weihnachten geschmückt sein. Ich freue mich so auf ihre Gesichter, wenn sie nach Hause kommen!«

Malin freute sich erst einmal über Stigs Gesicht. Er war gerade nach Hause gekommen und wusste offensichtlich noch nichts von der Weihnachtsdekoration. Er blieb mit offenem Mund in der Tür stehen und schaute sich um.

Erst als Tilda dazukam und ihm so heftig zwischen die Schulterblätter stieß, dass er in den Raum taumelte, fand er seine Sprache wieder. »Wer war das?«

Malin und Anders zeigten gleichzeitig auf Anna.

»Ischgeh«, lallte Tilda mit schwerer Zunge. »Dshier haltsch nisch aus.« Sie machte eine so schwungvolle Handbewegung, dass sie auf ihren nicht mehr ganz standfesten Beinen schwankte und sich am Türrahmen festhalten musste. »Du hasch ja ne neue Hauschhälerin.« Sie hob die Hand, schwankte erneut und schloss ein Auge, als sie versuchte, mit dem Finger auf Anna zu zeigen.

»Du meine Güte!«, stieß Anna theatralisch aus. »Ist diese Frau etwa betrunken?«

»Garnisch«, behauptete Tilda. Dann fiel sie vornüber, blieb auf dem Boden liegen und begann sofort zu schnarchen.

»Was machen wir bloß mit ihr?« Die Situation schien selbst Anna zu überfordern.

»Nichts«, erwiderte Stig trocken. »Wir lassen sie liegen, bis sie wieder nüchtern ist.« Er schaute sich um. »Sofern es überhaupt möglich ist, in diesem Zimmer wieder nüchtern zu werden.«

Die Kinder waren begeistert, als sie nach Hause kamen. Von der Dekoration und auch von Anna. Vor allem, weil sie ihnen versprach, in den nächsten Wochen all das zu kochen, was sie gerne mochten.

Anders verzichtete auf das gemeinsame Mittagessen und zog sich mit einer Ausrede zurück, die ihm niemand abnahm. Dafür kam Nils, weil er, wie er sich ausdrückte, das Spektakel auf keinen Fall verpassen wollte.

Alles war gut, bis Anna sagte: »Da lungert ein Elch vor eurem Haus herum.«

Alle folgten ihrem Blick zum Fenster. Draußen stand Knut, und alle wussten, was er wollte. Alle, bis auf Anna.

»Das ist Knut«, sagte Greta stolz. »Der besucht uns immer.«

»Knut ist der allerliebste Elch auf der Welt«, krähte Emilia. »Frida mag den auch.«

Anna schaute mit gerunzelter Stirn auf das Gedeck neben Emilias Teller. Malin hatte ihr erklärt, was es mit der fiktiven Frida auf sich hatte, aber Anna brachte dafür kein Verständnis auf.

»Es gibt keine Frida«, sagte sie jetzt.

Emilias Unterlippe begann zu zittern. Am Tisch herrschte betretenes Schweigen, und das schien selbst Anna aufzufallen.

»Was ist denn?«, fragte sie sichtlich aufgebracht. »Dieses Kind muss einfach in die Realität zurückgeholt werden. Es hilft nichts, ihre Spinnereien noch zu unterstützen. Höchste Zeit, dass sich eine Frau um alles hier kümmert!« Ihr strenger Blick richtete sich auf Stig. »Und damit meine ich nicht diese dicke Frau, die sich als Haushälterin aufspielt und offensichtlich zu viel trinkt. Du solltest sie fristlos entlassen.«

Stig wollte etwas einwenden, aber Anna war noch nicht fertig. Sie fuhr auf ihrem Stuhl herum und zeigte mit dem Finger auf Knut. »Und wenn es nach mir geht, kommt der da ins Gulasch!«

Emilia begann laut zu weinen. »Ich will den Knut nicht essen!«, schrie sie. »Und Frida will das auch nicht.«

Lasse hatte sein Besteck weggelegt und starrte Anna wütend an.

Greta hingegen stand seelenruhig auf, nahm ihren Teller, auf dem noch ganz viele Köttbullar in reichlich Soße schwammen, und leerte ihn über Annas Kopf aus.

Die Soße verteilte sich in Annas Haar, lief ihr übers Gesicht, in den Nacken, bis aufs Blümchenkleid. Die Köttbullar kullerten zu Boden, nur eins blieb in den Plastikblümchen in Annas Haar hängen.

»Ich mag dein Essen nicht«, sagte Greta und stolzierte aus dem Raum.

Emilia hörte schlagartig auf zu weinen, während Lasse Anna fasziniert anstarrte und sich dann Malin zuwandte. »Sag Papa, dass ich das nicht war. Ich hab sowieso schon so viel Hausarrest.«

Malin musste sich zusammenreißen, um ernst zu bleiben. Nils ging es offenbar genauso. Er ließ seine Serviette fallen und tat, als müsste er unter dem Tisch danach suchen. Malin hörte ihn unterdrückt lachen.

»Will denn niemand dieses Kind zur Rechenschaft ziehen?«, empörte sich Anna.

»Nein«, sagte Stig. Er wirkte so aufgebracht, dass selbst Malin das Lachen im Hals stecken blieb. Als er hart mit der Faust auf den Tisch schlug, zuckten alle erschrocken zusammen. »Was fällt dir eigentlich ein? Du kennst uns nicht, hast uns noch nie gesehen und fällst hier ein, als würde alles dir gehören.«

»Und das nach allem, was ich für euch getan habe!«, rief Anna gekränkt. Mit der Soße im Gesicht und den Köttbullar im Haar bot sie einen kuriosen Anblick.

»Niemand hat dich darum gebeten«, grollte Stig. »Und es wäre nett, wenn du jetzt gehst und dieses Haus nach Möglichkeit nie mehr betrittst.«

»Na toll!«, entfuhr es Nils, der inzwischen wieder unter dem Tisch hervorgekommen war. »Staffan wird uns vierteilen!«

Stigs Kopf fuhr herum. »Schon wieder dieser Staffan! Wer zum Teufel ist das? Und was hat der mit uns zu tun?«

22

Staffan tobte.

»Sie war nicht einmal vierundzwanzig Stunden bei euch. Gratulation, das ist Rekord!«

Malin hatte das Handy laut gestellt, damit Nils mithören konnte.

»Genau genommen war sie gerade einmal fünf Stunden hier«, flüsterte Nils.

»Das tut mir leid, Staffan, aber es war nicht unsere Schuld«, erwiderte Malin bestimmt und erzählte ihm, was passiert war.

»Komisch«, wunderte sich Staffan. »Dabei hat sie wirklich einen netten Eindruck gemacht.«

»Ja, das dachte ich anfangs auch«, bestätigte Malin.

»Vielleicht sollten wir die ganze Sache abbrechen.« Es war das erste Mal, dass dieser Vorschlag von Staffan kam.

Malin war erschrocken. Sie wollte nicht weg. »Gibt es denn keine weiteren Bewerberinnen?«

»Wir haben noch eine, aber ich bin mir nicht sicher, ob es sich lohnt, sie nach Orrviken zu schicken. Die ganze Sache wird allmählich zu teuer.« Staffans Wut schien verraucht, als er sich jetzt ernsthaft Gedanken darüber machte, wie es weitergehen sollte. »Ich muss das hier klären«, sagte er. »Ich sage euch dann Bescheid, ob wir weitermachen.«

Nils zuckte nur mit den Schultern. Wahrscheinlich war es ihm egal, ob er nach Trelleborg zurückmusste, obwohl Malin den Eindruck hatte, dass auch er sich in Orrviken ziemlich wohl fühlte.

»Tut mir übrigens leid, dass ich mich eben verquatscht und Staffans Namen genannt habe«, sagte Nils.

Stig war misstrauisch geworden, und Malin war sich nicht sicher, ob er Nils seine gestammelte Erklärung abgenommen hatte. Angeblich handelte es sich bei Staffan um einen gemeinsamen Freund. Allerdings konnten sie beide nicht erklären, weshalb dieser Freund sich darüber aufregen sollte, dass Stig Anna aus dem Haus geworfen hatte.

»Ich finde es schrecklich, Anders und seine Familie belügen zu müssen«, sagte Nils. »Deshalb wäre es mir tatsächlich ganz recht, wenn Staffan uns nach Hause schickt.«

»Ja, ich weiß genau, was du meinst.« Malin stieß einen tiefen Seufzer aus. »Trotzdem wünsche ich mir so sehr, über Weihnachten hierzubleiben.« Fragend schaute sie Nils an. »Du nicht?«

Nils schüttelte den Kopf. »Weihnachten ohne Familie geht für mich überhaupt nicht. Ich fahre nach Hause zu meinem Vater, meiner Stiefmutter und meinem Halbbruder.«

»Macht es dir gar nichts aus, dass sich dein Vater nach dem Tod deiner Mutter in eine andere Frau verliebt hat?«

Nils betrachtete sie eine Weile schweigend. »Nein, ich habe mich für ihn gefreut«, sagte er schließlich. »Außerdem mag ich Carina, und ich bin froh, dass es Janne gibt.«

Malin nickte nachdenklich.

»Anders ist auch Witwer«, sagte Nils leise. »Stell dir vor, er verliebt sich in dich und eines seiner Kinder lehnt dich ab.«

Malin holte tief Luft und war froh, dass sie nicht länger darüber nachdenken musste, weil es an der Tür klopfte. Nils ging hinaus und kam kurz darauf mit Stig zurück.

»Es tut mir leid!« Stig wirkte peinlich berührt. »Ich hätte mich Anna gegenüber besser beherrschen müssen, sie ist schließlich deine Freundin, Malin.«

Malin schüttelte den Kopf. »Du hast dich genau richtig verhalten. Ich muss mich entschuldigen. Ich hätte sie daran hindern müssen, sich so danebenzubenehmen. Es tut mir wirklich leid, Stig! So eine besonders gute Freundin ist sie nun auch wieder nicht.« Malin machte eine kurze Pause und fragte dann vorsichtig: »Soll ich euch helfen, den weihnachtlichen Deko-Albtraum zu beseitigen?«

»Wenn du es schaffst, die Deko auf ein erträgliches Maß zu reduzieren, ohne dass die Kinder enttäuscht sind, wäre das sehr schön. Denen gefällt es nämlich.« Nach einer kurzen Pause fügte Stig hinzu: »Was möglicherweise daran liegt, dass Weihnachten bei uns in den letzten Jahren ein bisschen untergegangen ist.«

»Ich komme später vorbei«, versprach Malin. »Den Kindern wird es bestimmt gefallen, wenn sie beim Schmücken helfen dürfen.«

Stig wandte sich zum Gehen. An der Tür drehte er sich noch einmal um. »Es ist gut, dass du da bist! Für uns alle!«

Er lächelte ihr zu, dann ging er.

★

Anders tigerte unruhig durch sein Schlafzimmer. Seit Malin nebenan eingezogen war, geriet sein Leben völlig aus den Fugen – und das lag nicht nur an den seltsamen Frauen, die ihretwegen hier auftauchten.

Es war dieses verbotene Glücksgefühl, das er in Malins Gegenwart empfand und das sich sofort in ein Schuldgefühl wandelte, sobald er an Kerstin dachte.

Er trat ans Fenster, schaute hinaus in das endlose Weiß, aber alles, was er sah, war Malins Gesicht.

Ich muss ihr aus dem Weg gehen, dachte er. *Ich darf sie nicht ständig sehen*.

Verdammt, wann kehrte sie endlich zurück nach Trelleborg? Er konnte sich schließlich nicht ewig in seinem Zimmer verstecken …

… und eigentlich wollte er das auch nicht.

Nach Kerstins Tod war es ihm so vorgekommen, als wäre auch in ihm etwas gestorben. Für alle Zeiten, so hatte er geglaubt. Und nun spürte er, wie ihn das Leben lockte.

Plötzlich vernahm er lautes Lachen und Jauchzen. Als er aus dem Fenster schaute, sah er seine Kinder, die zusammen mit Malin und Nils einen Schneemann bauten. Er bemerkte selbst kaum, dass sich sein Mund zu einem Lächeln verzog. Seine Kinder waren glücklich, und das war alles, was zählte.

Lieber Weihnachtsmann,

ich hätte nicht gedacht, dass du uns eine noch schlimmere Frau als Ulrika schicken kannst. Und auf den ersten Blick war Anna auch ganz nett.

ABER SIE WOLLTE KNUT FRESSEN!!!

Kannst du dir das vorstellen? Zum Glück hat Opa sie rausgeschmissen.

Lieber Weihnachtsmann, ich hoffe, du bist nicht böse auf mich, weil ich die ollen Köttbullar über Anna ausgeschüttet habe. Ich mach so was nie wieder, versprochen! Aber schick uns doch bitte endlich die richtige Frau.

Obwohl, eigentlich ist die ja schon da. Ich wünschte nur, du würdest das auch endlich erkennen. Und Papa auch.

Deine Greta

23

In der vergangenen Woche hatte Malin zusammen mit den Kindern gebastelt und nicht nur Stigs Haus eine neue weihnachtliche Dekoration verpasst, sondern auch das Ferienhaus geschmückt.

Nils war viel mit Anders unterwegs. Die beiden Männer schienen sich gut zu verstehen, und zwischen ihnen entwickelte sich allmählich eine richtige Männerfreundschaft. Anders zeigte Nils besonders malerische Stellen in und um Orrviken, und Nils war davon überzeugt, hier die besten Fotos seines Lebens zu machen.

Staffan hatte sich nicht mehr gemeldet, und auch die noch verbliebene Bewerberin war bisher nicht eingetroffen. Hin und wieder rief Ella an und berichtete, dass die nächste Kandidatin gerade anderweitig beschäftigt war und sich ihre Ankunft noch ein wenig verzögern würde.

Ella wirkte bei diesen Anrufen verändert. Zu Malins Überraschung konnte sie richtig freundlich sein und verzichtete sogar auf gemeine Spitzfindigkeiten.

»Wie geht es dir?«, fragte sie bei ihrem heutigen Anruf sogar.

Malin war zuerst sprachlos, dann hakte sie nach: »Bist du sicher, dass du mich meinst? Also, du sprichst gerade mit deiner lieben Kollegin Malin in Orrviken.«

»Mir ist durchaus bewusst, welche Nummer ich gewählt habe.« Ella lachte. Freundlich, nicht ironisch.

»Sag du mir lieber, wie es dir geht«, sagte Malin daraufhin.

»Ich melde mich wieder, sobald ich weiß, wann die nächste Bewerberin nach Orrviken kommt«, sagte Ella, ohne auf Malins Frage einzugehen. »Bis bald!«

Damit war das Gespräch beendet.

Der erste Advent wurde einer der schönsten Tage in Orrviken. Malin lag noch im Bett, als es unten an der Tür klopfte. Und dann hörte sie Emilia laut rufen.

»Maaaaaliiin! Niiiiiiils!«

Sie stand auf, aber Nils war vor ihr an der Tür. Malin hörte leise Stimmen, doch als sie aus dem Zimmer kam, war Emilia bereits wieder weg.

»Anders hat uns zum Adventsfrühstück eingeladen«, sagte Nils statt einer Begrüßung. »Schaffst du das in einer halben Stunde?«

Malin huschte an ihm vorbei ins Badezimmer und lachte über seinen empörten Blick. »Bin gleich fertig!«, rief sie.

»Das behauptet ihr Frauen immer und braucht dann Stunden«, gab er zurück.

Dicke Flocken fielen vom Himmel, als sie nach nebenan gingen. Es roch nach gebratenem Speck und Kaffee. Malin lief das Wasser im Mund zusammen.

Die ganze Familie war in der Küche versammelt. Tilda stand am Herd und drehte die Speckscheiben in einer Pfanne um. In einer zweiten Pfanne waren Spiegeleier.

Anders füllte die Tassen der Kinder mit warmem Kakao.

Er sah auf und lächelte. »Schön, dass ihr da seid! Setzt euch.«

»Super, so ein Frühstück hatte ich schon lange nicht mehr«, freute sich Nils. »Womit haben wir diese Einladung verdient?«

»Eigentlich hat das nur Malin verdient, weil die mit uns gebastelt und das Haus geschmückt hat«, klärte Emilia ihn auf. »Aber wir geben dir trotzdem was ab.«

Nils stupste mit dem Finger lachend gegen ihre Nase. »Nett von dir, dass du mich nicht verhungern lässt.«

Später gingen sie alle zusammen zum Weihnachtsmarkt nach Orrviken. Sogar Tilda kam auf Stigs ausdrücklichen Wunsch hin mit.

Der Himmel war bleigrau und ließ die Lichter des Weihnachtsmarktes besonders hell leuchten. Frische Lebkuchen, Waffeln und Glögg verströmten einen verführerischen Duft. Tilda, Stig und Nils blieben am Glöggstand neben dem geschmückten Weihnachtsbaum stehen, während Malin und Anders mit den Kindern weitergingen.

Emilia wollte unbedingt eines der bunten Dalapferdchen haben. Anders kaufte es ihr und gab den beiden Großen etwas Geld, damit sie sich ebenfalls etwas aussuchen konnten.

»Das ist, als wären wir wieder eine richtige Familie«, sagte Greta plötzlich.

Malin spürte, dass Anders erstarrte. Alle Freude, die er eben noch ausgestrahlt hatte, schien von ihm abzufallen.

»Irgendwie sind wir das doch auch«, sagte sie zu Greta. »Du und deine Geschwister, dein Vater und Stig, ihr seid eine Familie. Und ein bisschen gehören Tilda, Nils und ich jetzt auch dazu.«

Anders schien sich zu entspannen. Dankbar lächelte er sie an.

Auch Greta nickte, aber ihr war anzusehen, dass sie sich etwas anderes gewünscht hätte.

Als sie zurück zum Glöggstand kamen, hatten die anderen drei offensichtlich schon einige Gläser getrunken. Tilda hob ihr Glas und stimmte *Hej tomtegubbar* an. Nils war der Erste, der mit einfiel, nach und nach folgten andere Weihnachtsmarktbesucher. Plötzlich spielte jemand Gitarre.

Malin ließ sich mitziehen. Zusammen mit Nils und wildfremden Menschen tanzte sie um den Weihnachtsbaum neben dem Stand. Sie freute sich, als sie sah, dass auch die Kinder mittanzten, und dann fiel ihr Blick auf Anders. Er stand etwas abseits und lächelte wehmütig. Sie blieb stehen, während die anderen weitertanzten, konnte den Blick nicht von ihm abwenden. Sie fragte sich, ob ihm überhaupt bewusst war, dass er lächelte.

Alles in ihr drängte danach, zu ihm zu gehen, ihn in den Arm zu nehmen …

Eine Hand griff nach ihrer. Ein fremdes Gesicht lächelte sie an, und sie wurde wieder in die tanzende Menge gezogen.

★

Die Zeiten hatten sich verwischt, es war wie früher gewesen. Anders war das nicht aufgefallen, bis Greta die Bemerkung gemacht hatte, dass sie wie eine richtige Familie wären.

Genau so hatte er es auch empfunden, es war ihm aber nicht bewusst gewesen. Doch bei Gretas Worten hatte er wieder brennende Gewissensbisse verspürt. Es war, als würde er Kerstin verraten! Als hätte er sie vergessen.

Kaum waren sie wieder zu Hause, nahm er ihr Foto aus der Schublade des Nachtschränkchens, umklammerte den Rahmen, ohne Halt zu finden, und starrte verzweifelt auf das geliebte Gesicht.

»Warum hast du mich allein gelassen?«, brach es aus ihm heraus. »Warum hast du die Kinder und mich im Stich gelassen?«

Er wusste, dass er ungerecht war. Kerstin hatte den schrecklichen Unfall, der sie aus dem Leben gerissen hatte, nicht verschuldet.

Er legte die Stirn auf das Foto, schloss die Augen, spürte aber nichts als kühles Glas. In Gedanken sah er ein Gesicht vor sich. Doch es war nicht Kerstins Gesicht, sondern das einer Frau, die regungslos inmitten einer Gruppe tanzender Menschen stand und ihn anschaute. In ihren Augen spiegelten sich seine eigenen Gefühle wider.

Anders riss die Augen auf. Er wollte das nicht sehen, wollte diese Gefühle nicht zulassen. Lange verharrte er mit Kerstins Foto in den Händen, um sich ihr Gesicht ganz genau einzuprägen. Immer wieder sagte er sich, dass es für ihn nur diese eine Frau gegeben hatte und nie eine andere geben würde.

Diesmal legte er das Foto nicht zurück in die Schublade, sondern stellte es auf dem Nachttisch neben seinem Bett auf. Bisher war es ihm unmöglich gewesen, ständig Kerstins Gesicht zu sehen. Jetzt konnte er es ansehen, ohne dass ihn der Schmerz übermannte. Und genau das verstärkte seine Gewissensbisse bis zur Unerträglichkeit.

Lieber Weihnachtsmann,

heute war so ein schöner Tag! Der schönste erste Advent, seit Mama nicht mehr bei uns ist. Ich glaube, dass sie vom Himmel aus zuguckt und sich darüber freut, dass wir alle mal wieder richtig fröhlich waren.

Sogar Papa hat ganz viel gelacht, und dann hat er die Malin plötzlich so komisch angeguckt. Und die Malin hat aufgehört zu tanzen und ihn auch so komisch angeguckt. Und da hab ich mich noch viel mehr gefreut.

Ist Malin vielleicht doch die richtige Frau für Papa? Ich glaube das ganz fest, und weil du keine andere Frau mehr geschickt hast, wünsche ich mir so sehr, dass wir Malin behalten dürfen. Für immer.

Bitte, bitte, bitte schick uns keine anderen Frauen mehr! Und schon gar nicht solche wie Ulrika und Anna.

Weil ich mich so gefreut habe und dir dafür danken will, schicke ich dir Tildas Pfefferkuchenrezept. Tilda sagt, die Tage bis Weihnachten sind Pfefferkuchentage. Sie backt die allerbesten Pfefferkuchen auf der ganzen Welt, aber du darfst keinem sagen, dass ich dir das Rezept verraten habe. Tilda sagt nämlich immer, dass es ein Familiengeheimrezept ist.

Hier also das Rezept:

Du musst 100 g Honig in eine Pfanne geben und heiß machen. Dann nimmst du die Pfanne vom Herd und gibst 100 g Butter und 75 g Zucker dazu. Du musst ganz doll rühren, bis die Matsche nur noch lauwarm ist. Vorsichtig mischst du da noch 1 Ei rein.

Jetzt kommen noch andere wichtige Sachen dazu: 250 g Mehl, 1 Teelöffel Backpulver, 1 Teelöffel gemahlener Ingwer, 1 Teelöffel gemahlener Kardamom, ½ Teelöffel gemahlene Nelken, 1 Teelöffel Zimt und 1 Prise Salz. Das wird alles vermischt und kommt auch in die Buttermatsche. Dann kannst du einen schönen glatten Teig daraus kneten.

Bevor du weitermachst, musst du den Teig zudecken und 2 Stunden in den Kühlschrank stellen. Danach kannst du ihn ausrollen und Plätzchen ausstechen.

Die Pfefferkuchen werden ungefähr 8–10 Minuten bei 180 Grad gebacken, bis sie schön braun sind.

Mmh, das riecht so gut, wenn die frisch gebacken sind! Aber du darfst sie noch nicht sofort essen. Wenn sie noch heiß sind, bestreichst du die Pfefferkuchen mit Sahne. Und wenn sie abgekühlt sind, kannst du Zuckerguss und Zuckerperlen draufmachen, damit sie schön aussehen.

Emilia, Lasse und ich trinken immer Kakao oder Milch dazu. Opa mag sie am liebsten zum Kaffee, aber Tilda sagt, zu Pfefferkuchen gehört Glögg.

Ich finde, jeder muss selbst wissen, wie er sie am liebsten mag. Außerdem hat Papa gesagt, dass ich auf keinen Fall Glögg trinken darf. Und so wie der riecht, mag ich den wahrscheinlich sowieso nicht, auch wenn Tilda davon immer ganz lustig wird.

Du kannst mit dem Rezept ungefähr dreißig Plätzchen backen, aber vielleicht machst du gleich mehr, weil die Weihnachtswichtel ja ganz bestimmt auch welche haben wollen.

Viele Grüße und schöne Pfefferkuchentage!
Deine Greta

24

Malin konnte sich nicht daran erinnern, wann sie die Vorweihnachtszeit jemals so genossen hatte. Der knirschende Schnee unter ihren Füßen, die Kälte draußen und im Gegensatz dazu die Wärme im Haus. Sie gehörte inzwischen fest zur Dorfgemeinschaft, ebenso wie Nils, und sie genoss es sehr.

Wenn es nach Malin gegangen wäre, hätte es ewig so weitergehen können – doch stattdessen kam Annelie Eknäs. Und die stellte die ersten beiden Kandidatinnen in jeder Hinsicht in den Schatten.

»Sie! ist! da!«

Nils stand frühmorgens neben Malins Bett. Obwohl sie noch im Halbschlaf war, entging ihr die besondere Betonung seiner Worte nicht. Sie richtete sich auf, ungehalten, weil es gerade mal sechs Uhr war und sie gerne noch ein paar Stunden geschlafen hätte.

»Wer ist da?«, fragte sie verständnislos.

»Die Neue!«

Malin kapierte immer noch nicht.

»Anders' Zukünftige! Ich bin mal gespannt, wie er auf sie reagiert. Sie ist …« Nils suchte vergeblich nach den richtigen Worten und gab es schließlich auf. »… unbeschreiblich. Das musst du selbst gesehen haben.«

Er hatte es geschafft: Malins Neugierde war stärker als ihre Müdigkeit. Sie stand auf, murrte dabei aber: »Seit ich in Orrviken bin, werde ich ständig in den frühen Morgenstunden aus dem Bett geholt.«

»Hör auf zu meckern!« Nils lachte. »Die letzten Tage waren ja wohl der reinste Urlaub.«

Malin folgte Nils, so wie sie war, nach unten. In ihrem alten, dafür aber sehr bequemen Schlafanzug. Sie bereute es in dem Moment, als sie Annelie Eknäs gegenüberstand.

Annelie überragte Malin um einen ganzen Kopf. Ihr kurzes Haar war weißblond gefärbt, ihre Augen dunkel umrandet. Sie schob sich gerade eine Zigarette zwischen die blutroten Lippen, nahm sie aber wieder aus dem Mund, als Malin zusammen mit Nils ins Zimmer kam.

»Na endlich!«, sagte sie ungehalten.

Malin wollte gerade einwenden, dass sie um diese Zeit normalerweise noch schlief, als etwas rosig-quiekendes unter dem Sofa hervorschoss. Ein Ferkel!

Ein Ferkel?

»Das ist Schnitzel«, erklärte Annelie. »Den musste ich mitbringen.«

»Du nennst das Ferkel *Schnitzel?*«

»Damit es nicht vergisst, wofür es bestimmt ist«, sagte Annelie. »Ich nenne alle meine Ferkel so.«

»Du ziehst sie groß und isst sie dann auf?« Malin war fassungslos. Sie schaute zu Nils, der grinsend an der Tür stand. »Sag mir, dass ich das alles nur träume!«

Nils schüttelte den Kopf.

»Zeig du Annelie ihr Zimmer, ich gehe wieder ins Bett«, sagte sie müde zu ihm und ging nach oben.

Kaffeeduft zog durchs Haus, als Malin zwei Stunden später aufwachte. Nach einer ausgiebigen Dusche ging sie nach unten, wo sie von dem begeisterten Schnitzel erwartet wurde. Das Ferkel empfing sie an der Treppe und wuselte auf dem Weg in die Küche um sie herum.

Malin traute ihren Augen nicht, als sie Annelie erblickte. Sie saß am Küchentisch, eine dampfende Tasse Kaffee vor sich und eine Zigarette zwischen den geschminkten Lippen. Zwischen ihren Beinen stand ein Gewehr, das sie offensichtlich gerade reinigte.

»Was willst du denn damit?« Mit spitzem Finger wies Malin auf die Waffe. »Und übrigens ist das hier ein Nichtraucherhaushalt.«

Annelie nahm die Zigarette aus dem Mund und drückte sie auf der Untertasse aus, die sie als Aschenbecher benutzte. »Ich bin Jägerin«, beantwortete sie Malins Frage.

Malin spürte ein Würgen im Hals.

Annelie schien ihr die Abscheu anzusehen. »Isst du kein Fleisch?«

»Doch«, erwiderte Malin. »Aber ich töte die Tiere nicht selbst.«

Annelie blieb gleichbleibend freundlich. »Die Logik verstehe ich nicht.«

»Das weiß ich selbst«, erwiderte Malin heftig.

Natürlich war ihr klar, dass irgendwer Tiere jagen und töten musste, wenn sie Fleisch essen wollte. Aber sie wollte darüber nicht weiter nachdenken, und auf keinen Fall wollte sie eine Jägerin im Haus haben. In Gedanken sah sie sich schon umgeben von Tierkadavern.

»Im Moment ist doch gar keine Jagdsaison«, sagte Malin hoffnungsvoll.

Annelie seufzte tief. »Du hast wirklich überhaupt keine

Ahnung, nicht wahr? Fast alles kann von Herbst bis Frühjahr gejagt werden. Aber du musst dir keine Sorgen machen. Ich bin im Jagdverband und kenne mich bestens aus.«

»Das will ich nicht!« Malin schüttelte den Kopf. »Solange du hier wohnst, wirst du gefälligst nicht auf die Jagd gehen.«

Annelie lächelte freundlich. »Das hast du nicht zu entscheiden. So, und jetzt würde ich gerne den Witwer kennenlernen.«

»Mit dem Gewehr in der Hand?«

Annelie verzog die blutroten Lippen zu einem breiten Lächeln. »Nicht unbedingt, aber das hat schon was von Jagd, nicht wahr? Wenn ich einen Mann erlege, hat der allerdings bedeutend mehr Spaß dabei als das Wild, das ich jage.«

Malin zog es vor, diese Aussage nicht zu kommentieren. »Ich muss mir erst noch überlegen, wie ich dich mit Anders bekannt mache. Nach den beiden Frauen vor dir wird das nicht ganz so einfach sein.«

»Keine Angst, darum kümmere ich mich schon selbst. Ich bin es gewohnt, meine Angelegenheiten alleine zu regeln.«

Das glaubte Malin ihr aufs Wort. Allerdings sollte sie in den nächsten Tagen feststellen, dass Annelie sich ausschließlich um sich selbst kümmerte. Sie war der personifizierte Egoismus!

Sie wollte nicht bedient werden wie Ulrika, riss auch nicht den Haushalt an sich wie Anna. Sie kochte ihren eigenen Kaffee, aber auch nur für sich. Sie bereitete ihre Mahlzeiten selbst zu, ohne Malin oder Nils auch nur zu fragen, ob sie auch etwas essen wollten. Und wie angekündigt sorgte sie sogar selbst dafür, dass sie Anders kennenlernte.

Emilia und Greta kamen nachmittags vorbei und waren hingerissen von dem Ferkel, das sich seinerseits über die Spielkameradinnen zu freuen schien. Die Mädchen wollten gar nicht mehr nach Hause gehen.

»Der ist so süß!« Greta knuddelte das Tierchen auf ihrem Schoß. Schnitzel schien das zu gefallen.

»Nehmt ihn doch mit nach Hause«, schlug Annelie vor. »Ich hole ihn später ab.«

Die Mädchen stimmten begeistert zu.

Als sie mit Schnitzel das Haus verlassen hatten, sagte Annelie lächelnd zu Malin: »So macht man das!«

»Ist sie weg?« Vorsichtig lugte Nils ins Wohnzimmer.

Malin nickte. »Sie ist vor zwei Stunden nach nebenan gegangen, um ihr Ferkel zu holen.«

Nils kam herein und ließ sich in einen Sessel fallen. »Schade, dass ich Anders' Gesicht nicht sehen konnte, als mal wieder eine neue Freundin von dir aufgetaucht ist.«

Malin lachte nervös. »Vielleicht gefällt sie ihm ja. Sie ist so ganz anders als Ulrika oder Anna.«

»Aber auf ihre Art auch ganz schön bescheuert. Und ich finde es nicht besonders beruhigend, dass die Verrückte, die uns das *Dagbladet* diesmal geschickt hat, auch noch bewaffnet ist.«

»Eigentlich hatte ich gehofft ...« Malin brach ab.

»... dass sie uns vor Weihnachten keine Bewerberin mehr schicken«, beendete Nils ihren Satz. Er schien immer genau zu wissen, was in ihr vorging.

Malin nickte.

»Damit war nicht zu rechnen. Es geht ja immer noch darum, den Weihnachtswunsch eines kleinen Mädchens zu erfüllen.«

»Es geht um eine Story, die eine hohe Quote bringt«, widersprach Malin trocken. »Kein Mensch in der Redaktion interessiert sich für Greta. Ich bin sicher, Staffan und Ella wissen nicht einmal mehr ihren Namen.«

»Und doch arbeiten wir für diesen Verein und lassen uns sogar für diese Geschichte einspannen.«

»Ich würde mich nie wieder darauf einlassen«, gestand Malin leise.

»Ich weiß nicht.« Nils schüttelte unschlüssig den Kopf. »Ich bereue es nicht, Anders, die Kinder, Stig und Tilda kennengelernt zu haben. Auch wenn es mir nicht gefällt, unter welchen Umständen das passiert ist. Aber es gibt so viele Momente hier, die ich wirklich genieße. Diesen hier zum Beispiel.«

Malin gestand sich ein, dass sie sich auch ziemlich wohlfühlte. Hätte sie den Auftrag nicht angenommen, wäre sie jetzt womöglich noch mit Erik zusammen, und ihr graute bei der Vorstellung, das nächste Wochenende, den zweiten Advent, wieder bei Pernilla zu verbringen. Erik hätte nichts anderes akzeptiert, als auch in der Vorweihnachtszeit jedes Wochenende zu seiner Mutter zu fahren.

Nichts davon fehlte ihr. Weder Erik noch die Wochenenden in Ystad, und schon gar nicht Pernilla. Komisch, dass sie ausgerechnet jetzt daran denken musste.

»Ich mag dieses Zimmer«, riss Nils' Stimme sie aus ihren Gedanken. »Ich fühle mich richtig zu Hause hier.«

Malin sah sich um. Sie mochte diesen Raum auch. Die Holzscheite im Kamin verströmten einen harzigen Duft. Ihr Sessel stand so, dass sie aus dem Fenster in die verschneite Landschaft schauen konnte. Auf dem Tisch stand ein Adventskranz, direkt neben einer Schale mit Äpfeln und Nüssen.

Nils zündete gerade die erste Kerze an, die schon ziemlich weit heruntergebrannt war. »Irgendwann«, sagte er verträumt, »möchte ich so mit meiner Familie leben.«

»Was ist aus der Frau geworden, in die du dich verliebt hast?«, fragte Malin.

Nils schaute sie mit einem freundlichen Lächeln an. »Alles wird irgendwann besser, selbst der schlimmste Liebeskummer.«

Malin hätte gerne mehr über diese geheimnisvolle Frau erfahren, aber leider wurden sie ausgerechnet jetzt von Annelie unterbrochen.

»Mist!«, fluchte Nils leise, als die Haustür geöffnet wurde. »Es war gerade so schön.«

Das fand Malin auch, trotzdem lächelte sie Annelie freundlich an, als die zu ihnen ins Zimmer kam und das quiekende Schnitzel auf dem Boden absetzte. Das Ferkel wieselte sofort durchs Zimmer.

»Ist Schnitzel eigentlich stubenrein?« Nils beäugte das Tier misstrauisch.

»Keine Sorge, er hat sein Geschäft schon nebenan erledigt.« Annelie lachte. »Diese Tilda hat sich ganz schön aufgeregt.«

Sie ging aus dem Zimmer und kam kurz darauf mit einer Weinflasche zurück. Sie nahm ein Glas aus dem Schrank, fragte weder Malin noch Nils, ob sie auch etwas trinken wollten, setzte sich aufs Sofa und goss sich das Glas voll.

»Lass es dir schmecken!«, sagte Nils ironisch.

»Der Wein ist hervorragend«, stellte Annelie nach dem ersten Schluck fest.

»Deshalb habe ich ihn ja auch gekauft.« Nils grinste. »Freut mich, dass ich deinen Geschmack getroffen habe.«

»Wie war es nebenan?«, fragte Malin.

Annelie schien über ihre Antwort nachdenken zu müssen. »Das weiß ich noch nicht«, sagte sie schließlich. »Ein Vater mit drei Kindern ist schon eine echte Herausforderung. Außerdem ist dieser Anders Frykberg nicht sonderlich gesprächig.«

»Wahrscheinlich hat er sich über die dritte Freundin von Malin gewundert, die plötzlich hier einfällt«, sagte Nils grinsend.

Annelie legte den Kopf in den Nacken und lachte laut auf. »Ich habe mich als deine Schwester vorgestellt, lieber Nils.«

Nils stöhnte laut auf.

Annelie trank noch einen Schluck Wein, dann erhob sie sich. »Ich gehe dann mal schlafen. Gute Nacht!« Sie ließ das Glas mit dem roten Lippenstiftabdruck und die Weinflasche einfach stehen.

An der Tür drehte sie sich noch einmal um. »Einer von euch sollte später noch mal mit Schnitzel rausgehen, sonst habt ihr hier morgen früh auch eine unangenehme Überraschung.«

Als Malin am nächsten Morgen nach unten kam, informierte Nils sie, dass Annelie das Haus zusammen mit Schnitzel schon am frühen Morgen verlassen hatte.

»Gassigehen mit Schnitzel?«

Nils schüttelte den Kopf. »Sie ist mit dem Auto weggefahren.« Er dachte kurz nach, dann grinste er. »Vielleicht will sie uns heute Abend mit Spanferkel überraschen und hat Schnitzel deshalb mitgenommen.«

»Nils!« Malin war empört. »Der Kleine ist so süß. Wenn sie so was macht, werfe ich sie sofort aus dem Haus. Egal, was Staffan dann sagt!«

Staffan hatte eine ganze Menge zu sagen, als er später anrief. Es ging aber nicht um Annelie, sondern um Gretas Briefe.

»Ist dir eigentlich klar, dass dieses Mädchen sich immer noch wünscht, Anders Frykberg würde sich in dich verlieben? Verdammt, Malin, wir können solche Komplikationen nicht brauchen! Und wir können diese Briefe nicht veröffentlichen. Bring das Mädchen gefälligst dazu, dich in den Briefen nicht mehr zu erwähnen.«

»Wie soll ich das denn machen?«, fragte Malin. »Sie hat doch keine Ahnung, dass ich von ihren Briefen weiß.«

»Lass dir was einfallen«, erwiderte Staffan schlecht gelaunt und beendete das Gespräch.

Annelie kam erst am Nachmittag zurück und berichtete, dass sie sich mit Jägern aus der Gegend getroffen hatte, um zu erfahren, in welchen Gebieten sie jagen konnte.

»Du bist hier, um Anders kennenzulernen«, sagte Malin bestimmt, »nicht, um zu jagen.«

»Meine liebe Malin!« Annelie blieb unvermindert freundlich und lächelte sie sogar an. »Ich entscheide seit meinem siebzehnten Lebensjahr stets selbst, was ich mache. Und wenn ich jagen will, werde ich ... Ja, du meine Güte!«, unterbrach sie sich selbst. »Was für ein kapitaler Bursche.«

Malin folgte ihrem Blick aus dem Fenster. Leise schrie sie auf, dann stellte sie sich vor Annelie und sah ihr in die Augen. »Du wirst es nicht wagen, Knut zu erschießen!«

Annelie musste sich nicht einmal auf die Zehenspitzen stellen, um über Malins Kopf hinweg weiter aus dem Fenster zu schauen. Es war, als hätte sie ihre Worte überhaupt nicht gehört.

»So eine Trophäe fehlt mir noch in meiner Jagdstube. Mann, schau dir mal dieses Geweih an!«

»Wenn du auf Knut schießt, dann ... dann ...« Malin fiel keine Drohung ein, mit der sie Annelie stoppen konnte.

»Mach dich doch nicht lächerlich!«, erwiderte Annelie liebenswürdig. »Ich will dieses Tier.« Sie richtete ihren Blick jetzt von Knut auf Malin. »Und ich werde es bekommen!«, sagte sie entschlossen.

Malin schüttelte erbittert den Kopf. »Nur über meine Leiche!«

Annelie tätschelte ihr die Schulter. »Du bist ja lustig«, sagte sie dabei. »Gib dir keine Mühe, ich bekomme immer, was ich will.«

Malin ließ sie einfach stehen. Sie schnappte sich ein paar Möhren aus dem Korb, der extra für Knut bereitstand, und ging nach draußen, um ihn zu füttern.

Knut stieß sie leicht mit der Nase an, als sie die Haustür

öffnete und ihm eine Möhre hinhielt. Tränen verschleierten Malins Blick. In Gedanken sah sie ihn schon blutüberströmt auf dem Boden liegen, während Annelie ein Bein auf den toten Tierkörper stellte und sich in Siegerpositur ablichten ließ.

Leider war Annelie ihr nach draußen gefolgt. »Zahm ist der auch noch«, stellte sie erfreut fest. »Das macht die Sache einfacher.«

Sie klopfte gegen Knuts Hals, dann umrundete sie ihn fachmännisch. »Das gibt auch richtig gutes Fleisch.«

Plötzlich hatte Malin den für Knut rettenden Gedanken. »Dieser Elch ist Privateigentum des *Moose Garden*. Du kannst ihn nicht einfach abknallen.«

Annelie lachte. »Wie naiv du doch bist! Das ist alles nur eine Frage des Geldes.«

Nachmittags lud Annelie ihr Gewehr ins Auto und fuhr weg, ohne zu sagen, wohin sie wollte oder wann sie zurückkehren würde. Schnitzel ließ sie einfach im Haus zurück.

Kurz darauf klopfte es an der Tür, und Malin öffnete. Draußen stand Anders mit den beiden Mädchen.

»Ist das Schnitzel noch da?«, fragte Emilia.

Malin konnte das erste Mal seit Stunden wieder lachen. »Schnitzel ist im Wohnzimmer«, sagte sie. »Kommt doch rein!«

»Ich wollte mich nur vergewissern, dass die beiden nicht stören.« Anders schaute sie bei seinen Worten kaum an. »Ich gehe dann mal wieder rüber.«

»Ich habe gerade frischen Kaffee gekocht. Willst du eine Tasse?« Malin hatte ihn in den letzten Tagen kaum gesehen. Es tat weh, zu spüren, wie sehr er sie auf Abstand hielt.

Anders schüttelte den Kopf. »In diesem Haus halten sich zu viele seltsame Frauen auf.«

»Annelie ist nicht da.« Malin hob die Schultern. »Wenn du allerdings findest, dass ich auch eine der seltsamen Frauen ...«

»Für eine Tasse Kaffee hab ich schon Zeit«, unterbrach Anders sie.

Die Kinder zogen ihre Schuhe und Mäntel aus und stürmten ins Wohnzimmer. Durch die offene Tür konnte Malin sehen, dass Schnitzel die beiden Mädchen freudig begrüßte.

Anders folgte ihr in die Küche. »Wie lange bleibst du eigentlich noch?«, fragte er und setzte sich an den Küchentisch.

Malin drehte sich langsam um. »Kannst du es nicht erwarten, mich loszuwerden?«

Er hielt ihrem Blick stand. »Es war ... weniger kompliziert ohne dich.«

War das die einzige Erinnerung, die ihm von ihr bleiben würde? Dass es mit ihr kompliziert gewesen war?

Malin lächelte traurig. »Lange musst du mich nicht mehr ertragen. Ich habe das Haus bis nach Weihnachten gebucht, aber es kann sein, dass Nils und ich schon vorher abreisen.«

»Was verbindet dich eigentlich mit Nils?«

»Warum fragst du ihn das nicht? Ihr seid doch oft genug zusammen unterwegs.«

»Ich habe ihn gefragt, aber er antwortet ebenso ausweichend wie du.«

Malin lachte. »Ich antworte nicht ausweichend. Es

gibt nur einfach nichts zu erzählen. Nils und ich sind gute Freunde, mehr nicht.«

»Du musst es mir nicht erzählen, wenn du nicht willst.« Anders lächelte. »Wo bleibt eigentlich der versprochene Kaffee?«

Annelie musste irgendwann nach Mitternacht nach Hause gekommen sein. Malin hatte sie jedenfalls nicht gehört. Trotzdem saß sie am nächsten Morgen schon in aller Frühe am Küchentisch und trank ihren Kaffee.

Malin hob die Kanne hoch. Nur der Boden war bedeckt. Genervt drehte sie sich zur Kaffeemaschine um. »Annelie, ich habe nichts dagegen, dass du dich einfach so an unseren Vorräten bedienst, aber es wäre nett, wenn du morgens für uns alle Kaffee kochst.«

Annelie lächelte nur und zuckte gleichgültig mit den Schultern.

»Was machst du heute?«, fragte Malin, mehr aus Höflichkeit als aus echtem Interesse, während sie frischen Kaffee aufsetzte.

»Die Zeiten, in denen ich Rechenschaft über mein Handeln ablegte, sind schon lange vorbei«, sagte Annelie freundlich. »Ich habe etwas vor. Diese Auskunft muss dir reichen.«

Jetzt wurde Malin doch neugierig. »Wenn das so ein großes Geheimnis ist ...«

Sie brach ab und wartete darauf, dass Annelie ihr widersprach. Doch diese schwieg und lächelte geheimnisvoll.

Ich habe noch nie einen Menschen getroffen, der so freundlich und gleichzeitig so unsympathisch ist, dachte Malin.

»Was ist eigentlich mit Anders? Du bist doch wegen ihm hier?«, fragte sie.

Wieder lächelte Annelie. »Alles zu seiner Zeit«, sagte sie.

Eine halbe Stunde später brach sie auf und ließ Schnitzel wie am Vortag einfach zurück.

25

»Habt ihr Knut gesehen?«, wollte Stig wissen. »Der Besitzer des *Moose Garden* hat mich angerufen, weil er schon seit zwei Tagen nicht mehr nach Hause gekommen ist.«

Malin schüttelte den Kopf. »Komisch! Jetzt, wo du fragst, fällt mir auf, dass er gestern nicht bei mir war. Dabei kam er in den letzten Wochen täglich vorbei.«

»Hoffentlich ist ihm nichts passiert!«, sagte Stig besorgt.

»Wölfe?«, fragte Malin, dabei hatte sie plötzlich ein ganz anderes Bild vor Augen.

Stig offensichtlich auch, denn er schüttelte den Kopf. »Der Besitzer hat mir erzählt, es hätte da einen merkwürdigen Anruf gegeben. Eine Frau hat sich erkundigt, wie viel er für eine Abschussgenehmigung verlangen würde.«

Annelie! Sie hat es tatsächlich gewagt . . .

»Er hat natürlich abgelehnt und ihr erklärt, dass Knut nicht nur zur Familie, sondern zur Dorfgemeinschaft gehört und niemand ihn abschießen wird.«

Malin atmete erleichtert auf. »Dann ist Knut ja in Sicherheit.«

Wieder schüttelte Stig den Kopf. »Wenn sie ihn raufgetrieben haben auf Gustavs Land«, er wies vage hinter sich, »können sie ihn abschießen. Das ist offizielles Jagdgebiet. Bei einem freilaufenden Elch fragt keiner danach, ob er vielleicht einen Besitzer hat.«

Malin schlug sich erschrocken die Hände vor den Mund. Ihre Sorge wurde noch größer, als Anders zu ihnen stieß. Er war schrecklich aufgebracht.

»Lennart Lagnelöv hat gerade angerufen. Lasse und Bosse sind nach der ersten Stunde verschwunden. Eine Klassenkameradin hat gesagt, die beiden wollten einem Freund helfen, der in Gefahr ist.«

»Lasse weiß Bescheid?«, fragte Malin erschrocken.

Stig nickte. »Er war dabei, als Knuts Besitzer angerufen hat.«

Es war nicht schwer, die Stelle zu finden, wo sich die Jagdgesellschaft versammelt hatte. Mehrere Autos standen am Waldrand, unter anderem auch Annelies Wagen. Stig, Anders und Malin mussten nur den aufgeregten Stimmen folgen.

Malin kämpfte sich hinter den beiden Männern durch den hohen Schnee, bis sie abrupt stehen blieben. Eine laute Jungenstimme war zu hören.

»Sie haben ihn erschossen!«

Also doch!

Malins Augen füllten sich mit Tränen. Annelie hatte Knut also tatsächlich erschossen. Sie konnte nichts sehen außer den Rücken der beiden Männer vor ihr. Und sie wollte es auch nicht sehen. Doch dann setzte sich Anders in Bewegung und gab die Sicht frei.

Das war nicht Knut, der da auf dem Boden lag. Es war Lasse. Und der Schnee um ihn herum hatte sich rot verfärbt.

»Die da, die hat ihn erschossen.« Der andere Junge, den Malin nicht kannte, zeigte auf Annelie.

Annelie stand blass und still zwischen zwei Männern, die ebenso wie sie selbst Jagdkluft und Gewehre trugen. Als sie Malin erblickte, schüttelte sie den Kopf. »Ich wollte das nicht! Wirklich nicht!«

Anders war neben seinem Sohn auf die Knie gesunken. »Lasse, mein Junge, sag doch was!«

Malin wusste nicht, was sie sagen oder machen sollte. Sie spürte in sich nichts als eisige Leere. Wenn Lasse tot war, hatte sie das mit zu verantworten. Nur weil sie sich auf Staffans und Ellas bescheuerte Idee eingelassen hatte, war jemand wie Annelie überhaupt nach Orrviken gekommen. Sie stapfte durch den Schnee, bis sie neben Anders stand. Sie wollte ihm nahe sein, auch wenn sie genau wusste, dass sie keinen Trost spenden konnte.

Lasse lag immer noch regungslos im Schnee. Sein Gesicht sah aus wie immer, aber seine Winterjacke war blutdurchtränkt.

Plötzlich sah Malin, dass eines seiner Augenlider zuckte. Sie ging neben Anders in die Knie und tastete nach Lasses Puls. Er schlug stark und gleichmäßig.

»Er lebt«, raunte sie Anders zu.

»Tut so, als wäre ich tot«, zischte Lasse mit geschlossenen Augen.

Malin spürte, wie Anders neben ihr erstarrte. Sie selbst brauchte ein paar Sekunden, um die Situation zu begreifen, und Anders ging es offensichtlich genauso. Dann wollte er aufspringen, doch Malin legte eine Hand auf seine Schulter.

»Sag nichts«, bat sie leise. Sie erhob sich und ging zu Annelie.

»Ehrlich, Malin, du musst mir glauben! Ich wollte das nicht. Was ist mit dem Jungen?«

»Er wird es überleben.«

Annelie atmete sichtlich erleichtert auf, aber Malin war noch nicht fertig.

»Du fährst sofort zurück zum Haus, packst deine Sachen und verschwindest! Ich will dich nicht mehr sehen, wenn ich nach Hause komme.«

»Da ist der Elch!«, rief in diesem Moment einer der beiden Männer, die Annelie begleitet hatten.

Malin drehte sich um. Tatsächlich kam Knut gerade zwischen den Baumstämmen hervor und schlenderte gemütlich zu Lasse. Ganz so, als wüsste er, dass die Gefahr für ihn vorerst gebannt war. Neugierig beschnupperte er den Jungen auf dem Boden.

Malin drehte sich wieder zu Annelie um und bemerkte den bekümmerten Ausdruck in ihren Augen. Offensichtlich bedauerte sie die verpasste Gelegenheit mehr als den vermeintlichen Fehlschuss auf Lasse.

»Geh jetzt!«, sagte Malin mit gefährlich leiser Stimme.

Tatsächlich drehte Annelie sich um und verschwand mit ihren beiden Begleitern.

Malin ging zurück zu Anders, der immer noch vor Lasse im Schnee kniete. Stig stand neben ihm. Bosse hatte sich ein Stück von der Gruppe entfernt und wartete mit ängstlicher Miene auf das, was jetzt kommen würde.

»Du kannst aufstehen, Lasse«, sagte Malin. »Sie sind weg.«

»Echt?« Lasse öffnete nur ein Auge und drehte vorsichtig den Kopf zur Seite. Erst als er sah, dass die Jagdgruppe tatsächlich verschwunden war, richtete er sich auf.

Stig reichte ihm eine Hand. »Komm hoch, bevor du dir auf dem kalten Boden noch den Tod holst!«

Offenbar wurde Stig erst bewusst, was er da gesagt hatte, nachdem er es ausgesprochen hatte. Peinlich berührt schaute er in die Runde.

Um Lasses Mundwinkel zuckte es, dann begann er zu lachen. Bosse fiel mit ein, und sein Lachen klang sehr erleichtert. Auch Stig und Malin mussten jetzt lachen, obwohl sie immer noch einen Kloß im Bauch verspürte.

Selbst Anders verzog das Gesicht zu einem schwachen Lächeln. Plötzlich beugte er sich vor und schloss seinen Sohn ganz fest in die Arme. »Verdammt, Lasse!«, stieß er hervor. »Mach so was nie wieder! Du kannst dir nicht vorstellen, welche Angst ich um dich ausgestanden habe.«

»Tut mir leid, Papa!«, sagte der Junge kleinlaut. »Ich dachte, du kennst den Streich inzwischen und fällst nicht darauf rein. Außerdem muss man einem Freund in Not helfen. Das habe ich von dir gelernt. Und Knut ist doch ein Freund.«

Anders ließ seinen Sohn los und nickte. »Ja, Knut ist ein Freund. Trotzdem hast du Hausarrest. Ich überlege mir noch, wie lange.«

Lasses Augen wurden kugelrund. »Weil ich Knut gerettet habe?«

»Nein, weil du die Schule geschwänzt hast«, erwiderte Anders trocken. »Und weil du wieder einen deiner Streiche gespielt hast, anstatt zu mir zu kommen und mich um Hilfe zu bitten.«

»Du hast doch nie Zeit, und selbst wenn du Zeit hast, bist du in Gedanken ganz woanders.«

»Das wird nie wieder vorkommen«, versprach Anders. »Und jetzt lass uns nach Hause fahren, damit du dich umziehen kannst. Was ist das eigentlich?« Er zeigte auf die inzwischen eingetrocknete rote Farbe auf Lasses Jacke.

»Wir dachten, auf Ketchup fallen die nicht rein. Aber Bosses Cousin hatte Kunstblut, und das sieht richtig echt aus.«

Annelie war tatsächlich verschwunden, als Malin nach Hause kam. Nils erwartete sie bereits aufgeregt.

»Was ist passiert?«, wollte er wissen.

Malin erzählte ihm alles.

Als sie fertig war, nickte Nils anerkennend. »Alle Achtung, der Junge hat Mut.«

»Es war eine verrückte Idee!«, schimpfte Malin. »Lasse oder sein Freund hätten wirklich angeschossen werden können.«

Nils hob beschwichtigend eine Hand. »Es ist nichts passiert, und Knut lebt zum Glück auch noch. Wo ist er überhaupt?«

»Er war bereits unterwegs in Richtung *Moose Garden*, als wir uns ebenfalls auf den Heimweg gemacht haben«, berichtete Malin. »Wahrscheinlich ist er jetzt zu Hause und lässt sich nach seinem ausgestandenen Abenteuer erst einmal verwöhnen.«

»Und was wird aus uns?«, fragte Nils leise. »Soviel ich weiß, war Annelie die letzte Bewerberin. Wobei ich mir ziemlich sicher bin, dass es mehr die Aussicht auf einen

Jagdurlaub bei freier Kost und Logis war, die sie zu uns geführt hat.«

»Ich habe keine Ahnung, was jetzt wird«, erwiderte Malin niedergeschlagen. Es war sehr wahrscheinlich, dass sie noch vor Weihnachten abreisen mussten.

Nachmittags rief sie in der Redaktion an und berichtete Ella von dem Vorfall am Vormittag.

»Ich hatte gleich so ein komisches Gefühl bei dieser Annelie«, sagte Ella. »Aber Staffan wollte sie unbedingt haben, weil er glaubte, dass sie sich auf den Fotos ganz gut macht.«

»Was passiert denn jetzt?«, fragte Malin. »Habt ihr noch eine Kandidatin?«

»Du hörst von mir«, sagte Ella ausweichend.

»Am besten pack ich schon mal meine Sachen zusammen«, sagte Malin mutlos. »Ich werde die Zeit hier nie vergessen.«

»So ähnlich hat Nils sich auch ausgedrückt, als er uns vor ein paar Tagen seine Fotos geschickt hat«, erwiderte Ella. Dabei lag ein sonderbarer Klang in ihrer Stimme. »Wie gesagt, ich melde mich. Hej då!«

Überrascht schaute Malin auf das Handy in ihrer Hand. Es war das erste Mal, dass Ella sich nach einem Telefonat verabschiedete.

Lieber Weihnachtsmann,

jetzt ist auch die Annelie weg. Die war mindestens genauso komisch wie die beiden anderen Frauen. Ich weiß gar nicht, wer die komischste von den drei war.

Zum Glück hat Annelie das Schnitzel hiergelassen. Lasse hat nicht nur den Knut vor Annelie gerettet, sondern auch das Schnitzel. Er hat gesagt, sie darf es nicht mitnehmen, damit aus dem Schnitzel nicht irgendwann wirklich ein Schnitzel wird.

Lieber Weihnachtsmann, bitte schick uns keine Frauen wie Ulrika, Anna und Annelie mehr! Wir brauchen eine Frau, die Papa wieder zum Lachen bringt – und die ist schon hier.

Leider erkennt das keiner außer mir. Du nicht, Stig nicht, Nils nicht – und ganz besonders mein Papa nicht. Und auf den kommt es ja eigentlich an.

Tu doch was!!! Bis Weihnachten ist nicht mehr viel Zeit. Heute haben wir schon den zweiten Advent.

Deine Greta

26

Es waren seltsame Tage zwischen Hoffen und Bangen. Zwischen Freude und Resignation.

Lasse hatte Hausarrest, allerdings dehnte er diesen, mit Zustimmung seines Vaters, auch auf das Ferienhaus aus. Und weil Hausarrest für ihn bedeutete, dass er das Haus zwar nicht verlassen, seine Freunde es aber betreten durften, kam auch Bosse täglich zu Besuch. Da ihr Bruder und sein bester Freund bei Malin sein durften, bestanden auch die Mädchen darauf, zu ihr zu kommen.

Malin genoss es, die Kinder um sich zu haben. Allerdings brachte sie das erneut in Erklärungsnot.

»Kommst du eigentlich zum Arbeiten mit den ganzen Kindern im Haus?«, fragte Anders sie.

Ihre Gedanken rasten, dann lächelte sie ihn strahlend an. »Weihnachtsurlaub«, erwiderte sie und war froh, dass er die Antwort schluckte.

»Ich finde trotzdem, dass die Kinder nicht ständig bei dir sein sollten. Am besten nehme ich sie gleich mit rüber.«

Malin hielt ihn zurück. »Sie spielen gerade so schön. Und sie stören mich wirklich nicht.«

Anders schaute sie an. Lange und sehr nachdenklich, wie ihr schien. Dann nickte er plötzlich und fragte völlig überraschend: »Gehst du heute Abend mit mir essen?«

»Ja«, sagte Malin spontan, weil es darauf keine andere Antwort gab. Ihr Herz machte einen freudigen Satz.

Ich habe ihn belogen, dachte sie gleichzeitig. *Wenn er erst erfährt, wer ich wirklich bin . . .*

»Ich freue mich!«, sagte sie laut.

Sie wollte nicht über die Konsequenzen nachdenken. Nicht heute!

Der Himmel war voller Sterne, und tief in sich verspürte Malin ein Glücksgefühl, das sie die ganze Zeit strahlen ließ.

»Wir könnten nach Östersund fahren«, schlug Anders vor. »Da gibt es ein sehr elegantes Lokal mit guter Küche. Oder wir gehen nach Orrviken zu Magnus . . .«

»Lieber zu Magnus«, fiel Malin ihm ins Wort. Sie kannte ihn vom Sehen und wusste von Tilda, dass er ein einfaches Restaurant direkt am Seeufer führte. »Lass uns zu Fuß gehen!«, bat sie. »So weit ist es ja nicht, und der Abend ist herrlich.«

Sie spürte die Kälte kaum, während sie an Anders' Seite durch die Dunkelheit spazierte. Als sie einmal fast ausrutschte, griff er nach ihrem Arm und ließ ihn nicht mehr los.

Magnus' Restaurant war nur mäßig besucht an diesem Abend. Sie bekamen einen Tisch am Fenster und konnten weit über den zugefrorenen See blicken. Im Hintergrund spielte leise Musik.

»Genau hier habe ich immer mit Kerstin gesessen«, sagte Anders plötzlich.

Malin, die immer noch aus dem Fenster schaute, wandte ihm das Gesicht zu. Sie sah die Trauer in seinen Augen und spürte gleichzeitig, dass seine Bemerkung der Situation nichts von ihrem Zauber nahm. Kerstin würde immer Teil seines Lebens sein, und sie hatte kein Problem damit, das zu akzeptieren.

»Willst du mir von ihr erzählen?«, fragte sie leise.

»Sie war zauberhaft. Wenn sie einen Raum betrat, schauten alle sie an. Sie schaffte es, andere Menschen nur mit ihrem Lächeln für sich einzunehmen. Anfangs, als sie nicht mehr da war …«

Anders stockte, sah auf seine Hände, die auf der Tischplatte lagen und sich nun zu Fäusten ballten. Kurz nur, dann schien er sich wieder zu entspannen. Er sah Malin an und schüttelte leicht den Kopf. »Ich hätte nicht gedacht, dass ich das aushalten kann.«

»Der Verlust eines geliebten Menschen ist immer unerträglich«, erwiderte Malin leise.

»Du hast das auch erlebt?«

»Nicht so wie du.« Sie lächelte. »Aber ich weiß, wie es deinen Kindern ergangen ist. Ich habe meine Mutter auch sehr früh verloren.«

Anders griff über den Tisch hinweg nach ihren Händen. »Du bist eine ganz besondere Frau, Malin, und ich …«

»Wisst ihr schon, was ihr essen wollt?« Magnus stand plötzlich neben dem Tisch. »Ich kann euch den Elchbraten empfehlen.«

Elch?

Malin und Anders schauten sich an. Beide schüttelten gleichzeitig den Kopf.

»Ich liebe deinen Elchbraten«, versicherte Anders, »aber heute kann ich ihn nicht essen.«

Magnus lachte. »Ich versichere dir, dass ich kein Stück Knut verarbeitet habe.« Offensichtlich hatte sich die Geschichte bereits herumgesprochen.

Trotzdem entschieden sich beide für *Janssons frestelse*, eine schwedische Spezialität aus Kartoffeln und Sardellen. Dazu spendierte Magnus ein paar Schnäpse.

Als Anders und Malin sich auf den Heimweg machten, verstärkte die Kälte die Wirkung des Alkohols. Diesmal hängte Malin sich gleich bei Anders ein und spürte beglückt, dass er ihren Arm ganz fest an sich drückte.

Auf dem Rückweg kamen sie an der kleinen Kirche vorbei, zu der Nils Malin vor ein paar Tagen geführt hatte. Diesmal war ein Mädchenchor zu hören, der *Natten går tunga fjät* sang.

»Nächste Woche ist Luciafest«, sagte Malin. Sie erinnerte sich daran, dass sie als kleines Mädchen immer davon geträumt hatte, die Lucia von Schweden zu werden. Oder wenigstens die Lucia im Internat, die von allen Mitschülerinnen bewundert wurde.

»Greta war im letzten Jahr die Lucia in ihrer Schule.« Anders' Stimme klang schwermütig. »Ich fürchte, ich habe mich nicht richtig mit ihr gefreut. Sie war so stolz.« Er und Malin standen sich gegenüber. Ganz tief schaute er ihr in die Augen. »Ich wünschte, du wärst dabei gewesen.«

Malin nickte, obwohl sie sicher war, dass er sie vor einem Jahr noch nicht wirklich wahrgenommen hätte. Damals war er noch zu sehr mit seinem Verlust und dem Schmerz beschäftigt gewesen.

»Seit du da bist, ist plötzlich alles anders, alles ist viel leichter geworden«, flüsterte er.

»Und ich dachte, ohne mich war es weniger kompliziert«, sagte Malin und lächelte.

Er zog seine Handschuhe aus und umfasste ihr Gesicht mit beiden Händen.

Der Chor sang, erfüllte die Dunkelheit mit den herrlichen Stimmen. Dicke Schneeflocken fielen vom Himmel, doch Malin nahm nur Anders wahr. Seine Augen, seinen Atem, seine Hände. Sie schloss die Augen, als er sie küsste, als seine Hände von ihrem Gesicht bis zu ihrer Taille wanderten und er sie ganz fest an sich zog. Es war, als hätte sie ihr ganzes Leben lang nur auf diesen einen Moment gewartet.

Lautes Hupen riss sie auseinander. Zwei Lichtkegel erschienen in der Dunkelheit, und der Schnee spritzte, als der gelbe Sportwagen bremste und kurz vor ihnen zum Stehen kam.

Ella sprang aus dem Wagen und breitete die Arme aus. »Da bin ich!«

27

»Was machst du hier in Orrviken?« Malin stellte diese Frage jetzt mindestens zum vierten Mal, hatte bisher aber keine Antwort darauf erhalten.

Inzwischen waren sie im Ferienhaus angekommen. Anders hatte sich bereits draußen verabschiedet und war gleich zum Haus seines Schwiegervaters weitergegangen.

Ella schaute sich im Wohnzimmer um. »Ihr habt es ja richtig gemütlich, du und Nils«, sagte sie und wich damit erneut einer Antwort aus. »Kein Wunder, dass ihr keine Lust habt, zurück nach Trelleborg zu kommen.«

Schnitzel, der in seinem Katzenkorb hinter dem Sofa geschlafen hatte und von den Stimmen aufgewacht war, kam quiekend hervor.

»Du meine Güte, was ist das denn?« Zu Malins großer Überraschung ging Ella auf die Knie und streichelte das Ferkel.

»Das ist Schnitzel«, stellte Malin vor.

»Schnitzel? Was für ein gemeiner Name!« Ella nahm das Ferkel auf den Arm. Schnitzel kuschelte sich ganz fest an sie.

»Du magst Tiere?« Das überraschte Malin beinahe ebenso wie Ellas plötzliches Auftauchen.

»Wer würde so etwas Süßes nicht mögen?« Ella setzte Schnitzel wieder auf dem Boden ab, blieb aber daneben hocken und streichelte das Ferkel weiterhin ausgiebig. Sie schaute zu Malin auf. »Ich glaube, du hast in der Vergangenheit einen völlig falschen Eindruck von mir gewonnen.«

Malin lachte abfällig. »Wieso falscher Eindruck? Ich habe dich so gesehen, wie du dich gezeigt hast.«

»Ich war wohl nicht immer sehr nett«, gab Ella leise zu.

»Lass mal überlegen …« Malin legte einen Finger an ihr Kinn, schaute zur Decke und tat so, als müsste sie nachdenken. »Du hast dich ständig in den Vordergrund gespielt, alle interessanten Reportagen an dich gerissen und gleichzeitig meine Arbeit schlechtgemacht. Ach ja, die von Nils übrigens auch. Du warst unkollegial, arrogant, unfreundlich und …«

»Schon gut!«, warf Ella ein. Sie lachte sogar und schien kein bisschen beleidigt. »Fehlt nur noch, dass ihr mir eine Affäre mit dem Chef unter …«

Sie brach ab, als sie Malins Gesicht sah. Ungläubig schüttelte sie den Kopf. »Das habt ihr nicht wirklich geglaubt!«

»Nun ja«, erwiderte Malin gedehnt. »Der Verdacht kam uns schon das eine oder andere Mal.« Sie betrachtete Ella aufmerksam und schüttelte verwundert den Kopf. »Wieso bist du auf einmal so anders?«

»Du meinst nett?«, hakte Ella nach.

Malin schüttelte erneut den Kopf. »So weit würde ich jetzt nicht gehen«, sagte sie, ohne ihre ganz spezielle Definition von *nett* zu erklären. Nett war langweilig, und Ella war alles andere als langweilig.

Ella erhob sich vom Boden. »Zeigst du mir, wo ich schlafen kann?«

Malin baute sich vor ihr auf. »Erst wenn du mir verraten hast, warum du hier bist.«

»Es gab keine passenden Kandidatinnen mehr. Anfragen hatten wir viele, aber keine der Frauen kam in Frage. Und so bin ich jetzt als vierte Kandidatin hier.«

Malin trat erschrocken einen Schritt zurück. Hatte Ella denn eben nicht gesehen, wie sie und Anders sich geküsst hatten?

Ella streckte eine Hand aus und tätschelte kurz ihren Arm. »Keine Sorge, ich will nichts von Anders Frykberg. Ich finde es wundervoll, dass ihr euch nähergekommen seid. Dass ich als Kandidatin hier bin, ist lediglich die offizielle Version.«

Ella machte eine Pause und starrte sekundenlang nachdenklich ins Leere. »Eigentlich will ich doch was von Anders Frykberg«, räumte sie dann ein. »Irgendwann, wenn das hier alles vorbei ist, will ich ein Interview mit ihm.«

»Okay, offiziell bist du also als Kandidatin hier«, ließ Malin nicht locker. »Aber warum bist du wirklich nach Orrviken gekommen?«

Ella lachte unsicher. »Ich wollte einfach mal weg aus Trelleborg, und die Fotos, die Nils an die Redaktion geschickt hat, haben mich hierhergelockt. Sagen wir einfach, ich brauche mal eine Auszeit.«

Malin spürte, dass sie log.

»Staffan hat dich einfach so fahren lassen? Obwohl jetzt drei Leute in der Redaktion fehlen?«

»Nicht einfach so.« Ella schüttelte den Kopf. »Ihm blieb nichts anderes übrig. Bitte, Malin, ich werde dir in den nächsten Tagen noch eine ganze Menge erklären, aber jetzt will ich einfach nur ins Bett.«

★

Kerstin lag neben ihm. Er sah ihr schönes, vertrautes Gesicht. Weiß, fast durchscheinend. Er vernahm ihre Stimme, obwohl sie den Mund nicht öffnete, sondern ihn nur anlächelte.

»Ich liebe dich!«

»Ich liebe dich auch!« Er spürte den Schmerz des Verlustes noch einmal in all seiner Intensität.

»Du musst mich endlich loslassen.« Diesmal war ihre Stimme nicht mehr als ein Hauch.

»Das kann ich nicht.« Anders wollte nach ihr greifen, aber sie entzog sich ihm. Es sah aus, als würde sie schweben.

»Du und ich, das war wunderschön. Aber es ist vorbei, und ich kann nicht gehen, wenn du mich nicht loslässt. Und du kannst kein neues Leben beginnen, wenn du ...«

»Vielleicht will ich kein neues Leben beginnen.«

»Doch, das willst du, und ich will es auch. Sie ist die Richtige für dich und für die Kinder.«

»Woher willst du das wissen?«

Kerstins Gesicht schien von innen her zu leuchten. »Ich habe sie euch geschickt.«

Ihr Kuss auf seinen Lippen war kaum mehr als ein Hauch. Er wollte sie halten, doch sie glitt ihm durch die Finger. Und dann war sie weg ...

Anders fuhr auf und starrte in die Dunkelheit seines Schlafzimmers. Er spürte Schweiß auf seinem Gesicht. Oder waren es Tränen?

»Kerstin«, flüsterte er. »Wo bist du?«

Er schaltete die Lampe auf dem Nachttisch ein, aber das Zimmer war leer.

Es war schwer, sich damit abzufinden, dass er nur geträumt hatte. Dann spürte er wieder diesen zarten Hauch auf seiner Wange. Wie ein leichter Windhauch. Es erfüllte ihn mit Wärme und Licht, das alles Schwere von ihm nahm. Er wusste mit einem Mal, dass er wieder leben durfte, lieben durfte ...

Anders nahm Kerstins Foto vom Nachttisch. »Danke!«, flüsterte er und strich mit dem Finger sacht über das kühle Glas. »Danke für alles! Du wirst immer einen Platz in meinem Herzen haben, und ich werde dafür sorgen, dass die Kinder dich nie vergessen.«

28

Nils blieb wie angewurzelt in der Tür stehen, als er am nächsten Morgen zum Frühstück nach unten kam und Ella erblickte.

Sie stand auf, stellte sich in Positur und breitete die Arme aus. »Tada! Da bin ich! Frühstück habe ich übrigens auch gemacht.«

Und zwar Frühstück vom Feinsten. Auch Malin war davon überrascht worden. Jetzt freute sie sich, dass sie ausnahmsweise vor Nils aufgestanden war und sein erstauntes Gesicht sehen konnte.

»Was hast du denn hier zu suchen?«, brummte er.

»Ich freue mich auch, dich zu sehen, lieber Nils«, konterte Ella zuckersüß.

Er füllte seine Tasse mit Kaffee, setzte sich an den Tisch und starrte sie finster an. »Also, was machst du hier?«

»Sie ist die neue Kandidatin für Anders«, beantwortete Malin seine Frage und grinste, als er sich an seinem Kaffee verschluckte. Das Lachen verging ihr ziemlich schnell, als sie seinen Gesichtsausdruck bemerkte.

»Das passt zu dir!«, sagte er wütend zu Ella. »Du nutzt jede Möglichkeit, um dich in den Mittelpunkt zu stellen.«

»Aber …«, wollte Ella einwenden, doch Nils ließ sie nicht zu Wort kommen.

»Ich will nichts hören«, sagte er und stand auf. Er schaute Malin an, als er mit dem Finger auf Ella zeigte. »Wenn die bleibt, fahre ich zurück nach Trelleborg. Ich sehe ganz bestimmt nicht zu, wie sie …« Er brach ab, setzte dann wieder an: »Ich geh meine Sachen packen.« Damit stürmte er aus der Küche.

Mit einem Mal sah Malin glasklar. Wieso hatte sie nicht schon vorher erkannt, dass es Ella war, in die Nils sich verliebt hatte?

Sie schaute Ella an und bemerkte, dass sie weinte. Sie hatte Ella noch nie weinen sehen. Sie hatte nicht einmal geglaubt, dass sie dazu in der Lage war.

»Warum bist du wirklich hier, Ella?«, fragte sie leise.

»Wegen Nils natürlich!« Endlich sprach Ella es aus. »Ich wusste nicht, wie wichtig er mir ist, bis er Trelleborg verlassen hat. Eine ganze Weile habe ich gedacht, er liebt dich, und dann habe ich am Telefon auch noch gehört, wie er zu dir sagte, dass du die schönste Frau für ihn bist.«

Malin erinnerte sich an das Gespräch. »Es war nicht mehr als ein nettes Kompliment«, versicherte sie. »Zwischen Nils und mir gab es nie mehr als Freundschaft.«

»Und ich habe nicht einmal das«, sagte Ella betrübt. Immerhin hatte sie aufgehört zu weinen. »Nils verabscheut mich, und daran wird sich nie etwas ändern.«

Malin lächelte. »Da wäre ich mir nicht so sicher«, sagte sie. »Warum gehst du nicht einfach rauf und sagst ihm, was du für ihn empfindest?«

Ella starrte sie fassungslos an, dann schüttelte sie den Kopf. »Damit er mich auslacht und zum Teufel schickt?«

Malin streckte Ella eine Hand hin und zog sie vom

Stuhl hoch. »Vertrau mir bitte«, bat sie. »Geh rauf und sag Nils, dass du nur wegen ihm gekommen bist. Er wird dich nicht wegschicken, da bin ich mir ganz sicher.«

Ella hatte offensichtlich immer noch ihre Zweifel, aber Malin ließ nicht locker. »Geh schon! Ach ja, und wenn wir alle wieder in Trelleborg sind, wäre es schön, wenn du uns öfter etwas von deiner freundlichen Seite zeigst.«

Noch während Ella langsam die Treppe nach oben stieg, klopfte es an der Tür. Malin öffnete, und Anders stand vor ihr. Er lächelte sie zärtlich an. Als er die Arme ausbreitete, flog Malin auf ihn zu.

»Der Abend mit dir war wunderschön!«, sagte er.

»Ja, finde ich auch«, flüsterte sie. Doch in all ihrem Glück spürte sie die Last der Lüge, die zwischen ihnen stand. Sie musste ihm sagen, weshalb sie hier war …

Nils kam die Treppe hinuntergestürzt. Er stutzte kurz, als er Anders sah, dann riss er Malin aus dessen Armen, zog sie an sich und hob sie hoch. »Danke!«, rief er. »Das werde ich dir nie vergessen.«

Malin sah Ella auf der Treppe stehen. Sie strahlte genauso wie Nils.

»Was ist denn hier los?«, fragte Anders lächelnd.

Es wurde Zeit, ihm endlich alles zu sagen. Malin öffnete den Mund, doch die Worte blieben ihr im Hals stecken, als ein weiterer Besucher auf das Haus zumarschierte …

Erik drückte sich an Anders vorbei ins Haus. Er schaute sich um, schenkte Malin ein strahlendes Lächeln und breitete die Arme aus. »Du hast mir so gefehlt!«, verkündete er theatralisch. »Bitte, komm zurück zu mir!«

Malin starrte ihn sprachlos an, und nach einer Weile

schien auch er zu erkennen, dass sein Erscheinen sie keineswegs mit purer Freude erfüllte.

»Ich verzeihe dir«, sagte er großmütig.

Das war zu viel für Malin. Sie legte den Kopf in den Nacken und lachte laut auf.

Erik ließ die ausgebreiteten Arme sinken. In seinen Augen blitzte Wut auf, als er sich an Anders wandte. »Sind Sie der Regisseur Anders Frykberg?«

Anders nickte. Er wirkte plötzlich angespannt.

»Diese drei Personen arbeiten für das Trelleborger *Dagbladet*. Wussten Sie das?«, fragte Erik. »Und sie sind nur wegen Ihnen hier.«

Anders' Miene war eisig.

Malin wollte zu ihm, wollte alles erklären, aber sie war unfähig, sich zu bewegen.

Hilflos musste sie mitanhören, wie Erik mit boshafter Stimme fortfuhr: »Die drei sind hier, weil Ihre Tochter einen Brief an den Weihnachtsmann des *Dagbladet* geschrieben hat.« Erik wies auf Malin. »Darf ich vorstellen: Das ist der Weihnachtsmann – oder vielmehr die Weihnachtsfrau – der Redaktion.« Er zeigte auf Nils und Ella. »Dieser Fotograf und eine weitere Journalistin helfen ihr. Dahinter steckt die Idee, dass Sie sich in eine Frau verlieben sollen, die Ihnen das *Dagbladet* präsentiert, und natürlich soll daraus eine riesige Story für die Weihnachtsausgabe werden.«

Anders' Blick wanderte langsam zwischen ihnen hin und her und blieb zuletzt an Malin hängen. »Stimmt das?«, fragte er kalt.

»Ich wollte dir gerade erklären, dass ...«

Malin brach ab. Anders hatte sich einfach umgedreht und war gegangen.

29

»Papa?«

Am anderen Ende der Leitung war es lange still. »Bist du das, Malin?« Die Stimme ihres Vaters klang ungläubig.

»Wie geht es dir?« Sie fühlte sich hilflos. Es war Jahre her, dass sie das letzte Mal mit ihrem Vater gesprochen hatte.

»Ich kann es gar nicht fassen! Ist was passiert?«

»Nein … Ja …« Malin wusste nicht, was sie sagen sollte, und verstummte.

»Ich freue mich so, dass du anrufst!« Ihr Vater klang überwältigt.

»Ich wollte dir und Helen sagen, dass es mir leidtut.«

»Kind, warum kommst du nicht einfach zu uns und wir reden über alles?«

»Darf ich das denn noch? Bin ich euch willkommen?«

»Wir wären so glücklich!«, versicherte ihr Vater.

Anfang der Woche war Malin noch durch den Schnee gegangen, jetzt spazierte sie am Strand entlang. Besonders warm war es auch auf Mallorca nicht, und doch fühlte sie sich wie in einer ganz anderen Welt.

Ihr Vater Mikael und ihre Stiefmutter Helen hatten sie

sehr herzlich aufgenommen. Sie hatten ihre Entschuldigung akzeptiert, und Malin hatte den beiden erzählt, dass die Erfahrungen der letzten Wochen sie dazu gebracht hatten, ihr eigenes Verhalten zu überdenken.

Mit Helen hatte sie sich ausgesöhnt und inzwischen festgestellt, dass die zweite Frau ihres Vaters äußerst liebenswert und fröhlich war. Es tat ihr leid, dass sie den beiden das Leben so schwergemacht und sich selbst um kostbare Zeit mit ihnen gebracht hatte.

Malin war froh, dass Nils und Ella sich in Orrviken um alles gekümmert hatten, während sie selbst überstürzt abgereist war. Nils hatte versucht, noch einmal mit Anders zu reden, aber der hatte ihn nicht angehört.

Zum Glück war Tilda weniger verschwiegen. Sie hatte Nils verraten, dass Kerstin inzwischen kein Tabuthema mehr war. Besonders Emilia war froh, dass sie endlich über ihre Mutter reden und nach ihr fragen durfte. Nachdem Anders sogar alte Fotos mit den Kindern angeschaut hatte, erklärte Emilia, dass Frida ab sofort nicht mehr bei ihnen wohnen würde.

Alle Kinder fragten immer wieder nach Malin, wie Tilda betont hatte. Vor allem Emilia konnte wohl überhaupt nicht begreifen, dass sie einfach so verschwunden war.

Ich habe Sehnsucht nach ihnen, dachte Malin. *Und nach Anders.*

Sie wusste, dass er ihr nie verzeihen würde. Sie hatte ihm vor ihrem Abflug einen langen Brief geschrieben und versucht, ihm alles zu erklären. Eine Antwort hatte sie nicht erhalten.

Malin ging mit gesenktem Kopf weiter am Strand entlang. Die Frau, die auf sie zugelaufen kam, bemerkte sie erst, als sie direkt vor ihr stand.

»Ella!«

»Da staunst du, was? Aber ich musste dir das hier persönlich überbringen.« Ella zückte die letzte Ausgabe des *Dagbladet* und schlug sie auf.

Malin las die erste Zeile, dann riss sie Ella die Zeitung aus der Hand.

Lieber Weihnachtsmann,

ich bin der Vater von Greta. Du weißt schon, das Mädchen, das sich eine neue Mutter und eine neue Frau für mich gewünscht hat.

Lange Zeit wusste ich nicht, dass Greta dir deshalb Briefe geschrieben hat, und als ich es erfuhr, war ich nicht sehr erfreut. Ich fühlte mich belogen und betrogen, und das ausgerechnet von dem einzigen Menschen, dem ich nach langer Zeit wieder vertraut und dem ich mein Herz geschenkt habe.

Nach dem Tod meiner Frau war ich felsenfest davon überzeugt, dass ich nie wieder einen Menschen so sehr lieben kann. Bis Malin in mein Leben trat – im wahrsten Sinne des Wortes.

Anfangs hatten wir unsere Schwierigkeiten, doch dann habe ich bemerkt, was für ein wundervoller Mensch sie ist. Ich muss zugeben, meine Kinder waren da sehr viel schneller als ich. Die hast du gut ausgesucht, lieber Weihnachtsmann!

Dennoch habe ich mich gegen meine Gefühle gewehrt und mich mit Ulrika abgegeben, der zweiten Frau, die du mir geschickt hast. Aber nur, weil ich sicher war, dass sie mir niemals gefährlich werden könnte, und weil ich mich so davor schützen wollte, mein Herz an Malin zu verlieren.

Erst als sie weg war, wurde mir klar, dass Malin die Richtige ist. Ich habe sie gehen lassen, ohne sie anzuhören. Heute weiß ich, dass das ein großer Fehler war. Ich glaube, wir alle haben mit ihr die Chance, noch einmal richtig glücklich zu werden.

Ich liebe Malin, ich vermisse sie, und ich will nicht mehr ohne sie leben!

Bitte, lieber Weihnachtsmann, richte ihr das aus und schicke sie zurück zu uns! Es wäre für uns alle das schönste Weihnachtsgeschenk.

Dein Anders

30

Alle Maschinen waren ausgebucht gewesen, und dann hatte Malin im letzten Moment doch noch einen Flug nach Stockholm gefunden. Von dort aus musste sie mit einem Mietwagen weiterfahren.

Dichtes Schneetreiben nahm ihr die Sicht, aber sie fuhr unbeirrt weiter. Heute war Heiligabend, und den wollte sie mit den Menschen verbringen, die sie liebte.

Malin lächelte, als sie daran dachte, dass es da jetzt noch mehr Menschen gab. Nicht nur in Schweden, sondern auch auf Mallorca. Nächstes Jahr, das hatten sie sich beim Abschied versprochen, wollten sie alle zusammen Weihnachten in Schweden feiern.

Endlich hatte sie Orrviken erreicht. Es war, wie nach Hause zu kommen, als sie den schmalen Weg zu Stigs Häusern hinauffuhr.

Zu ihrer Überraschung brannte hinter den Fenstern des Ferienhauses Licht. Die Scheiben waren mit bunten Sternen dekoriert. Hatte Stig das Haus bereits wieder vermietet?

Als sie aus dem Wagen stieg, schlugen ihr Schnee und Kälte entgegen. Langsam ging sie auf Stigs Haus zu. Auch hier waren alle Fenster hell erleuchtet.

Durch das Wohnzimmerfenster sah Malin den geschmückten Weihnachtsbaum und die Pakete, die darunter lagen. Im Esszimmer war der Tisch gedeckt, im Kamin brannte ein Feuer. Tilda betrat kurz den Raum, dann drehte sie sich wieder um und ging zurück in die Küche.

»Malin!«, vernahm sie eine leise Stimme hinter sich.

Anders stand hinter ihr im Schnee. Offenbar war er gerade aus dem Ferienhaus gekommen, zusammen mit Stig und den Kindern, die jetzt auf sie zustürzten.

»Endlich!«, stieß Greta hervor. »Ich hatte schon Angst, du kommst nicht mehr.«

»Du musst für immer bei uns bleiben«, sagte Lasse.

»Wir haben Weihnachten in dein Haus gebringt, damit du es da schön hast.« Emilia wies auf das Ferienhaus. »Wir haben alles geputzt, und Tilda hat Pfefferkuchen gebackt.«

»Kinder, wir gehen jetzt besser mal ins Haus«, schlug Stig vor. »Malin und euer Vater kommen bestimmt gleich nach, und dann feiern wir alle zusammen Weihnachten.« Er nahm Malin kurz in die Arme und drückte sie. »Schön, dass du wieder da bist! Wir haben dich alle vermisst.«

Dann war sie mit Anders allein. Sie standen sich gegenüber, schauten sich an.

»Es tut mir leid!«, sagten sie beide gleichzeitig.

»Komm her!« Anders streckte die Arme aus, und Malin flog hinein.

»Ich liebe dich!«, sagte er.

»Ich liebe dich!«, erwiderte sie und schlang beide Arme um seinen Hals.

Seine Lippen wanderten über ihr Gesicht, ihre geschlossenen Augen, bis zu ihrem Mund. Und dann küssten sie sich …

Als Malin aufschaute, sah sie in lachende Gesichter hinter dem Fenster. Alle drei Kinder standen im Wohnzimmer und beobachteten sie, zusammen mit Tilda und Stig.

Anders drückte Malin noch einmal fest an sich, dann gingen sie Hand in Hand ins Haus.

Lieber Weihnachtsmann!

DANKE!

Deine Greta